CHALEUR HUMAINE

Originaire d'une famille de paysans, Serge Joncour a grandi à Paris. Pendant des années, tout en menant parallèlement toutes sortes d'activités (dont maître-nageur et publicitaire), il écrit de la poésie, des nouvelles, des romans… Son premier roman, *Vu*, est publié aux éditions du Dilettante en 1998. Suivront entre autres, aux éditions Flammarion, *L'Écrivain national* (2014), prix des Deux Magots, *Repose-toi sur moi* (2016), prix Interallié et élu Meilleur roman français du magazine *Lire*, ou encore *Nature humaine* (2020), lauréat du prix Femina.

SERGE JONCOUR

Chaleur humaine

ROMAN

ALBIN MICHEL

© Éditions Albin Michel, 2023.
ISBN : 978-2-253-90795-4 – 1re publication LGF

Samedi 25 janvier 2020

Les bêtes se jetaient sur le chemin comme des gamins à l'eau, elles s'ébattaient entre les haies avec une gaieté folle. Effrayés par ces cavalcades, les geais giclèrent des hauts arbres avec des cris rageurs, furieux de devoir partager l'espace avec ces créatures gigantesques. Les vaches soudain légères tambourinaient le sol et remettaient ce qu'il faut de vie dans cette nature tout juste réveillée. Dans les auges au milieu des prés, les poissons rouges tournoyaient dans une lumière sans ombre, d'ici peu les mufles humides plongeraient dans l'onde claire sans les atteindre et les jours reprendraient le dessus sur les nuits. Ce soleil de fin janvier étrennait ses premiers feux, et il y allait franchement, il faisait presque peur à taper aussi fort, décrétant le printemps avec deux mois d'avance. En se retournant, Alexandre nota que Constanze ôtait son pull pour le passer autour de la taille, elle fermait la route à l'arrière auprès des veaux étourdis. Elle venait chaque année pour l'occasion, voir le spectacle de ces jeunes bêtes qui rejoignaient le troupeau après deux mois d'abri. Comme Alexandre, elle goûtait cette folie qui prenait les animaux, même s'ils se disaient qu'un jour, au lieu de les rentrer l'hiver pour les protéger du froid, on les rentrerait l'été parce qu'il ferait trop chaud.

Constanze s'amusait à relancer les nonchalants. Sans même élever la voix, elle attisait les traînards qui découvraient le trèfle neuf des bas-côtés et ce que c'était que courir, lancer ses muscles à l'assaut du dehors. Pour la première fois de leur vie ils se retrouvaient dans un monde fait d'herbe, d'arbres et de buissons. Pendant dix mois ils se perdraient dans une mer de collines de laquelle ils tireraient une sève généreuse comme un lait maternel.

Le vrai premier jour de l'année aux Bertranges, c'était ce matin de la mise à l'herbe, le jour qui disait que la vie recommençait. Alexandre dut presser le pas pour ne pas se faire doubler par les bêtes. Dans le regard des chiens aussi on sentait une gaieté, celle de manier de nouveau ce troupeau. En longeant le dévers, Alexandre jeta un regard à ses trois sœurs qui culminaient de l'autre côté du vallon. Sur la colline d'en face, Caroline, Agathe et Vanessa tournaient lentement. Leurs pales brassaient un air neuf, une bise mollassonne leur soutirait deux ou trois mégawatts tout au plus, alors que la tempête Gloria, deux jours auparavant, avait soufflé tellement fort que leurs longs bras s'étaient figés, cloués par les rafales comme par la peur. Cela faisait dix ans qu'Alexandre avait donné à ces éoliennes les prénoms de ses sœurs. Trois frangines de plus de cent tonnes chacune, qu'il saluait parfois avec moins d'ironie que d'amertume, mais que celles-là au moins il continuait à voir.

Les vaches tournèrent à droite et entrèrent d'instinct dans le pré, des sifflements montaient des branches nues, rouges-gorges, pinsons et chardonnerets devaient croire que l'hiver était fini pour de bon, le long de la haie les pruniers sauvages étaient prêts à dégoupiller leurs bourgeons, dans une poignée de jours ils lanceraient leurs fleurs blanches à l'assaut du grand air. D'année en année, la nature était un peu plus en avance, les arbres se dépêchaient pour dresser des ombres.

Une fois dans le pré, les veaux retrouvèrent leurs aînées, le coup de folie était passé. Ils reprenaient leur rythme méthodique d'herbivores avec une application d'artisan. Chaque vache se sent investie de la mission de brouter le pré entier, elle voue sa vie à cette tâche infinie. C'était reposant à voir. Constanze s'approcha d'Alexandre et passa ses bras autour de sa taille, tous deux regardaient ce tableau, soudés par l'indéfectible lien de ceux qui avancent dans la vie avec la certitude douce-amère de s'en tenir à l'essentiel. Cette fraternité d'âme les hissait bien au-delà de l'amour et leur permettait de voir le monde avec le détachement des vrais sages, ceux qui ne désirent rien d'autre que ce qu'ils ont.

Constanze voulait repartir avant le déjeuner pour être de retour à la forêt en début d'après-midi. Par la nationale, elle en avait pour une heure et demie. Ils retournèrent vers la ferme en se tenant par la main, suivis par les deux chiens un peu déçus que la manœuvre soit déjà finie. Au moment de se quitter, c'était chaque fois pareil, ils ne se disaient rien de spécial, se parler en se séparant, « ça rend triste et ça porte malheur », c'est ce qu'elle avait retenu des pêcheurs de Madagascar, les Vezos, qui ne disent jamais au revoir lorsqu'ils prennent la mer, pour être sûrs de revenir.

À cinquante-sept ans, il voyait parfois ses parents lui parler comme s'il en avait seize. Cette manie l'avait énervé pendant des années, mais depuis longtemps Alexandre s'en était accommodé, il avait même pris le parti de trouver cela touchant. Il évitait cependant de dîner trop souvent avec eux. Maintenant qu'ils étaient âgés, ils avaient dû embaucher le grand Fredo, un original qui rêvait de les faire passer en bio, si bien qu'ils se sentaient un peu largués face à leur employé, d'autant que le Fredo avait des relations bizarres, c'était le bon gars, mais dans ce camping abandonné qu'il squattait, on parlait de types pas très nets qui traînaient avec des voitures immatriculées à l'étranger.

Ces temps-ci, le père tenait parfois des raisonnements un peu étranges, et la mère avait de soudaines absences. Alexandre n'avait jamais vécu loin d'eux, il les voyait presque tous les jours. De la même façon qu'on ne voit pas ses enfants grandir, demeurer auprès de ses parents au quotidien empêche de les sentir vieillir, sinon par à-coups. La main droite d'Angèle trahissait par moments un léger tremblement qu'elle attribuait à la fatigue, à l'énervement, un jour elle en parlerait au médecin, seulement, comme elle disait : « Manouvrier ne donne plus de consultations depuis qu'il est mort », et médecin par ici, comme maréchal-ferrant ou rempailleur, ça faisait partie des métiers oubliés.

— Alors, elle est repartie, la miss ?
— Oui, ce midi.
— Elle revient quand ?
— C'est moi qui irai la semaine prochaine.
— Chacun son tour, c'est bien comme ça.
— Oui, c'est bien comme ça.

Le son de la télé était encore trop fort, les parents avaient la religion du journal de 20 heures et Alexandre se débrouillait toujours pour baisser le volume mine de rien.

Ce soir-là, il sentait bien que ses parents le recevaient un peu fraîchement, ils lui faisaient la tête parce qu'il venait de remettre toutes les bêtes au pré, alors qu'en Dordogne, juste à côté, le département était passé en alerte rouge à cause de la tuberculose bovine. Voilà trois semaines qu'ils ne lui parlaient que de ça. Plus de quatre-vingts troupeaux étaient surveillés par les autorités sanitaires, depuis novembre on avait déjà procédé à des dizaines d'abattages diagnostics, on tuait l'animal avant même de s'assurer qu'il était malade en lui fouillant les entrailles, et si c'était le cas, on plaçait tout le cheptel à l'isolement.

— Tu sais ce que c'est que d'avoir à tester tout un troupeau ?
— Mais papa, on n'en est pas là.
— T'aurais quand même pu attendre avant de les ressortir.

— Toi-même tu dis qu'il faut s'adapter à la nature, qu'il faut suivre le mouvement.

— Pour les cultures, oui. Mais pour les bêtes c'est différent, on ne les sort pas juste parce qu'il fait beau.

— L'herbe a déjà bien poussé à l'ouest, ça servirait à quoi d'attendre ?

— Tu veux enrichir le vétérinaire ou quoi ? Et puis tu vois le bazar que ce serait si tu devais les dépister une à une, les empoigner pour l'intradermo et reporter le tout sur le carnet, t'en aurais pour un quart d'heure par tête, ça prendrait des jours !

— Mais le premier élevage est à vingt kilomètres, elles risquent pas d'être contaminées.

— Et les sangliers ? Et les renards ? C'est comme ça que ça s'est répandu en Dordogne.

— Les sangliers ne montent pas aux Bertranges, au contraire ils descendent vers la vallée, c'est plutôt toi qui devrais grillager tes poireaux et tes asperges.

— Les asperges ne chopent pas la tuberculose, que je sache.

— Pas encore !

La mère ne voulait pas intervenir, depuis longtemps elle avait décidé que la ferme là-haut, ce n'était plus leur affaire, d'ailleurs ils n'y mettaient plus les pieds, déjà parce qu'ils y avaient vécu cinquante ans, mais surtout parce qu'ils ne comprenaient plus les façons de travailler de leur fils, ils ne croyaient pas à ces pâtures sans fin, à ces magasins de producteurs, à ces histoires de vente à la ferme, toutes ces complications c'était du temps perdu. Et puis ils ne voulaient plus entendre parler de bêtes, et surtout ne jamais plus en avoir, pas même une perruche ou un chat.

Ils continuèrent à dîner en silence. À l'écran, des centaines de pelleteuses et de tractopelles de toutes les couleurs manœuvraient bord à bord, produisant un ballet fascinant de pelles hydrauliques. Alexandre remonta le son pour en savoir plus sur ce miracle de génie civil. En Chine on construisait deux hôpitaux en dix jours, deux hôpitaux de mille places chacun, alors qu'ici ça faisait cinq ans qu'on attendait une maison médicale dont les fondations n'étaient toujours pas creusées.

Delahousse annonça qu'à Paris, deux malades semblaient avoir été touchés par le mystérieux virus chinois, mais qu'ils allaient bien. Une brochette de médecins en blouse blanche étaient interviewés devant un grand hôpital, ils assuraient que tout était rentré dans l'ordre. Il s'agissait seulement de comprendre comment ces deux personnes avaient attrapé ce virus et de retrouver l'individu qui les avait contaminées, il y aurait donc une troisième personne touchée. Mais déjà on repartait en Turquie où un tremblement de terre avait fait des dizaines de morts, des répliques étaient redoutées dans les prochains jours ou mois.

Ils finissaient le fromage et le monde entier avait défilé devant eux, ils jetèrent une dose de café soluble dans leur tasse avec un curieux vertige.

Quand la météo arriva, le son était coupé, les images suffisaient. Une jeune femme distribuait le peu de nuages venus de l'ouest, elle mettait des soleils partout. La salle à manger avait retrouvé ce calme impérial qui emplissait le dehors. Alexandre débarrassa la table et chargea le lave-vaisselle, la mère ne manquait aucun de ses gestes. Quand elle le reprenait, ça le faisait sourire. Le père était sorti pour fumer en douce sa cigarette alors qu'il était censé avoir arrêté depuis vingt ans. Alexandre embrassa sa mère et alla le retrouver. Comme lui, il avait le réflexe de tendre l'oreille alors qu'il n'y avait pas le moindre bruit, pas de chevreuil, pas de sanglier ni de renard, le chat-huant n'étrennait pas encore son hululement pour la nuit, c'était remarquable à quel point on n'entendait rien, sinon l'infime rumeur de l'autoroute tout là-bas sur son viaduc. On la percevait en fonction du vent, ainsi que le feulement des éoliennes, mais ce soir-là elles demeuraient silencieuses. Les éoliennes, c'était le sujet à ne plus aborder, les parents avaient toujours défendu ses trois sœurs, pourtant c'était avec Alexandre qu'ils vivaient.

— Ta mère n'en parle pas, mais je vois bien qu'elle est tourneboulée par ces histoires à Paris.

— On est loin de tout ça.

— Et tes sœurs, t'y penses, à tes sœurs ? Tu les imagines enfermées dans leurs immeubles comme les Chinois dans leurs buildings ?

— Mais tu ne vas pas faire toute une histoire avec ça, des malades en France il n'y en a que deux !

— Trois. Et tu sais ce qui se passe quand on trouve trois bêtes contaminées dans un troupeau, on bute tout le cheptel.

— Arrête, les humains c'est pas des vaches !

— Non, mais c'est des mammifères quand même.

— Tu deviens comme le vieux Crayssac, tu vois le mal partout, tu ne serais pas sa réincarnation, des fois ?

Alexandre pinça affectueusement le bras de son

père pour désamorcer la brouille et tenter de minimiser les choses, il savait qu'il avait horreur qu'on le compare au vieux chevrier un peu illuminé qui, dans le temps, vivait là-haut et refusait tout, le téléphone, le tracteur et même l'électricité.

— Non mais, quand même, en ce moment il y a des virus partout. Regarde les chênes du côté de Cauterets, ils ont la maladie de l'encre, et les pins, ils deviennent rouges, on n'est qu'en janvier et ils sont déjà cuits.

— C'est pas des virus mais des scolytes, lâcha Alexandre avec un peu de dédain, soudain pressé de rentrer chez lui.

Avant de se coucher, Alexandre faisait toujours un tour le long des prés. Ce soir-là, il poussa jusqu'aux champs de Crayssac où paissaient ses vaches. L'hiver, au travers des branches nues, on voyait des tas de petites lumières au loin. Du haut des collines il avait la sensation d'être en pleine mer et de longer un rivage. Aux Bertranges, depuis le nouveau millénaire les étoiles n'étaient plus uniquement dans le ciel. En face scintillaient les éclats de feu des éoliennes, leurs balisages clignotants étaient synchronisés comme un rituel. Ces points rouges perturbaient davantage que le bruit de fond des trois sœurs, semblable à la rumeur d'un barrage ou de la rivière un peu plus bas, qui bruissait de moins en moins au fil des années. Plus loin encore, on discernait des sortes de minuscules fanions, c'étaient les phares et les lumignons des semi-remorques qui fonçaient là-bas sur le viaduc de l'autoroute, à cinq bons kilomètres. Plus au nord, quand le temps était clair et l'air humide, on pouvait voir une couronne de lumière monter dans la nuit. Ce soir, on distinguait parfaitement ce halo, sans pour autant apercevoir le moindre bâtiment, la gare de péage était encaissée dans un repli au creux des collines.

Au-dessus de la ferme, la lune n'était pas encore levée. Dans le triangle noir, les étoiles se confondaient aux lumières clignotantes qui filaient en ligne droite, celles des avions qui partaient vers le sud. Il y en avait de plus en plus, jour et nuit le ciel en était plein. Alexandre se représentait ces voyageurs dans leur tube de lumière, des cargaisons de dépaysés qui se jouaient des latitudes et enjambaient les continents. Il marchait doucement, fasciné par ce silence agissant des choses, dépaysé par tous ces signaux qui lui parlaient d'ailleurs.

Lorsqu'il approcha de la clôture, les vaches ne bougèrent pas, elles n'étaient pas regroupées, signe de confiance. Il sortit sa lampe et balaya le champ, les bêtes le toisaient avec une incrédulité fâchée, comme si elles le questionnaient sur ce monde-là. Les vaches ne regardent jamais le ciel, à croire qu'il les indiffère, elles ne relèvent pas la tête sinon pour grappiller des feuilles, et ne se soucient pas davantage des renards qui rôdent dans la nuit. Soudain il les trouva fragiles, ses bêtes, vulnérables comme jamais. Son père ne cessait de rabâcher qu'il suffirait d'un blaireau ou d'un errant contaminé pour que le troupeau soit en danger. Selon lui, le pire, c'était bien les blaireaux, ils erraient dans l'obscurité comme des poivrots en goguette et se battaient parfois jusqu'au sang, après quoi ils se calfeutraient dans leur terrier et se refilaient des virus, des sales bêtes, vraiment. La vérité, c'était que depuis qu'il était dans le maraîchage, le vieil homme avait pris les animaux en grippe, après avoir passé sa vie à en élever, il n'en retenait que les douleurs, les inconvénients et ces épidémies sans fin. La grippe aviaire avait même poussé la mère à arrêter les poules, son mari l'avait convaincue que tôt ou tard les oiseaux finiraient par nous la refiler et que les mammifères en feraient les frais. Pourtant, jamais elle n'aurait imaginé acheter un jour des œufs dans un magasin.

Un vent agita les branches, redonnant une teinte hivernale à la nuit, bizarrement les éoliennes ne tournaient toujours pas. Il les savait étranges mais ne s'en mêlait pas. Au moment du partage il avait dû céder quelques terres à ses sœurs et elles y avaient fait dresser ces engins. À partir du nouveau siècle tout s'était enchaîné, Caroline, Agathe et Vanessa avaient profité de l'obsession du gouvernement Jospin pour l'éolien. Il y avait eu des flopées d'incitations avantageuses. Comme en Allemagne et au Danemark, les prix de l'électricité avaient été garantis, une vraie mine d'or pour ces territoires à bout de souffle. Dans les campagnes, des sociétés venues de partout avaient prospecté sans complexe. Des costumés proposaient d'avancer de grosses sommes en liquide, convaincus que ce genre d'arguments parlerait aux paysans. La ruée vers le vent devint un casino à ciel ouvert, un loto qui ne devait faire que des gagnants.

Ses sœurs signèrent pour vingt ans. Ces trois éoliennes de deux mégawatts, hautes de quatre-vingts mètres sans compter les pales, produisaient l'énergie nécessaire à une ville de huit mille habitants et rapportaient une manne de vingt mille euros par an, ce qui sur vingt ans faisait une sacrée somme.

Reste que ce fut quelque chose d'installer ces engins, un chantier qu'Alexandre avait suivi de loin. La seule fois où il était allé voir de plus près, ce fut quand arrivèrent les pales de cinquante mètres de long, des monstres inertes sur des semi-remorques interminables, pareils à des mammifères marins attendant qu'on les remette à l'eau. Ça semblait fou, ce cortège, ajouté à ces sphères de béton immenses qu'ils enfouissaient sous terre, d'autant qu'un jour il faudrait peut-être tout dégager pour remettre les terres en l'état, mais rien de tout ça n'était son affaire, pas plus ses sœurs que leurs éoliennes.

Samedi 1ᵉʳ janvier 2000

En ce premier matin de l'an 2000, les superstitieux s'en étaient donné à cœur joie, le fameux bug tant redouté n'avait pas eu lieu, le monde entier l'avait désamorcé à coups de milliards, en revanche un black-out terrible avait plongé la France dans le noir et le froid. Ce nouveau millénaire présentait des airs de fin du monde. Des millions d'arbres étaient couchés au sol, comme soufflés par une explosion nucléaire, un peu partout dans le pays des bâtiments s'étaient retrouvés à terre. Le passage à l'an 2000 était à l'opposé de l'idée qu'on s'en faisait depuis des décennies. Aux Bertranges, cinq jours après la tempête l'électricité n'était toujours pas rétablie. À cause des pylônes déchiquetés des millions de foyers et d'industries se trouvaient toujours dans l'obscurité.

Dans la foulée des tempêtes Lothar et Martin, des pluies torrentielles s'étaient abattues sur les reliefs, provoquant des glissements de terrain et coupant les routes, ce qui rendait les accès encore plus difficiles pour les secours. Pour essayer de réalimenter les maisons les plus isolées, les équipes d'EDF allaient jusqu'à suspendre les fils électriques aux arbres. Les deux cataclysmes avaient mis à terre un quart du réseau d'électricité du pays et, déjà, on disait qu'il faudrait vingt ans pour assurer sa sécurisation et que cela coûterait des millions d'heures de travail et des dizaines de milliards.

Ils s'étaient tous rapatriés à la vieille ferme, parce que en bas chez les parents, sans plus de pompe ni de moteur électrique, la chaudière ne marchait plus.

Caroline, Agathe et Vanessa avaient retrouvé tout naturellement leur chambre et les parents la leur. Lucienne, la grand-mère, s'était installée dans celle d'Alexandre qui lui s'était rabattu sur le canapé du salon. Ils eurent tous l'impression de redécouvrir ces murs pourtant si familiers, cette bâtisse séculaire que leur fils occupait seul depuis déjà dix ans, cette trêve des confiseurs prenait la couleur d'un voyage dans le temps.

Ils retrouvèrent les odeurs de feu de bois et les lampes de poche à piles plates, ressortirent de la grange les antiques lampes-tempête qui y dormaient depuis cinquante ans. On renoua avec l'odeur d'alcool à brûler. Pour les quatre petits-enfants c'était d'un exotisme inouï, ils vivaient comme un jeu de se caler dans les pas de l'enfance de leurs mères. Caroline, Agathe et Vanessa ne cessaient d'évoquer des souvenirs, les parents en faisaient autant, les gamins excités posaient des tas de questions, ils découvraient que leurs parents avaient, eux aussi, été un jour des enfants.

Pendant les repas, Alexandre endurait ces conversations comme des séances de diapositives. Ce qui le blessait, c'était que ses sœurs se moquaient de tout, du carrelage vert anis de la salle de bains, des placards de la cuisine, de cette décoration inchangée depuis les années soixante-dix.

Alors il restait dehors la plupart du temps. Il n'en revenait pas du spectacle. L'ancienne stabulation et les granges d'autrefois avaient tenu, elles étaient même intactes. En revanche, l'immense charpente en bois et les panneaux en lamellé-collé fraîchement posés avaient été soufflés. Les longues poutres soi-disant indestructibles et les toitures en fibrociment s'étaient envolées et gisaient sur le sol, éparpillées sur plus de cent mètres. Quelquefois, il avait le sentiment d'entendre le rire de Crayssac, comme si son vieux voisin décédé lui murmurait que c'était une chance, que cette tempête le libérait de l'engrenage infernal dans lequel il s'était engagé. Fini le bâtiment de quatre-vingts mètres pour les broutards, fini le chantier d'engraissement de deux cents têtes de bétail, cette grande ferme moderne dont au fond il ne voulait pas. Il faudrait repartir de zéro, acheter une vingtaine de génisses de race rustique et tout recommencer. Avoir moins de bêtes et travailler à l'herbe, peut-être même en bio, mais surtout ne plus subir ces montagnes de factures d'aliments extérieurs et cette paperasse qui le rendait fou. «Ce qui te sauvera, c'est moins les prix du bio que la baisse de tes charges. Moins d'aliments, moins de frais de véto, moins de coûts mécaniques, tes charges devraient fondre et tes classeurs aussi.» Voilà ce que le vieux Crayssac lui aurait dit s'il vivait encore.

Quant aux parents, il n'osaient pas affirmer que tout aurait été tellement plus simple si leurs filles étaient restées vivre ici. S'ils voyaient bien que le couple de Caroline battait de l'aile, que par moments avec Philippe ils ne se disaient pas un mot, celle qui leur causait le plus souci c'était Agathe. Greg était son associé en plus d'être son mari, si bien que c'était elle qui assumait la gérance de leurs boutiques de vêtements. En cas de pépin, ce serait encore elle qui prendrait tous les coups. Ils avaient déjà revendu un magasin en centre-ville, et les deux autres n'allaient pas mieux. Greg parlait de rebondir dans la restauration, parce que là au moins les Chinois ne viendraient pas les concurrencer. Quant à Vanessa, elle vivait seule et se sentait comme chez elle à Paris, alors que ce n'était guère plus reluisant, la publicité était en crise, fini le temps où l'on dépensait des sommes folles pour filmer des tranches de faux jambon sur fond de nature tranquille, bientôt le numérique permettrait de recréer tous les décors pour trois fois rien. En tant que photographe elle risquait ni plus ni moins de se faire piquer son boulot par des ordinateurs. Pourtant, elle parlait d'une opportunité en Californie, ce qui affolait plus encore les parents que ce Paris où ils n'avaient jamais mis les pieds, et semblait tout aussi irréel à leur fils.

Le vieux poste Telefunken d'Alexandre les reliait au monde, une radio à l'antenne télescopique qui captait les ondes courtes et marchait à piles. Ce fut dans des grésillements d'après guerre qu'ils apprirent que Versailles était à terre, peut-être pas le château mais le parc, les chênes tricentenaires qui avaient connu Marie-Antoinette étaient tombés, décapités eux aussi, l'histoire n'avait pas résisté à ce coup de folie de la nature. En regardant vers l'ouest, on voyait la fermette de Crayssac, avec son chêne et son noyer, là-bas tout était intact.

C'est la tempête de décembre 1999 qui avait décidé de la vie d'Alexandre, parce que en plus de balayer les bâtiments de sa ferme géante, elle avait soufflé l'idée des éoliennes à ses sœurs. Dans ce réveillon de l'an 2000 tant fantasmé, ce changement de siècle et de millénaire fêté à la bougie, il aurait fallu voir un signe : cette nouvelle ère porteuse de progrès et de paix ne tiendrait peut-être pas toutes ses promesses.

Samedi 1er février 2020

Quand il roulait vers la Reviva, Alexandre ne savait jamais si Constanze serait seule ou avec des invités. En fonction des saisons et des projets en cours, des scientifiques séjournaient dans sa réserve biologique. S'il préférait se retrouver en tête à tête avec elle, il aimait aussi y rencontrer des passionnés qui lui parlaient de botanique, de faune, de la texture des nuages ou de l'intimité des insectes, tous venus là pour ausculter ce coin de forêt bien à distance des humains. Cela donnait lieu à des tablées animées et, même lorsque ces visiteurs n'étaient pas français, on réussissait à se comprendre malgré tout.

Un univers végétal sans route ni maison, sans ferme ni terres arables, seulement de grands arbres et des reliefs rocheux, un monde encore plus sauvage qu'aux Bertranges.

Constanze était la conservatrice de la réserve, cinq cents hectares qu'elle régissait avec l'appui de l'Office national des forêts et du ministère de l'Environnement. Elle avait quitté l'Inde et les missions humanitaires à la suite de la disparition de sa fille. Depuis, elle ne se voyait pas vivre ailleurs qu'ici, ancrée dans la certitude et la sensation d'être loin de tout. Depuis près de vingt ans elle régnait sur ce domaine enclavé entre le sud du plateau de Millevaches et la vallée de la Cère. Il n'y avait pas d'autre construction que cette grande baraque en bois au cœur de la réserve, un bâtiment en pin de trois cents mètres carrés dont les pilotis surplombaient les gorges, au-dessus de la rivière.

À la suite de la tempête de 1999, un consortium d'universitaires européens avait racheté avec l'aide de la région et à peu de frais des exploitations forestières en partie dévastées, des terres redevenues vierges. Dans ce monde d'après la catastrophe, les arbres encore debout se mélangeaient à un mikado de troncs morts et de chablis, le projet était donc de laisser toute une zone forestière en libre évolution. La réserve n'était accessible qu'à des scientifiques, ils y suivaient la restauration naturelle des étendues ravagées par les éléments afin de comprendre comment la nature se recompose d'elle-même, d'étudier quelles essences prennent le dessus, d'analyser au plus près l'impact du changement climatique et le fonctionnement naturel des éco-systèmes dans un périmètre sans présence humaine. En plus d'être accidentée, la zone était enclavée, nul randonneur ni chasseur ne s'y aventurait.

Après la double tempête de 1999, la France s'était découverte en retard sur la protection des espèces et des habitats naturels, la Commission européenne lui en avait fait le reproche. Profitant des nouvelles directives Natura 2000, Constanze s'était lancée. Le long bâtiment offrait un confort rudimentaire, elle y vivait hors du monde, un nomadisme sédentaire qui lui allait bien. La Reviva, c'était bien plus qu'un projet de vie, car l'échéance nécessaire pour estimer sa réussite était de l'ordre de quatre ou cinq siècles.

⁕

— Je vous dis que demain les jardins grignoteront les villes.

— Chez nous au Danemark, ça a déjà commencé. En plus des jardinières de balcon, on a des potagers sur les toits et des cultures verticales, avec l'hydroponie on n'a plus besoin de terre, on cultive le long des murs.

— C'est ce que je vous dis, la nature colonisera les villes !

Alexandre les écoutait avec incrédulité et fascination, d'autant que ces deux-là lui semblaient légitimes pour décrire l'avenir. Ugo était ingénieur, sa spécialité, c'était la vie des sols, tandis que Johann s'intéressait aux petites bêtes. Il passait sa vie à observer la pyrale, les scolytes et les chenilles, ces infimes destructeurs des forêts décuplés par le changement climatique.

Constance avait préparé pour le dîner une tourte de pommes de terre, avec les patates et le lard qu'Alexandre avait apportés. C'est lui qui la sortit du four et la posa, brûlante, dans un grand plat en grès. La longue table qui trônait dans ce réfectoire immense était en chêne, on aurait pu se croire au fin fond du Canada ou dans les montagnes Rocheuses.

Constanze basculait du statut de conservatrice en chef à celui de femme reléguée aux tâches ménagères. En la voyant se lever, Alexandre lui embraya le pas pour lui filer un coup de main en cuisine, un réflexe que les autres n'avaient pas toujours.

Ils sortirent ensuite tous les quatre sur la terrasse qui surplombait les gorges, Johann et Ugo partagèrent l'herbe douce qu'ils avaient ramenée. Même si elle ne fumait plus, Constanze en prit quelques taffes, mais Alexandre estimait avoir passé l'âge de tirer sur un joint, ce rituel faussement communautaire lui semblait réservé à l'adolescence, en tout cas à la jeunesse, et jeune il ne l'était plus. Il ne voulait plus l'être. Il assumait pleinement ses cinquante-huit ans et se sentait d'une tout autre génération. Constanze elle, échappait au temps, elle restait mince avec ses longs cheveux, un corps musculeux et cette tonicité propres aux animaux sauvages. Son visage poli par deux décennies d'air pur avait même gagné en lumière, juste sous ses yeux de fines rides parfaitement symétriques soulignaient son regard bleu, sa crinière blonde avait gardé sa majesté. Sans la voir inchangée, Alexandre la regardait toujours avec une fascination un peu distante. Elle continuait à l'impressionner par cette souveraine assurance qu'elle dégageait, cet équilibre avec lequel elle semblait s'imposer au monde, déstabilisée par rien. Depuis qu'elle vivait là, elle ne cessait d'arpenter la forêt, se livrant à des évaluations périodiques. Le soir elle croulait sous les tâches administratives. La mutualisation des expériences entre les différentes réserves européennes l'obligeait à produire toute sorte de comptes rendus, si bien qu'elle sortait rarement d'ici, pour ainsi dire elle y passait sa vie.

Le lendemain, ils se levèrent tôt, Alexandre décida de rester un peu et de les accompagner le long des gorges pour faire des prélèvements. Pour descendre vers la rivière, il fallait se faufiler entre les arbres, une fois en bas on se sentait au cœur d'une cathédrale à ciel ouvert. Certains trouvaient que ça ressemblait à une vallée perdue du Sri Lanka ou de La Réunion, Alexandre voulait bien le croire. Ces arbres qui s'élançaient depuis la déclive minérale, cette roche rouge sous les résineux qui visaient le ciel, c'était comme un ailleurs définitif. Au fond des gorges, une eau tumultueuse se débinait dans une forme d'urgence, elle répondait sans fin à l'appel de la pente et filait irriguer les terres loin de là, des sols arables qui n'attendaient qu'elle pour que le monde ait un lendemain.

Ce matin-là, Johann menait les opérations. Pour lui l'entomologiste, cette fois c'était officiel, le frelon asiatique avait colonisé l'ensemble du territoire, depuis le début de l'année plus aucune zone n'était épargnée. Les recoupements d'informations avaient permis de mesurer son expansion, et cet inventaire quasi exhaustif des nids de frelons, mis en ligne par le Muséum d'histoire naturelle, donnait la possibilité de suivre au jour le jour l'avancée de l'ennemi. Alexandre était fasciné par la précision avec laquelle Johann et Ugo lui décrivaient la progression de ces insectes comme des historiens le feraient d'une armée napoléonienne. Le plus saisissant, c'était que les tout premiers frelons venus d'Asie avaient atterri non loin d'ici quinze ans auparavant. Il avait suffi d'un nid enfoui dans des poteries venues de Chine et livrées dans le Lot-et-Garonne... Un seul spécimen avait permis l'explosion exponentielle du parasite.

Sous un ciel menaçant, ils restaient groupés au bord de la rivière, dominés par ces roches coiffées d'arbres fiers. À les voir depuis tout là-haut, on aurait dit quatre êtres minuscules piégés dans l'antre d'une créature vorace ou dans une mâchoire prête à se refermer.

Dans ces moments-là, Constanze et Alexandre avaient le réflexe de se coller l'un à l'autre, comme s'ils reproduisaient l'élan de leur tout premier soir trente ans auparavant, dans les collines du Gers, puis il y avait eu des séparations et des retrouvailles, faites d'étreintes sur les quais de gare ou dans les halls d'aéroport. Des moments suspendus avant de se quitter pendant des mois ou des années. Se rejoindre ainsi par les corps, c'était une façon de cautériser les blessures de ces années passées sans se voir. Une fois Constanze revenue en France, ils avaient eu la prudence de ne pas constamment vivre ensemble, de ne pas se compromettre dans trop d'habitudes, de préserver l'équilibre qui les liait, cette attraction qui fait que la Lune et la Terre s'épousent par phases puis s'éloignent. Sans Constanze, Alexandre flotterait sans ancrage, sans autre repère que cette terre qu'il travaille et qui le retient.

Johann et Ugo scrutaient les fissures d'une roche exposée au sud, ils y avaient repéré la cache d'un frelon. L'hiver étant doux, les femelles quittaient déjà leur hibernation avec le projet de bien vite créer de nouveaux nids ailleurs. Ces survivantes solitaires repartiraient de zéro, une par une, elles iraient conquérir d'autres territoires.

Johann expliquait que les colonies de frelons se fondaient sur les rescapés de l'hiver. Pour éradiquer le fléau, l'idéal aurait été de les contenir dès maintenant, de les pister un à un. Mais il n'était pas là pour ça. Son affaire à lui, c'était de repérer quelques-uns de ces insectes et de les observer dans tout le processus de reproduction. Ils ne tuèrent donc pas cette femelle qu'ils suivaient du regard, c'est le paradoxe d'une réserve, on y laisse proliférer les destructeurs.

— Tout de même, tu ne crois pas que... ?

— Alexandre, mon rôle c'est pas de tuer des insectes, mais de comprendre comment ils vivent.

— D'accord, mais ce frelon-là, il détruira des abeilles, des mouches, des papillons, des araignées, sans parler de tous les pièges que les gens bricolent et qui massacrent les coccinelles, les guêpes et tout le reste. Par la faute de ce seul frelon-là, des milliers d'insectes vont disparaître !

Je ne tue personne, moi.

Johann et Ugo misaient sur un rééquilibrage spontané de la nature, ils en étaient à ce niveau d'optimisme et de bienveillance, et ils ne doutaient pas que le réchauffement climatique ferait en sorte que les rapaces migrateurs ne partent plus l'hiver et se nourrissent des larves de tous ces frelons-là.

Alexandre jeta un œil à Constance, il savait que le sujet des insectes touchait en elle quelque chose d'essentiel, ranimant cette douleur qu'il avait voulu faire sienne et dans laquelle une part d'eux-mêmes communiait depuis vingt ans. Dans la moindre bestiole il voyait un porteur de germes. Constanze avait perdu sa fille à cause d'un diptère de trois milligrammes, l'un de ces moustiques vecteurs de l'encéphalite japonaise l'avait détournée à tout jamais du Gujarat, de l'Himachal Pradesh et de la maternité.

Ils se posèrent sur une plage de cailloux, sortirent des sandwichs et formèrent un cercle. L'envie était grande de faire un feu, ne serait-ce que pour le symbole, mais ici c'était hors de question. Alexandre repéra un frelon qui tournoyait tout autour, attiré par ces parts de tarte aux pommes tout juste déballées. Les autres n'y prêtaient pas attention. Il le vit se poser à moins de deux mètres, sur une pierre, comme s'il le provoquait, lui. D'un grand coup de blouson il aurait pu le tuer, mais Johann et Ugo ne l'auraient pas compris. Pourtant, ce n'était pas seulement un parasite qui lui faisait face, mais un nouvel ennemi qu'il redoutait chaque fois qu'il s'approchait d'une haie ou débroussaillait sous les arbres, plus qu'un ennemi c'était un tueur, s'ajoutait à cela le risque qu'un veau ou une vache foute un jour le nez dans un nid caché dans un buisson, et qu'il en crève. Tous les ans des hommes et des femmes se faisaient surprendre par un nid dans leur abri de piscine ou dans leur compteur électrique, d'année en année ils s'installaient de plus en plus près du sol, parfaitement cachés, même les enfants ou les chiens couraient de gros dangers.

— Eh bien, tu ne manges pas ?

Constanze lui tendait la dernière part de tarte, tandis que les deux autres servaient le café fumant du Thermos.

— Un sucre ?
— Non, surtout pas.

L'insecte ne bougeait plus. Il fallait qu'il le tue. Il suffirait qu'il neutralise celui-là pour affaiblir les autres, ce *Vespa velutina* n'était pas seulement son adversaire, mais une menace pour l'humanité.

Une fois remontés vers les chablis, ils traversèrent un terre-plein exposé à l'ouest où gisaient les arbres frappés par la tempête de 1999. Des pins couchés continuaient de vivre à l'horizontale, leurs racines n'ayant pas été rompues, ils s'obstinaient à respirer. Cette zone ressemblait à un grand chaos, alors qu'elle était saine, les sols y étaient protégés par les branchages déchus, la terre était enrichie de la poussière des troncs et de la pluie, des milliers d'insectes, oiseaux et champignons y proliféraient. Ces arbres qui pourrissaient n'en finissaient pas de donner de la vie.

Ils s'arrêtèrent tous les quatre pour écouter les milliards d'organismes qui communiaient en silence. Puis il y eut ce bourdonnement, un vol lourd qui leur fit tendre l'oreille, et d'un geste réflexe, presque malgré lui, Alexandre souleva le blouson qu'il tenait à l'épaule et faucha le frelon d'un grand coup.

Mercredi 5 février 2020

Depuis que le journal de 13 heures avait diffusé ces images de chambres stériles à l'hôpital de Bordeaux, ces chambres à pression négative qu'on réservait aux contaminés, les parents montaient le son plus fort que jamais. Fredo plaquait ses deux mains sur ses oreilles pour se moquer d'Angèle et Jean. Faut dire que Fredo était réglé comme une horloge, du moins pour ce qui est du travail, car pour le reste on ne savait pas trop, sinon qu'il menait une vie de bohème et que son ex l'avait mouillé dans tout un tas de trafics. Mais tous les jours à 12 h 55, il enlevait ses bottes pleines de terre et enfilait des chaussons avant de rentrer, il aurait préféré s'en passer mais la mère ne voulait pas, pour elle marcher pieds nus c'était l'assurance d'attraper la mort.

En le voyant se boucher ainsi les oreilles, le père haussa les épaules mais Angèle baissa tout de même un peu le son. Cette pneumonie de Chine, ça remplaçait *Les Feux de l'amour*, relégué maintenant à pas d'heure, et c'était largement plus prenant. Le JT diffusait à présent un reportage sur le village de vacances de Carry-le-Rouet, c'est là que les autorités avaient placé en quarantaine les deux cents rapatriés Français de Wuhan, une ville chinoise de plus de onze millions d'habitants dont on n'avait jamais entendu parler.

On ne voyait rien d'autre que les quatre grands cars blancs qui les avaient cueillis à l'aéroport, des cars flambant neufs et escortés par des motards de la police, comme pour des footballeurs de l'équipe de France ou des convois de déchets nucléaires. Des habitants de Carry-le-Rouet se disaient pas trop rassurés de les savoir là ; ces hommes et ces femmes qu'on ne montrait pas et qui avaient fui le brasier ramenaient peut-être des saloperies tapies dans leurs poumons, d'autant que sur les réseaux sociaux des messages affirmaient que leur quarantaine n'était pas respectée correctement, que des chats se baladaient dans ce centre de vacances, des chats vagabonds qui se promenaient aussi dans le village, après avoir été caressés par ces possibles infectés, et même si ces gens-là portaient un masque à longueur de journée, le problème, c'est que les chats eux n'en portaient pas. Un prétendu courrier officiel affirmait que les oiseaux aussi pouvaient l'attraper, ce virus, et que leurs fientes risquaient de le répandre.

Fredo avait toujours trop chaud. Depuis le matin il s'était activé dehors, à semer les radis et les épinards tout en préparant la terre des parcelles du fond, il l'amendait avec du compost de fumier et des tailles de haies. Ces derniers temps, il y allait fort, car si les parents continuaient de travailler pour améliorer leur retraite, la souplesse n'était plus là et ils étaient sans cesse obligés de faire des pauses. Défilèrent des images du marché de Wuhan. Cette halle aux animaux vivants d'où tout serait parti était maintenant fermée à jamais. On avait mangé de tout là-dedans, aussi bien des serpents que des rats ou des peaux d'ânes, et même des louveteaux ou des blaireaux prêts à cuire, le reporter ajouta qu'un gourmet chinois digne de ce nom se vantait de « déguster tout ce qui a quatre pattes sauf les tables, tout ce qui vole sauf les avions, et tout ce qui nage sauf les bateaux... ».

Cette énumération les cloua net, la cuillerée de gratin dans la bouche.

— Tu sais, tant qu'Alexandre n'est pas là, tu devrais en profiter pour buter le couple de blaireaux qui traîne là-haut.

Fredo haussa les épaules.

— Je suis sérieux, lui rétorqua le père.

— C'est à cause de la Chine que vous dites ça ?

— Non. En Dordogne ils ont déjà abattu mille vaches à cause de la tuberculose.

— Eh bien comme ça le problème est réglé. Vous voyez le mal partout, Jean, la grippe chinoise, les blaireaux de Dordogne, faut se détendre, tout ça c'est la nature !

— T'y connais quoi à la nature, toi ?

— J'y passe ma vie !

— C'est pas parce que tu dors dans une caravane sans roues, et que tu passes ta vie dehors que tu connais la nature, de toute façon aux vaches t'y connais rien, le bétail, c'est fait de chair et de sang, rien à voir avec tes pommes de terre et tes radis.

— Écoutez, là-haut je fais tout comme il me dit, mais pour le reste je touche à rien.

— T'as bien une carabine, pas vrai ?

— Oh, si on devait se mettre à éliminer tout ce qui traîne, alors pourquoi pas buter les renards, les chats sauvages et les chevreuils tant qu'on y est, comme il y en a de plus en plus, on n'en finirait jamais. Il y a même des lynx qui descendent du Massif central, on va tout de même pas tous les tuer!

— Les lynx n'ont jamais refilé la tuberculose à une vache, pas plus que les chats ou les chevreuils, tu vois que t'y connais rien.

Fredo ne répondit pas. Comme souvent il prenait sur lui pour ne pas envenimer les choses, surtout que le père devenait rude depuis qu'il devait se contenter de donner des ordres. Jean vivait mal cette dépendance aux autres, et puis les autres se faisaient de plus en plus rares, il se désolait de ne plus voir leurs petits-enfants ni leurs filles. Une photo d'elles trônait depuis toujours sur le buffet à côté de la télé, les trois sœurs enlacées, tout sourire dans des jupes d'été, se serrant les unes contre les autres pour éviter un jet d'eau. Un cliché de l'adolescence sur lequel Alexandre ne figurait pas, Fredo en avait fait la remarque et les parents lui avaient répondu qu'Alexandre, ils le voyaient tous les jours. Malgré le bulletin météo, Jean continuait sur sa lancée, assurant qu'il y avait trente ans on gazait les renards dans leur terrier et que les blaireaux tombaient en même temps. Mais depuis que les appâts-vaccins avaient éradiqué la rage des renards, la population des blaireaux s'était remise à augmenter.

— Vous n'avez qu'à acheter un cheval!

— Ah bon, parce que les chevaux tuent les blaireaux?

— Non, mais l'odeur de leur urine les fait fuir.

— C'est une idée de rêveur, ça.
— J'aime mieux être rêveur qu'assassin. Si on vous écoutait, tous ces rapatriés de Carry-le-Rouet, faudrait les buter.

Jeudi 6 février 2020

Depuis qu'elle vivait seule dans cet appartement devenu trop grand, Caroline allumait une lumière dans chaque pièce dès que le jour baissait. Mais ce soir, ça ne suffisait pas, elle avait besoin de marcher le long du canal jusqu'au centre-ville, de voir du monde, d'autant que ce jour-là le thermomètre était monté jusqu'à 24 degrés, les premiers jours de février étaient doux comme un été. En allant vers le marché Victor-Hugo elle passa par la place Wilson et retrouva les bancs qui lui servaient de repères quand elle était étudiante et que Toulouse lui semblait un eldorado. Les promeneurs ne pressaient pas le pas, certains étaient même installés en terrasse. C'était jeudi, des groupes de jeunes stagnaient devant les cafés, Caroline appréhendait plus que jamais de tomber sur un de ses élèves, qu'on la découvre marchant seule le soir, sans sac ni cabas, pour rien en somme. En les observant, elle retrouvait des sensations oubliées, à leur âge vingt heures c'est tôt, il y a encore toute une vie à faire.

Quand ça avait commencé à ne plus aller avec Philippe, c'est là qu'elle venait corriger ses copies, dans ce café à l'angle. Depuis qu'elle vivait seule, vingt heures ça ne signifiait plus rien, elle avait pris l'habitude d'expédier ses dîners, des salades toutes prêtes, des crudités sous plastique, c'en était fini de ces menus à anticiper, de cette course chaque soir contre la montre, rentrer du boulot, prendre la liste des commissions, aller au supermarché puis tout préparer. Pendant vingt ans, vingt heures avait été ce grand carrefour de la vie de famille, à quatre, puis à trois, puis à deux une fois les enfants partis, puis toute seule lorsque Philippe l'avait lui aussi quittée, au détour de ses cinquante ans.

Elle avait pris l'habitude d'allumer la télé en rentrant, ça faisait une présence, souvent elle mettait une chaîne d'info mais depuis deux jours elle n'en pouvait plus de ces litanies affolées, alors elle ressortait. Elle se sentait bien dehors, sur les traces de son passé, croisant les fantômes de ces étudiants qu'ils avaient été, Philippe et elle. Avec la soixantaine en point de mire, quelque chose lui échappait, comme si elle n'arrivait plus à le comprendre, ce monde, encore moins à l'anticiper. L'improbable devenait la règle. Le Brexit venait d'être célébré en grande pompe à Londres, elle n'aurait jamais cru à l'éclatement de l'Europe, pourtant cette fois c'était fait, après tant d'années à se construire l'Union se disloquait. Pas plus qu'elle n'avait voulu croire à l'acquittement de Trump, mais ce cinglé venait bien d'être blanchi par le Sénat et le milliardaire roux pouvait tranquillement filer vers sa réélection. Caroline était lasse de tout un tas de choses, de ces grèves monstres contre les retraites, des Gilets jaunes tous les samedis dans les rues, de ces feux géants en Australie, vingt millions d'hectares venaient de partir en fumée, laissant des centaines de morts, tous asphyxiés. Ses élèves avaient même voulu en parler en classe, non pas des victimes humaines, mais des milliards de reptiles, de mammifères et d'oiseaux disparus dans les flammes.

En arrivant devant le marché, elle ne put s'empêcher de penser à son frère en lisant sur la devanture d'un restaurant : « Ici on sert de la viande maturée. » Une vitrine frigorifique garnie de quartiers de bovin trônait fièrement au beau milieu de la salle. Les nouveaux bistros amenaient plein de vie, les clients dînaient parmi des rumstecks et des trains de côtes pendus à des crochets, elle y voyait un curieux retour des choses, celui-là même qu'Alexandre avait prophétisé vingt ans auparavant. Reste qu'ils ne se parlaient pas, la ferme ne la concernait plus et elle avait cessé de manger de la viande depuis longtemps.

Elle eut envie de s'installer là, en terrasse, au milieu de ces groupes, mais à l'idée de se retrouver seule à une table, sous un parasol chauffant, au cœur de toutes ces conversations, de ces rires, d'avance elle était transie de honte et d'amertume. Depuis qu'elle s'était séparée de Philippe, ses deux filles avaient pris le parti de leur père, pourtant ce soir elle aurait bien téléphoné à l'un d'eux, ou plutôt elle aurait bien aimé que l'un d'eux l'appelle. Alors elle rebroussa chemin.

Il restait du pain de la veille et dans son frigo des crudités en barquette dont il faudrait juste vérifier la date de péremption.

En poussant la porte, elle retrouva les lampes et la télé allumées. Depuis la cuisine, elle entendit le président chinois, elle reconnaissait chez ce Xi Jinping des relents soviétiques, le même fatalisme glacial que celui de Gorbatchev quand il avait avoué au moment de Tchernobyl que l'URSS était «pour la première fois confrontée à une force qui la dépassait». Le même visage sans émotion, cette même froideur pour concéder que la situation était grave. Face à tout le Bureau politique du Parti communiste, il assura que la Chine pouvait *encore* remporter la bataille contre le nouveau coronavirus. Le correspondant ajouta que la zone de confinement serait élargie le lendemain à toute la province du Hubei, ce n'était donc plus seulement une ville qu'on maintenait sous cloche mais cinquante-six millions d'habitants. Du jour au lendemain on pouvait ainsi forcer près de soixante millions de personnes à ne plus sortir de chez elles. Dans le reste de la Chine, on instaurait des dépistages systématiques, des prises de température à tous les coins de rue, à se demander s'ils étaient devenus fous.

Vendredi 7 février 2020

Le lendemain en salle des profs ils ne parlaient que de cela. Certains n'y croyaient tout simplement pas, on ne pouvait pas d'un claquement de doigts enfermer toute une population, tout figer comme dans un gigantesque jeu de 1, 2, 3, soleil…

— Même en dictature ça n'est pas possible, assura Lucas.

Tout de même, ce Lucas dont le rationalisme froid balayait tout scepticisme devait bien admettre que circulait le bruit d'une possible annulation du voyage pédagogique à Séville en avril.

— Tout ça, c'est pour masquer des problèmes de budget, hasarda-t-il.

Ils lui semblaient si jeunes, ces profs, à l'exception de Michel ils avaient tous vingt ans de moins qu'elle, et ce décalage qu'elle avait ressenti toute sa carrière avec ses élèves, voilà que désormais elle l'éprouvait vis-à-vis de ses collègues. On la tenait pour une senior, à ce titre elle aurait dû être dépositaire d'une certaine sagesse, d'un certain sang-froid, alors qu'au fond elle n'attendait qu'une chose : qu'on la rassure. Michel approchait lui aussi de la soixantaine, mais il se plaisait à dire que tous les gars du Lot-et-Garonne étaient rustiques comme lui, du moins ceux qui avaient fait du rugby. Michel était un rieur, mais ce matin-là, peut-être parce qu'il était prof de SVT, il riait moins. Lui que Caroline tenait pour un politisé un peu trop exalté et provocateur, voilà qu'il semblait atteint par le doute :

— Faut tout de même savoir que chaque jour quinze mille litres d'air nous passent par les poumons, ben oui, et si par malheur ce virus commençait à se répandre un peu partout on pourrait bien se retrouver enfermés à double tour, comme le jour d'AZF, je le sais, j'étais au lycée Gallieni à l'époque !

La sonnerie les sortit du cauchemar de ces vieux souvenirs ranimés.

Elle reprit le cours de sa journée comme si de rien n'était puis elle fut vite rattrapée par ses angoisses du moment, la perspective de cesser d'enseigner dans deux ans l'obligeait malgré elle à faire le point. Là aussi elle perdait tout repère, en 2010 l'âge de la retraite était passé à soixante-deux ans, mais Édouard Philippe voulait maintenant le repousser encore, et en 2025, à soixante-dix ans, peut-être travaillerait-elle toujours ? Où qu'elle regarde dans l'espace et dans le temps, tout semblait compromis, rien n'était solide. Et s'arrêter, arrêter d'enseigner, elle en rêvait tout autant qu'elle en avait peur.

Le soir, c'était les vacances de février, ils se saluèrent tous en se souhaitant bonne chance, comme si tout pouvait arriver en quinze jours.

Jeudi 20 février 2020

Ici, vivre sans voiture, c'est être mort. Son mari ne conduisait plus, alors Angèle faisait elle-même les courses, veillant à en demander le moins possible à son fils. Mais le jour où elle ne pourrait plus conduire, Alexandre serait fatalement leur dernier recours.

Depuis une semaine l'eau du robinet était trouble, par précaution elle voulait acheter au moins six packs de Cristaline à l'hypermarché, ce qui serait pour elle bien trop lourd à manier, mais ce matin-là, ça tombait bien, Fredo avait rendez-vous à l'ancienne station-service, du côté de la zone commerciale. Elle se doutait bien que ce rendez-vous avait quelque chose à voir avec cette herbe qu'il glissait dans ses cigarettes roulées, ce pauvre Fredo pensait que personne ne s'en rendait compte, alors qu'Angèle et Jean avaient compris depuis longtemps, sans lui en faire jamais la remarque.

Sur la route de la vallée, d'un côté il y avait le rocher et de l'autre un muret sans bas-côté, deux bordures implacables qui n'autorisaient aucune approximation. Angèle sentait son employé guetter la moindre petite erreur de conduite. Peut-être même avait-il peur. Alors qu'en fait il avait la tête ailleurs.

La mère alluma l'autoradio, le curseur était calé sur la seule station accessible quelle que soit la route, dans la vallée comme là-haut sur les collines, une station qui grésillait et dont on ne savait rien, sinon qu'elle tutoyait l'auditeur, une radio associative sans information ni publicité qui diffusait toutes sortes de musiques et s'embarquait dans des conversations interminables. Cette fois, Angèle tomba sur une mélodie enveloppante et soyeuse, elle ne la connaissait pas, cette chanson, pas plus que Fredo, mais elle la renvoya quarante ans plus tôt, quand ils partaient tous ensemble, en famille, faire les courses. Elle aurait bien laissé couler une larme si Fredo n'avait pas été juste à côté d'elle, lui qui n'avait ni frères et sœurs, ni parents, parce qu'ils étaient loin, ou fâchés, elle ne savait pas. Ce matin-là elle le trouvait nerveux, elle espérait que son rendez-vous ne cachait rien de grave. Ce garçon, Angèle ne le comprenait pas. Elle se demanda à quoi ressembleraient ces jours si tous ses enfants et petits-enfants vivaient près d'elle, ne serait-ce que dans les parages, est-ce que la vie serait douce comme dans cette chanson, cette chanson qui disait pourtant que le bonheur n'existe pas ?

Dans les allées de l'Intermarché Angèle poussait lentement son caddie. Fredo la rejoindrait sur le parking à dix heures et demie pour hisser les six packs d'eau dans le coffre, elle avait le temps. Elle s'arrêta au rayon presse et y feuilleta des magazines comme s'ils étaient à disposition. Elle fut happée par un reportage sur un paquebot de croisière coincé à l'autre bout du monde, au large du Japon. Ses filles avaient fait une croisière en Méditerranée il y avait dix ans, elles en avaient rapporté mille photos de couchers de soleil et de sourires. Là, à bord de ce *Diamond Princess*, la vie de rêve avait viré au cauchemar, chaque jour de nouveaux passagers déclaraient des symptômes, les trois mille croisiéristes se retrouvaient enfermés dans leur cabine comme dans une cellule, pour certains sans fenêtre ni hublot. Confinés en plein océan. Un comble. Seuls quelques citoyens américains avaient eu le droit de débarquer, on les voyait alignés comme des prisonniers, escortés par des hommes en combinaison intégrale qui les aspergeaient de liquide. Angèle se détourna de ces journaux comme si elle sortait d'un cauchemar, le Japon c'était loin, autant que les clims et les paquebots.

Elle se plaça dans la file d'attente devant la caisse de la grande rousse qui souriait toujours. Avec Joy tout devenait fluide, Joy c'était son nom ou son surnom, on ne savait pas, mais elle n'hésitait jamais à se lever de son siège et à se pencher par-dessus le tapis roulant pour scanner les produits les plus lourds, elle disait que ça lui détendait le dos de bouger les bras et que jouer de la douchette c'était son yoga à elle.

Angèle ressortit du magasin accompagnée par la gaieté de cette fille, mais elle déchanta vite sous une pluie fine, d'autant qu'en approchant de sa voiture elle ne vit nulle part la grande silhouette de Fredo. La pluie forcissait, il fallait au moins sortir les autres courses pour les mettre à l'abri. Elle essaya tout de même de soulever l'un des packs d'eau minérale, mais avec son épaule, c'était peine perdue. Elle renonça, rangea le caddie à l'avant de la voiture, histoire de le garder à l'œil, et se replia dans l'habitacle. Son manteau était trempé. Elle mit le contact et brancha la soufflerie pour se débarrasser de cette condensation qui la coupait du monde. Il y avait tellement d'humidité dans l'air que la buée décuplait, un coup d'essuie-glaces ne changea rien, elle s'approcha du pare-brise pour dégager un hublot de visibilité.

À l'autre bout du parking, elle reconnut enfin la dégaine de Fredo et soupira d'aise.

Il avançait lentement, portant un carton comme s'il était fragile, ça gigotait là-dedans.

Lorsqu'il enjamba la petite barrière du parking, une tête de chiot, puis une autre se dressèrent, des chiots blancs avec de petites bouées gonflables en guise de colliers. La mère dut se pencher pour lui ouvrir la portière, il se dépêcha de poser le grand carton sur le siège passager, à l'intérieur six yeux noirs la fixaient sans plus bouger, trois petits êtres figés dans la même interrogation. Fredo était déjà à l'arrière pour finir de remplir le coffre, la mère se retenait de les toucher, on aurait dit trois jouets défectueux. Ce pauvre Fredo avait le don de se mettre dans des embrouilles qui le dépassaient, un jour ça finirait mal, seulement il y avait leurs regards, à ces bestioles, elle y lisait autant la peur que la perdition, et pour avoir élevé toute sa vie des bêtes, Angèle voyait bien que celles-là n'étaient sans doute même pas sevrées.

Dimanche 23 février 2020

Avec leur cou épais et leur croupe large, il suffirait d'un rien pour qu'elles perforent les haies et renversent les clôtures. Elles les piétineraient si elles n'étaient pas électriques, quant au taureau, il serait capable de déraciner un arbre ou d'enfoncer un mur. Dans le temps, ces bêtes passaient leur vie à tirer des charrues de plusieurs quintaux, preuve qu'elles sont nées pour aller et venir à l'air libre. Une vache, c'est fait pour vivre sans attache, et dehors. Les mammifères enfermés se refilent le mal, on doit leur donner toutes sortes de médicaments, alors qu'à l'air libre les bactéries s'égaillent et les veaux sont allaités tranquillement, le temps de se construire un corps solide.

Alexandre avait eu la chance que sa banquière cautionne ce projet presque simpliste : élever des vaches en les faisant brouter de l'herbe. Pour les investisseurs, cela avait le grand défaut de ne nourrir que l'éleveur et ses vaches. Un conseiller financier digne de ce nom préférera toujours une ferme laitière bien ancrée dans le système productiviste, une ferme qui fait également vivre l'inséminateur, les vendeurs de lait, de semences et de produits phytosanitaires, sans oublier ceux qui commercialisent le matériel agricole et les pièces détachées, avec en prime la coopérative qui revendra non seulement les semences, mais achètera aussi les broutards pour les expédier à l'étranger. Un modèle selon lequel il n'y a rien d'autre à faire qu'à suivre un schéma où tout est fléché.

Alexandre n'avait pas vu ses parents depuis trois jours. En général il passait les voir tous les soirs, non qu'ils aient grand-chose à se dire, mais cette visite relevait du rituel. Seulement le dimanche précédent, il y avait eu ces mots de trop de son père, à force de voir tout en noir celui-ci en était venu à accuser Alexandre de ne pas aimer ses bêtes. Mais ce qui foutait Jean de plus en plus en colère, c'était que des milliers d'avions continuaient de transbahuter des millions de personnes d'un continent à l'autre. Sans parler du Salon de l'agriculture qui ouvrait bientôt ses portes, comme si de rien n'était, à croire qu'on faisait toutes les conneries possibles pour que ce virus envahisse la planète. De toute façon, le monde était complètement déréglé, il le disait depuis un bout de temps, maintenant on en avait la preuve. La veille, il avait même trouvé un moustique dans sa chambre, en plein mois de février ; il prophétisait qu'un jour ces mêmes moustiques transmettraient la dengue ou le chikungunya jusque dans les pays froids.

Après chaque brouille, Alexandre redescendait chez ses parents en s'en voulant de ne pas avoir su surmonter sa colère, penaud, il appréhendait aussi la légère gêne qu'il y aurait au moment de se faire la bise et le silence avec lequel ils l'accueilleraient. Ce soir-là il allait faire amende honorable. Une alerte à la grippe aviaire venait d'être lancée par le ministère de l'Agriculture, des dizaines de foyers d'infection s'étaient subitement déclarés en Allemagne, preuve que Jean avait peut-être raison d'être tout le temps inquiet.

Alexandre n'était encore qu'à deux cents mètres du pavillon plongé dans la nuit, quand il crut entendre des bruits de chaises qui raclaient le sol, puis des rires, comme si on chahutait là-dedans. Au milieu de tout ce bazar, il crut percevoir de minuscules jappements. Depuis plus de vingt ans il n'y avait plus de chien chez les parents. Alexandre jeta un œil vers les granges. La mobylette de Fredo n'était pas là.

En entrant, il vit son père et sa mère au fond du couloir, ils sortaient de la salle de bains avec des petites bouées bleues entre les mains. Aussitôt surgirent trois touffes blanches qui leur passèrent entre les jambes, trois chiots aux piles neuves détalant comme des jouets rutilants, Angèle et Jean firent demi-tour et commencèrent à leur courir après.

— Mais bon sang, ne courez pas comme ça, vous allez glisser.

— Aide-nous à les rattraper au lieu de causer. Et mets des chaussons !

Alexandre trouva les chiots retranchés derrière un placard du salon ; ébahis de découvrir une nouvelle tête, apeurés peut-être, ils ne bougeaient plus. Les parents le rejoignirent et passèrent à chacun un collier gonflable autour du cou.

— C'est quoi, ces machins ?
— Des chiots.

— Non, ces bouées, là.
— C'est pas des bouées, c'est des collerettes.

Le journal de 20 heures allait bientôt commencer, pour une fois les parents avaient dédaigné la météo. Ils installèrent les trois chiots sur le canapé. Les collerettes gonflables les empêcheraient de se mordiller le ventre, assaillis qu'ils étaient de démangeaisons. La mère expliqua que ces bichons étaient à Fredo, ou plutôt à Adriana, son ex, elle viendrait les récupérer, enfin l'histoire n'était pas nette. Alexandre les inspecta d'un œil expert, sans le moindre attendrissement.

— Si ça se trouve, ils ne sont même pas pucés ni vaccinés.
— Y a des chances. Ils cherchent encore à téter.
— S'ils ne sont pas sevrés, alors c'est une embrouille, vaudrait mieux que Fredo les garde chez lui.
— T'as vu dans quoi il habite ? Ils ont froid et n'ont que la peau sur les os... Et puis il n'est jamais chez lui de toute façon.
— Si c'est des animaux volés, c'est du recel, c'est vous qui allez être emmerdés.
— Parle correctement, je te prie !

Affublés de leur bouée, les chiots ne bougeaient plus, immobiles comme trois peluches. Par moments, ils redressaient la tête pour balader leurs petits yeux inquiets dans la pièce, aussi incrédules que ces trois personnes penchées vers eux. Touché par cette façon qu'ils avaient de se pelotonner contre les coussins du canapé, Alexandre s'approcha. Leurs petites têtes piégées dans ces minerves trop grandes leur donnaient des allures d'animaux blessés.

— Non seulement ils se grattent, mais dès qu'on tourne le dos, ils se mettent à bouffer tout ce qu'ils trouvent, à midi ils ont avalé du gravier.

— C'est peut-être la maladie de Pica, en tout cas faudrait déjà les vermifuger.

La mère haussa les épaules et alla ajouter une troisième assiette et des couverts sur la table, comme s'il allait de soi qu'Alexandre restait souper.

— Des chiots volés, du recel, la maladie de Pica… Faut toujours que tu dramatises tout, lui envoya le père, pas mécontent de reprendre son fils.

Pour une fois la télé demeura muette tout le long du repas. Les images se mélangeaient. En Italie des voitures de *carabinieri* barraient les routes devant le panneau de la ville de Codogno, à Venise des gens portaient des masques chirurgicaux en plus de ceux du carnaval, au fil des reportages, en Iran, en Corée, tous se mettaient à se ressembler, à croire qu'un jour il n'y aurait plus que des hommes et des femmes déguisés en infirmiers de bloc opératoire, et que le monde devenait chinois. Alexandre songea que son père avait peut-être raison depuis le début, peut-être qu'en France aussi des villes seraient fermées, et les blaireaux finiraient par refiler la tuberculose à ses vaches.

La mère haussa le son quand Delahousse se mit à poser des questions au nouveau ministre de la Santé qui semblait bien jeune. Cela faisait l'effet d'être ausculté par un stagiaire. Lorsque le journaliste lui fit remarquer qu'on ne faisait peut-être pas assez de tests pour détecter les contaminés, il garantit que bientôt on pourrait en faire des dizaines de milliers par jour. Dans ses yeux on sentit poindre le même bref instant d'affolement qui devait naître dans la tête de tous ceux qui l'écoutaient, «des dizaines de milliers de tests par jour», ça voulait donc dire qu'il y aurait des dizaines de milliers d'infectés... Mais le fringant ministre se voulut rassurant : pour l'instant il n'y avait qu'une seule personne hospitalisée en France, un seul malade, tous les autres étaient guéris. Quand il fut question des masques, il répondit que dans notre pays ils étaient totalement inutiles pour le moment.

— Non mais quel con, tu vas voir qu'ils vont nous refaire le coup de Tchernobyl, pesta le père.

Au moment de conclure, le ministre annonça qu'à partir du lendemain il ferait une conférence de presse tous les jours en direct à la télé, le directeur général de la Santé à ses côtés.

— Ah ça, quand le toubib t'annonce qu'il passera te voir tous les soirs, c'est que ça sent le sapin, conclut le père.

Mais le sujet qui, pour l'heure, préoccupait le plus la mère, c'était les chiots. Elle se sentit obligée d'avouer à Alexandre que Fredo lui en avait dit un peu plus sur Drago, le nouveau fiancé de son ex. En ce moment, il était en garde à vue pour des histoires de pneus sur l'autoroute, c'est pour cela qu'ils avaient repassé les chiens à Fredo, par peur des perquisitions.

— Des pneus sur l'autoroute, mais qu'est-ce que tu me racontes, m'man ?

— Mais tu sais bien qu'ils font les réparations quand quelqu'un a crevé, ils ont soi-disant la licence pour entrer sur l'autoroute, enfin on ne pouvait tout de même pas les laisser comme ça, ces pauvres bêtes !

— Si je comprends bien, ils n'ont pas de certificat, pas de papiers, rien ?

— Non. Mais justement, tu pourrais en parler à Debocker, intervint le père.

— Attends, papa, on ne va peut-être pas se lancer là-dedans, les animaux c'est comme les hommes, sans papiers on ne s'en sort pas. Non, tout ce qu'il y a à faire, c'est de demander à Fredo de les rendre à ceux qui les lui ont refilés.

— Mais je te dis que Drago est à la gendarmerie, celle de Brive en plus, ou au tribunal, je ne sais pas.

Alexandre se retint de tout commentaire à propos de ce Drago et de la bande qui squattait l'ancienne carrière, une bande qui en avait attiré d'autres, si bien que là-haut vers Pompit les gens fermaient les portes à clé le soir et mettaient des antivols au réservoir des tracteurs et des cuves. Il était certain que ces trois chiots-là auraient dû être livrés à on ne sait qui et qu'ils étaient sans doute déjà payés.

Lundi 24 février 2020

Après deux semaines de vacances scolaires, quelque chose avant changé. Sa collègue, Rachel, avait toujours mille raisons de juger le gouvernement irresponsable, mais elle, la femme de gauche, voilà qu'elle s'indignait que la France soit le seul pays de l'espace Schengen à ne pas suspendre les visas pour la Chine, vingt-cinq autres dirigeants européens avaient coupé les ponts, sauf Macron !

— Bon sang, il ne comprend pas ce qui nous arrive ? De toute façon, il ne voit rien, déjà qu'il n'a pas vu venir les Gilets jaunes et les manifs contre la réforme des retraites, ce coup-ci ça va être une épidémie, mais il est pas possible, ce type, il nous porte la poisse ou quoi !

Caroline se sentit obligée de dédramatiser, pourtant si ça n'avait tenu qu'à elle, elle les aurait cloués au sol, tous ces avions, elle aurait bloqué aussi les bateaux et les trains, fermé les frontières et foutu des douaniers partout.

En rentrant, elle se demanda si l'humanité faisait face à une nouvelle page de son histoire, une peste justinienne ou une grippe russe, une page aussi sombre que le choléra.

Pendant ses vacances elle n'avait pas bougé de chez elle, elle n'avait pas osé prendre un train, pas même pour aller voir ses parents. Elle avait donc eu tout le temps de feuilleter sa vieille édition annotée des *Mémoires d'outre-tombe*.

Elle s'allongea sur le canapé pour relire le passage qu'elle avait retrouvé, finalement elle n'allait pas le faire étudier à ses élèves, par crainte qu'ils la prennent pour une dingue. Ce texte évoquait l'épidémie de choléra qui avait mis quinze ans à se propager du golfe du Bengale jusqu'à l'Angleterre, fauchant quarante millions d'humains au cours de son voyage, alors que dans le même temps Napoléon n'était passé que de Cadix à Moscou en ne laissant derrière lui que deux ou trois millions de morts. Et pourtant, c'était Napoléon que l'histoire avait retenu, plutôt que « ce vent mortel, cette grande mort noire armée de sa faux ». Les grands maux sont les plus sourds.

L'autobiographie n'est jamais plus précieuse que lorsqu'elle révèle les peurs, dès lors elle parle à chacun. Elle avait oublié que Chateaubriand avait lui-même été terrifié par l'idée d'être atteint par le choléra, il avouait s'être un soir senti submergé par la fièvre, n'osant pas en parler à sa femme, ajoutant qu'il n'aurait pas été fâché que cette contagiosité l'emporte, lui en même temps que l'humanité tout entière, parce que dans le fond cela n'aurait rien changé à la Terre, sinon que les villes auraient été remplacées par des forêts rendues à la souveraineté des lions.

Caroline avait toujours eu le regret de n'avoir

pas été contemporaine d'un chapitre majeur de l'histoire, une guerre mondiale ou une pandémie, même si cela devait être terrifiant de vivre ce genre de temps fort, d'être le témoin d'une forme d'apocalypse. Jusque-là, tout ce qu'elle avait vécu d'historique, c'était l'élection de Mitterrand et la chute du mur de Berlin, deux événements qui, sur le coup, avaient semblé inouïs mais qui, avec quelques décennies de recul, n'avaient plus rien de grandiose. Ses élèves ne savaient même plus que l'Union soviétique avait existé, cette énorme tache rouge sur les mappemondes qui menaçait à tout moment de déborder sur les pays limitrophes. Quant au nom de François Mitterrand, il évoquait pour eux l'esplanade du nouveau McDo et de la Fnac.

À vingt-trois heures, elle prit un Lexomil pour affronter la nuit. En jetant un œil à la télé, elle apprit que le président Trump avait fait une déclaration officielle pour assurer que le virus aurait disparu au printemps, avec la remontée des températures. Au Royaume-Uni, ils avaient mis au point un protocole de tests à grande échelle, tout était prêt.

Tout finirait sans doute par s'arranger, elle avait peut-être tort de se faire autant de mauvais sang. Après tout, en Chine ce virus n'avait fait que mille quatre cents morts sur près d'un milliard et demi d'habitants.

Samedi 29 février 2020

Par ce clair début d'après-midi, les fleurs des pruniers sauvages explosaient en bouquets blancs. Elles étaient les premières à éclore le long des haies, d'année en année elles sortaient de plus en plus tôt, honorant un soleil toujours plus pressé. Après avoir déjeuné avec les parents au pavillon, Agathe était allée faire un tour aux Bertranges. Les rares fois où elle venait les voir, elle tenait à faire quelques pas du côté de la ferme, de l'« ancienne ferme », disait-elle, alors qu'Alexandre y vivait toujours. À croire qu'elle n'était pas guérie d'une nostalgie de l'enfance. Comme Caroline et Vanessa, Agathe était en froid avec son frère, et s'ils ne se parlaient plus de toutes ces histoires de terre, d'élevage et d'éoliennes, c'est parce qu'ils ne se parlaient plus. Entre eux demeurait une incompréhension définitive. Ils n'étaient plus du même monde. D'ailleurs quand elle montait, Agathe ne cherchait pas à voir son frère. Ce jour-là pourtant elle aurait bien aimé le croiser, non pas pour savoir comment il allait, mais pour découvrir ces trois peluches vivantes dont les parents n'avaient cessé de lui parler. Plutôt que de flâner le long des collines, elle marcha vers les prés. Ne le voyant nulle part, elle fit demi-tour et se dirigea carrément vers la ferme. Voilà des années qu'elle n'y était pas rentrée, pas même à l'intérieur de la cour. Le grand chien d'Alexandre sortit de la grange et s'avança vers elle sans aboyer. Son frère ne dressait pas ses chiens à la défense, alors le beauceron la renifla vaguement et s'en retourna vers sa couche. Elle y vit comme un assentiment des lieux. Elle retrouvait intactes la sente grossière et la marche de pierre polie. La poignée de fer forgé la ramena également vers l'enfance. Elle était bizarrement ouvragée, cette poignée, mômes ils la jugeaient désuète et compliquée, en fait elle était jolie. Au moment de l'empoigner, Agathe ne sut plus si elle pouvait entrer comme cela, aussi naturellement qu'elle le faisait du temps où elle vivait ici, ou si elle devait frapper. La cloche aussi était toujours là avec sa chaîne, comme au temps où il fallait sonner le rappel à l'heure des repas. Elle colla son oreille à la porte mais n'entendit rien. Soudain elle redouta que Constanze soit là, ce serait embarrassant, alors elle se reprocha cette initiative. En fin de compte, tout ce qu'elle voulait, c'était voir les trois chiots, pas son frère, mais avant qu'elle ait eu le temps de tourner les talons, la porte s'ouvrit en produisant le même grincement qu'autrefois.

— Tu viens voir les chiens, c'est ça ?
— Non !
— Les parents m'ont téléphoné.

Agathe se sentait prise en faute.

— Ils t'ont prévenu ?
— Prévenu, non, ils ont juste appelé pour être sûrs

que j'étais là. Vas-y, rentre, faut pas que je les laisse seuls.

Agathe suivit son frère, surprise de voir que rien n'avait changé depuis l'an 2000, son regard ne s'arrêtait sur rien, comme si elle s'interdisait d'être indiscrète, de faire ne serait-ce qu'une remarque. Alexandre la guida vers le salon où elle découvrit trois peluches blanches posées sur le vieux canapé marron, trois paires d'yeux qui la fixaient avec un air teinté de peur. Elle fut instantanément attendrie par ces petits êtres craintifs, touchée de les voir si fragiles dans un cadre aussi rustique.

— Il paraît qu'ils sont malades.

— Disons qu'ils ne vont pas bien. Dès qu'on tourne le dos, ils se grattent et se font du mal, faut pas les quitter des yeux.

— Et pourquoi ça les démange ?

— Sevrés trop tôt sans doute, arrachés à la mère, ils ont un mois et demi tout au plus.

Agathe s'approcha doucement. Les trois chiots eurent un mouvement de recul en détournant la tête, mais ils laissèrent Agathe avancer la main pour les caresser.

— Mon Dieu, c'est doux comme du coton…

Alexandre la regardait, ne sachant pas bien quoi dire.

— Je te fais un café ?

— Je veux bien.

Elle fut surprise que son frère ait une machine à dosettes, elle l'imaginait préparant toujours son café avec une cafetière à filtre. Alexandre retourna vers le salon pour passer aux trois chiots leur collerette, ils le suivirent dans la cuisine.

— Et tu vas les garder ?

Sans lui répondre, il lui tendit la boîte de gâteaux secs, la même que lorsqu'ils étaient enfants. Soudain revint cette distance entre eux, le poids de toutes ces années d'indifférence. Assise à la table de la cuisine, Agathe prit les trois chiots en photo, puis elle en déposa un sur ses genoux, le caressant comme un chat. L'animal profita d'être à la bonne hauteur pour chiper un biscuit, sauta à terre et détala, poursuivi par les deux autres.

— Tu vois, d'un coup ils se mettent à courir partout, c'est pour ça que je ne veux pas qu'ils restent trop chez les parents, papa a du mal à marcher et hier ils ont failli le faire tomber.

Agathe sentit poindre un reproche. Alexandre veillait sur Angèle et Jean au quotidien. Il était l'enfant loyal et présent, jamais il n'avait coupé le lien. Elle le regarda repartir vers le salon. Dans le fond elle l'admirait, elle le trouvait insubmersible, elle aurait même aimé lui raconter sa vie, lui parler de ce salon de thé qui lui prenait tout son temps, du Divo, le bistro de Greg, tout aussi accaparant, Greg avec qui elle vivait toujours mais qu'elle ne voyait quasiment jamais. Depuis dix ans, en plus du bar et du resto, il programmait des artistes et organisait des mini-concerts dans son café qui était quasiment devenu un bar de nuit, une véritable institution dans le centre-ville, et cette vie-là, elle ne l'avait pas souhaitée. Elle aurait aussi voulu lui parler de Mathéo qui, à quelques mois du bac, ne savait toujours pas ce qu'il allait faire, alors qu'à vingt-deux ans Kevin ne savait déjà plus et enchaînait les conneries.

— Alexandre, je vais redescendre.
— Tu ne finis pas ton café ?
— Il est bon, mais trop fort pour moi.

Il raccompagna sa sœur jusqu'à la porte, il portait un des chiots, une feuille de journal dans la gueule, comme un trophée.

— Tu te souviens de Rex, t'avais pas voulu qu'on l'appelle Rintintin. Ce jour-là aussi les parents t'avaient donné raison.
— Ah oui, c'est possible.
— Pourquoi tu ne voulais pas qu'on l'appelle Rintintin ?
— Rintintin, c'est pas idéal pour rappeler un chien quand il s'est débiné. Faut pas plus de deux syllabes.
— Et ceux-là, tu vas leur donner un nom ?
— Écoute, l'idée c'est pas de les garder.

Agathe redescendit par le petit bois, elle admirait les fleurs blanches des pruniers sauvages, en s'approchant elle entendit l'incroyable vrombissement des butineurs, elle voulut faire une vidéo de cet éveil de la nature pour son Instagram, mais elle ne retrouvait pas son téléphone, elle avait dû l'oublier sur la table de la cuisine. En retournant vers la ferme, elle vit Alexandre s'en aller vers les prés, suivi par les trois chiots qui jappaient en trottinant. Dans la cour le molosse n'avait plus la même attitude, cette fois il la regarda en grognant. Elle ne savait même pas son nom, à ce chien, impossible de l'amadouer. Elle fut soudain blessée de ne pas pouvoir entrer dans sa maison d'enfance. Le beauceron ne l'approchait pas mais commençait à donner de la voix, quelques aboiements brefs et cinglants. Dans la grange, elle vit un border collie. Lui aussi la toisait, bien dressé sur ses pattes, immobile. Lui revint alors le souvenir de ce qu'elles faisaient quand ses sœurs et elle étaient adolescentes et qu'elles voulaient rentrer sans se faire remarquer. Elle tourna les talons et contourna le bâtiment. Une fois devant la fenêtre abattante de la salle de bains, elle s'approcha du fût qui servait à recueillir l'eau de la gouttière et monta dessus. Elle se faufila avec plus de difficultés qu'à seize ans, mais renouer avec cette manœuvre la ravissait. Une fois à l'intérieur, elle traversa les pièces et récupéra son téléphone, avant de ressortir l'air de rien par la porte. Le beauceron était interloqué. Il s'assit pour la dévisager et la regarda repartir, sans plus aboyer.

Février est un mois miraculeux, en quatre petites semaines il offre quatre-vingts minutes de soleil en plus. Le jour se couchait maintenant bien au-delà de dix-huit heures. Chaque année Alexandre prenait cela comme le coup de main supplémentaire d'un allié. Avant que la nuit tombe, il redescendit chez les parents pour leur ramener les chiots. Veiller sur eux l'avait accaparé toute la journée, il avait mal au cou à force de les regarder tournoyer autour de lui. Sur le chemin en pente, ils ne s'écartaient jamais trop, revenaient vers lui sans le moindre rappel ni sifflement, ils étaient tentés par les espaces qui s'offraient, ces collines qui semblaient infinies, mais restaient affolés à l'idée de perdre Alexandre de vue. Ils arrivèrent exténués au pavillon, salis par la boue, au point qu'ils n'étaient plus blancs mais gris désormais, et même noirs par endroits. La mère se prit la tête à deux mains quand elle les vit arriver dans cet état et elle décida de les laver sans attendre.

Pour une fois que les parents se servaient de leur baignoire, ça éclaboussait de partout. Les chiots se débattaient, oscillant entre excitation et terreur. La mère les passait au savon de Marseille mais, penchée au-dessus du rebord, elle avait du mal à les contenir. Le père regardait et levait sa canne, feignant des gestes d'autorité, mais loin de les impressionner ses menaces décuplaient leurs gesticulations et leurs aboiements.

À la cuisine, Alexandre se servit un grand verre d'eau gazeuse avec un fond de vin rouge. Dans sa poche il sentit qu'une salve d'alertes faisait vibrer son smartphone. Le Salon de l'agriculture avait reçu l'ordre de fermer ses portes, tout rassemblement de plus de cinq mille personnes était dès lors interdit en France. Alexandre laissa les parents à leurs amusements et gagna la salle à manger pour allumer la télé. Devant une forêt de micros, le ministre de la Santé expliquait que des soignants de l'hôpital parisien où se trouvaient les malades de l'Oise venaient d'être testés positifs. Alexandre zappa sur la 3 et tomba sur une publicité de Santé publique France qui expliquait comment se laver les mains, éternuer dans son coude et se moucher dans des mouchoirs à usage unique, sur la 15 un médecin recommandait de ne plus se faire la bise ni de se serrer la main, c'est sur la 26 qu'il trouva enfin des images du Salon de l'agriculture. Les foules confluaient vers les sorties pour se ruer sur les transports en commun.

Ils s'attablèrent pile avant le 20 heures. Les chiots s'étaient blottis au pied de la télé. Ils semblaient tout fragiles, sans défense face aux périls d'un monde hyper-allergisant. La mère tenait à ce qu'ils soient sans collerette le temps de souper, histoire de voir s'ils parvenaient à rester calmes.

On annonça qu'à la fin du journal le Premier ministre viendrait en direct sur le plateau pour des annonces.

— Si c'est lui qui parle, ça veut dire que c'est pas grave. Sinon ils auraient envoyé Macron.

— Ben non, au contraire, affirma le père, c'est toujours aux sous-fifres que reviennent les sales besognes.

Dès les titres ça commençait mal, l'Italie avait dépassé le millier de contaminations. Tous les matchs du championnat de football étaient reportés et les écoles fermaient.

— Alors là, si l'Italie annule ses matchs de foot, c'est que vraiment ça ne rigole plus, lâcha le père.

Ils commencèrent à manger la poule au pot, les yeux rivés sur les nouvelles, quand les deux mâles se mirent à se gratter frénétiquement l'oreille, la femelle, entraînée par le mouvement se mordilla l'intérieur des cuisses. Alexandre et les parents se levèrent dans un même mouvement pour les empêcher de se faire mal. Les chiots aussitôt détalèrent, chacun dans un sens, forçant les trois humains à poursuivre chacun le sien. Dans la pièce désertée, Édouard Philippe prenait enfin la parole : « Je ne veux ni faire peur, ni faire comme si tout cela n'était pas grave, je dis aux Françaises et aux Français que nous avons un plan, nous prenons des mesures qui ont pour objectif de ralentir au maximum la circulation du virus pour éviter ou retarder au maximum le passage au stade 3, celui où le virus circule librement sur le territoire… »

Alexandre récupéra le premier chiot qui s'était fourré sous la grande armoire du couloir. Pendant ce temps, le Premier ministre expliquait qu'il fallait éternuer dans son coude et ne plus se serrer la main. N'y croyant pas, Alexandre passa une tête, il voulait voir avec quelle expression le Premier ministre de la sixième puissance mondiale pouvait bien faire une telle déclaration. Le père et la mère arrivèrent à leur tour, chacun un chiot dans les bras.

Édouard Philippe déclarait à présent qu'il aurait recours au 49.3. À l'évidence il ne parlait plus du virus. S'il jouait cette carte-là pour imposer sa réforme des retraites et son âge pivot, ça soulèverait une marée de protestations, au moment même où il venait d'interdire tous les grands rassemblements, déjà qu'on n'y comprenait rien, à son âge pivot, alors déclencher des manifs sans que personne puisse y aller, ça promettait du grabuge.

— C'est bizarre tout de même, ça les a repris dès qu'on s'est mis à manger, dit la mère. Je venais de leur donner des croquettes.

— T'aurais dû les mélanger avec du lait, ou leur donner de vrais bouts de viande, c'est des conneries, ces croquettes.

Sans un regard pour le chef du gouvernement, le père se frottait le visage à deux mains.

— Tu vois, murmura Angèle avec un frisson attendri, j'ai l'impression que dès qu'on s'occupe d'eux, ça ne les démange plus.

Le père fit une moue dubitative.

— En tout cas, si un connard ne les avait pas enlevés à leur mère, ils ne seraient pas malades.

— Tu ne crois pas si bien dire, ajouta Alexandre, c'est ce que m'a expliqué Debocker.

— Quoi, t'as vu le véto, mais pourquoi tu le disais pas ?

— Il est passé cet après-midi pour la boiteuse.

— Qu'est-ce qu'il en pense ?

— Que ça passera sans antibiotique.
— Non, pour les chiots ?
— Que le mieux serait de rester discrets.
— Attends, on ne les a pas volés tout de même !
— Non, mais c'est du recel, je n'arrête pas de vous le répéter. Il m'a surtout dit qu'en plus de les déclarer, il faudrait très vite les pucer et les mettre à jour de vaccins.
— Et donc, tu lui as demandé de le faire ?
— Ça voudrait dire qu'on les garde !

La poule au pot avait eu le temps de refroidir dans les assiettes et le Premier ministre avait fini de répondre aux questions.

— Il m'a aussi dit que dans les prochains mois ça risquait de secouer.
— Quoi donc, le coronavirus ?
— Non, les frais de véto. Les éleveurs et les trafiquants font n'importe quoi, ce genre de chiots-là sont souvent limite consanguins, et pas faciles à élever.
— Bon Dieu, lança le père, on a élevé des bêtes toute notre vie, c'est pas trois chiens qui vont nous mettre sur la paille !

Les chiots s'agitèrent de nouveau, mais plutôt que de hausser le ton, la mère s'agenouilla près d'eux, ils posèrent leur tête contre ses cuisses et se laissèrent cajoler tout en fermant les yeux.

— Le mieux ce serait de les garder ici, dit le père, là-haut t'es tout le temps dehors, s'ils te suivent ils seront pleins de ronces et de gratterons, ils ne sont pas faits pour vivre dehors.

Alexandre l'écoutait. À la mort de Balto, ses parents lui avaient pourtant bien juré que les chiens, pour eux, c'était fini. Ce jour-là il avait doucement objecté qu'ils avaient encore des années devant eux, ce à quoi ils lui avaient rétorqué qu'il n'entendait rien à rien, que ses sœurs au moins avaient un cœur, en tout cas elles, elles les comprenaient. Les rancunes familiales se mêlaient à l'angoisse de la finitude de chacun, jusqu'à déclencher une belle engueulade, au point qu'ils ne s'étaient pas parlé pendant un mois.

— Vous avez raison, ils seront mieux ici. Mais bon, faudra quand même leur trouver des noms.

Dimanche 1ᵉʳ mars 2020

Depuis le réveillon de Noël, deux ans auparavant, Caroline était brouillée avec Agathe. Et comme elle ne parlait plus non plus à Alexandre, il n'y avait qu'avec Vanessa qu'elle restait en contact. Elle lui téléphonait au moins une fois par mois, et toujours le dimanche soir. Vanessa de son côté n'appelait pas. Elle s'était coupée de tous et ne venait plus chez les parents, arguant que d'année en année, le train mettait de plus en plus de temps pour descendre, la Dordogne et le Lot ne cessaient de s'éloigner de Paris, tandis que d'autres grands axes s'en rapprochaient à coups de TGV.

Caroline ne comprenait pas grand-chose à la vie et au boulot de Vanessa, elle lui trouvait des attitudes de Parisienne. Caroline supportait mal l'égoïsme de sa sœur, pourtant elles s'étaient rapprochées ces derniers temps. Vanessa avait passé les fêtes de fin d'année chez son fils qui vivait à Dublin, si bien que Caroline n'était pas allée non plus chez les parents, elle craignait de se retrouver avec Agathe et son mec, ce Greg que depuis toujours, surtout depuis le réveillon 2018, elle tenait pour un plouc. Il avait été pire que tout, cassant sans cesse l'ambiance avec ses provocations à la con. Ce soir-là, il avait cru bon de glisser pour chacun un cadeau sous le sapin, de jolis paquets qu'il avait confectionnés avec des rubans plissés et dans lesquels il avait fourré des Gilets jaunes. À la suite de quoi il les avait saoulés durant trois jours avec son baratin d'insurgé. Greg ne cessait de la ramener avec ses deux établissements et ses cafés-concerts, et désormais il se piquait de velléités révolutionnaires. Il avait attendu la cinquantaine pour se mettre en tête de refaire le monde. D'ailleurs, ce réveillon avait été électrique pour tous les Français, le climat général rejaillissait sur chacun au point que toute conversation embrasait la moindre réunion de famille. En prenant de l'âge, Greg ne s'arrangeait pas, ou alors c'était Caroline qui n'avait plus la patience de le supporter, quoi qu'il en soit elle ne voulait plus être confrontée à ce beau-frère. Pendant plus de vingt ans, elle avait donné le change, mais depuis qu'elle ne vivait plus avec Philippe, elle n'avait plus la force de composer avec ce type.

Au bout du fil, Caroline sentait que Vanessa n'allait pas fort et ses doutes faisaient écho à ses propres angoisses. Depuis quelques jours, Vanessa se faisait rattraper par la peur. Son appartement, du côté du Palais-Royal, était si exigu que la plupart du temps elle donnait ses rendez-vous professionnels dans les cafés, du coup elle était constamment entourée de gens, et ce virus, elle en venait à le supposer derrière tous ces Chinois et ces Japonais qui pullulaient dans son quartier. Elle soupçonnait chaque touriste, et des touristes il n'y en avait jamais eu autant, Paris venait même de battre tous les records. Elle était bien placée pour le savoir puisqu'elle avait créé deux plates-formes de location, et dans la petite rue où elle vivait le bruit des valises à roulettes avait remplacé celui des voitures.

C'était un dimanche soir, Caroline avait envie de faire durer la conversation pour enjamber ce grand vide d'avant le lundi. Vanessa lui confiait ses failles, se disant incomprise de tous, exclusivement entourée de gens qui se moquaient d'elle. Elle en souffrait, parce que ce manque d'assurance signifiait qu'elle n'était pas si parisienne que cela, que subsistait en elle un atavisme paysan.

Caroline sentit que c'était à elle de la rassurer. Cette petite sœur qui vivait à Paris, elle la savait mille fois plus en danger qu'elle à Toulouse, et cent mille fois plus encore qu'Agathe à Rodez ou que les parents aux Bertranges. Cette ville qui se prenait pour le centre du monde, cette ville si fière d'être la plus visitée, elle serait à coup sûr le terrain de jeu favori du virus respiratoire, s'il était amené à se propager.

— Il paraît qu'ils viennent de fermer le Louvre, t'habites bien à côté?

— Oui, mais ce sont les employés qui ont demandé, pas la direction. Faut se mettre à leur place, à longueur de journée ils voient défiler des milliers de visiteurs.

Elle lui avoua ensuite ne pas être allée à Milan la semaine précédente à cause des barrages routiers et des villes à l'arrêt. Ces images terrifiantes, Vanessa les avait prises en pleine figure, parce qu'elles signifiaient que ce monde sur lequel elle avait toujours misé, ce monde grand ouvert et urbain, était finalement en déroute. Elle se rassurait en se disant qu'il y avait une toubib au troisième étage, juste en dessous de chez elle, une jeune Tunisienne qui remplaçait le docteur Linger dans un minuscule cabinet sans lumière. Caroline lui répondit qu'au contraire, avoir un médecin dans l'immeuble ça attirerait des dizaines de contaminés qui arpenteraient sans arrêt l'escalier.

Manière de changer de sujet, Caroline lui raconta que les parents venaient de s'enticher de trois petits bichons récupérés on ne savait où.

— Des bichons aux Bertranges, tu rigoles ?

— Appelle-les si tu ne me crois pas, ça fait trois semaines que tu ne l'as pas fait !

— Quand j'ai pas le moral, je n'arrive pas à leur téléphoner. Mais quand même, pourquoi en prendre trois d'un coup ?

— Encore une histoire pas très nette avec la copine de Fredo.

— Je croyais qu'il l'avait quittée.

— Oui, mais apparemment il est toujours sous emprise.

Mercredi 4 mars 2020

Cette facilité avec laquelle on l'appelait au secours le comblait plus qu'elle ne l'encombrait. Il éprouvait une véritable satisfaction à se rendre indispensable. Ce matin encore on avait besoin de lui. Après avoir passé en revue les bêtes, Alexandre se démena pour charger le Kärcher et la boîte à outils dans la voiture. Il en aurait pour la journée, et aujourd'hui il rendrait doublement service. À ses parents déjà, qui avaient rendez-vous à la maison médicale et comptaient sur lui pour garder les chiots parce que ça prendrait des heures, et surtout à Constanze. Le grand bâtiment de la Reviva était piégé par les eaux. Depuis deux jours toutes les canalisations étaient bouchées.

En passant par les petites routes, il en aurait pour une bonne heure. Alexandre ne prenait jamais l'autoroute, par principe, si bien que dans la voiture ça secouait pas mal, les trois chiots n'arrivaient pas à se caler sur la banquette arrière. Tous les chiens qu'Alexandre avait eus jusque-là avaient une résistance à toute épreuve et ne craignaient ni le froid, ni les ronces, ni la boue des chemins, encore moins les secousses en voiture, alors qu'à l'arrière de son vieux 4×4 Lada les trois petits semblaient fragiles comme des porcelaines.

Il arriva en Corrèze en fin de matinée. Il coupa le moteur et baissa sa vitre. Rien qu'à voir ce minibus Mercedes et ces trois voitures garées le long du bâtiment en bois, Alexandre comprit tout de suite pourquoi les canalisations n'avaient pas tenu. Le site ne manquait pas de chambres, mais dès qu'ils étaient plus de dix à y résider, les sanitaires se trouvaient facilement engorgés par le grand cycle du transit universel.

Alexandre sortit le Kärcher du coffre avec le raccord de dix mètres, la seule solution était d'hydrocurer l'ensemble des tuyaux. Les chiots ne sortaient pas de la voiture, ils restaient dressés sur le siège à renifler cet environnement inédit où les odeurs de bois humide et de feuilles en décomposition hantaient la fraîcheur de l'air. Une forêt profonde comme ils n'en avaient jamais vu. Ils semblaient fascinés par ces arbres trop hauts, étourdis par ce silence vertical.

Johann et Ugo connaissaient bien la forêt désormais, Constanze les laissa guider les botanistes et agronomes de l'équipe belge sur les crêtes pour voir comment les nouvelles pousses se redistribuaient dans ces massifs où les feuillus dominaient. Pour sa part, elle accompagnait des entomologistes canadiens, ainsi que trois ingénieurs missionnés par la Fédération agricole pour tenter de mettre fin à un litige qui l'opposait à des arboriculteurs de la région. De plus en plus de fruiticulteurs accusaient la Reviva, cette «forêt vierge», comme ils disaient, d'être à l'origine de la prolifération d'insectes xylophages. Depuis que la pomme était devenue le nouvel or vert, la Corrèze ressemblait par endroits à une mer d'arbres fruitiers. Bien plus que la forêt vierge de Constanze, le problème venait de leurs pommiers plantés sur une succession de gigantesques parcelles d'arbres clonés qui facilitaient la venue des nouveaux ravageurs. Elle avait du mal à encaisser cette accusation paradoxale, comme si une réserve naturelle pouvait agresser l'écosystème environnant, alors qu'à l'évidence cette arboriculture intensive sécrétait ses propres périls.

Que ce soit en haut vers les crêtes ou en bas dans les gorges, les deux équipes progressaient depuis le matin dans le plus parfait silence. À la Reviva, la rumeur du monde motorisé n'existait pas, jamais le moindre bruit de tronçonneuse ou de tracteur, les smartphones non plus ne sonnaient pas puisqu'ils ne captaient nulle part. D'un coup, un moteur hurla, c'était la pompe à haute pression d'Alexandre qui démarrait, 2 000 watts propulsant des dizaines de bars d'eau pressurisée dans les tuyaux. Constanze abandonna aussitôt le groupe, d'autant qu'elle n'en pouvait plus d'explorer le site avec ces trois ingénieurs agronomes, appliqués comme des enquêteurs à l'affût, qui lui tapaient sur les nerfs. Ils traquaient la plus petite trace de pucerons, d'acariens ou de scolytes, suspectant ces insectes de profiter des centaines d'arbres morts ou affaiblis pour essaimer vers les cultures alignées en rangs serrés.

Elle était pressée de rejoindre Alexandre.

En arrivant à côté de sa voiture, elle entendit couiner sur le siège arrière. Les chiots ne bougèrent pas quand elle s'approcha et se laissèrent caresser. Trois bichons identiques, comme les pommiers, déjà ils l'attendrissaient de leurs petits gloussements charmeurs. Elle les prit dans ses bras et les porta à l'intérieur. Alexandre travaillait sous le bâtiment, dans cette partie de l'édifice qui reposait sur pilotis, de là il avait accès à toutes les canalisations.

Les chiots la suivirent jusqu'à la cuisine, flairant des signaux qui indiquaient que par là il se mangeait des choses extraordinaires, du pain grillé et mille autres merveilles où plonger les dents. D'ici peu toutes ces odeurs seraient dominées par les effluves du vin chaud qu'elle préparait chaque fois qu'il y avait du monde. Déjà ils l'aimaient, cette femme.

Alexandre utilisa le Kärcher pour décaper le dessus du bâtiment, par endroits le bois de la structure était pris par des mousses, de la terre, des excréments de rongeurs et d'oiseaux. Il se méfiait quand il utilisait de l'eau pulvérisée à plus de 120 bars de pression, parce qu'elle aérolisait toutes ces saloperies.

En poussant la porte de la cuisine, il découvrit Constanze penchée au-dessus des chiots qui ne la quittaient plus. Ils passèrent l'après-midi près d'elle, dans son bureau, pendant qu'elle bossait. Avant d'exploiter toutes les données que les autres récoltaient, avant même de pouvoir se consacrer à sa tâche de conservatrice, lui revenait d'assumer toutes les corvées administratives et comptables.

De son côté, Alexandre profitait d'avoir sa boîte à outils et sa journée, il révisa les prises de courant, les radiateurs et les installations sanitaires. Ce bâtiment de bois était comme un gigantesque bateau largué en pleine forêt, il n'avait pas pu être raccordé à la ligne moyenne tension ni au téléphone filaire, et pas davantage au réseau sanitaire, vu les coûts des travaux.

Les deux équipes rentrèrent juste avant la fin du jour. Ils furent aussitôt ragaillardis par les effluves du vin chaud que Constanze avait laissé sur le feu. Alexandre les salua un par un, mais il hésita à leur serrer la main, ne sachant plus trop si ça se faisait encore.

Ces scientifiques-là, il les aimait bien. Il notait

souvent chez les chercheurs qu'il voyait défiler ici un manque absolu de prétention et une réelle cordialité.

Pour le repas du soir, tout le monde mit la main à la pâte pour confectionner trois tartes aux blettes et aux épinards. Il y avait aussi de la raclette pour ceux qui ne craignaient pas les laitages et la charcuterie. Depuis quinze ans, Constanze était confrontée à la disparité des exigences alimentaires de ses invités, à force elle maîtrisait l'harmonisation de ces régimes antagonistes. Johann et Ugo mangeaient de tout, de même que les trois ingénieurs agricoles, en revanche les deux Belges étaient végans, quant aux trois Canadiens, bien que végétariens ils se disaient prêts à tout goûter, surtout une jeune femme dont le visage au sourire constant s'éclairait à chaque proposition : vin chaud, raclette, salers, une bière avec des chips de patates douces avant de passer à table, rien que les noms la ravissaient.

Constanze trônait en bout de table, Alexandre était en face d'elle de l'autre côté, tous deux présidaient en maîtres des lieux et la parole se distribuait naturellement. Tour à tour, ils évoquèrent des missions qu'ils avaient effectuées un peu partout dans le monde, en Amazonie, en Papouasie ou en Chine, et le bel accueil que leur réservaient chaque fois les autochtones. Alexandre prit ce mot pour lui, « autochtone », il l'était, paysan enraciné, résident de ces terres perdues du fin fond de la France. Alors il ne craignit pas de paraître naïf et leur demanda leur avis sur ce nouveau virus : est-ce que ça se pouvait qu'une chauve-souris ou un pangolin chinois infectent la terre entière ? Anaïs et Thomas lui répondirent qu'ils avaient travaillé à Xian deux ans auparavant, et que déjà il y avait eu toute une série de décès liés à un virus venu des rongeurs.

— En Chine, ils mangent toutes les espèces, ils font n'importe quoi, mais les autorités n'osent pas intervenir. Dans une dictature la nourriture c'est bien le dernier espace de liberté, l'État n'y touchera jamais, trop de risques de rébellion. C'est pour ça qu'il faut s'attendre au pire. S'il est facile de surveiller des milliers de volailles, de bovins et de porcs, élevés sous le même hangar, il est impossible de contrôler des marchés où l'on vend des animaux vivants. Là-dedans tout se mélange, des serpents, des araignées, des poissons-chats, des pangolins, des singes, ça crée des foyers d'infection totalement incontrôlables, sans compter qu'un virus peut toujours faire des allers-retours chez d'autres mammifères, les chats, les visons, les chiens.

Tous jetèrent un regard aux trois bichons endormis.

Constanze les invita à prendre le café sur le grand balcon en surplomb. Dans la profondeur de la nuit noire, la seule trace de vie c'était deux signaux haut dans le ciel, les balises clignotantes d'un avion de ligne.

— Le gros problème, il est là, reprit Anaïs, aujourd'hui le moindre nouveau virus voyage à près de 1 000 kilomètres-heure.

— Il y a pire, ajouta Zachary, c'est tout ce bullshit qui va à la vitesse de la lumière sur Twitter, Trump qui déclare que le virus disparaîtra par miracle, votre cador des maladies émergentes qui jure qu'il fera moins de morts que les accidents de trottinettes, des conneries qui ont déjà fait mille fois le tour de la

Terre. Boeing plus Twitter, je vous prie de croire que le cocktail va être explosif.

Loin au-delà de la zone de lumière distribuée par le bâtiment, montèrent peu à peu les glapissements déchirants d'un renard, ce qui réveilla les chats-huants, une étrange bande-son levait le voile sur toute une faune tapie dans le noir et qui, discrètement, s'activait.

Jeudi 5 mars 2020

« Alerte coronavirus, si vous avez de la toux et de la fièvre, c'est que vous êtes peut-être malade. Dans ce cas, restez chez vous, limitez vos contacts avec d'autres personnes, la maladie guérit en général en quelques jours… » Dans cette annonce qui passait en boucle à la radio, tout affect était gommé, il semblait émis depuis un haut-parleur posé au-dessus de Paris. Ça n'incitait pas à se lever. Pourtant la journée de Vanessa s'annonçait chronométrée, pas moins de cinq rendez-vous à enchaîner. Durant la Fashion Week, Paris était pris d'une frénésie collective, et avec cette somme incroyable de travaux et de rues barrées, il n'avait jamais été aussi difficile de se déplacer dans la ville.

À présent que Caroline l'avait alertée, Vanessa passait une lingette sur les touches de son ascenseur. Avant de prendre le métro, elle fit un tour au Monoprix pour acheter du gel hydroalcoolique. Depuis quelques jours elle gardait sa petite bouteille translucide dans la poche de son manteau, mais quand elle changeait de vêtements elle oubliait systématiquement de la récupérer, plus d'une fois au café ou dans le métro elle s'était sentie totalement démunie en ne la trouvant pas. Pour s'épargner ces petits moments de panique, elle s'était juré d'acheter cinq ou six flacons, mais voilà que ce matin il n'y en avait plus, et évidemment elle avait encore oublié le sien. Troublée, elle passa en revue l'ensemble du rayon, avisa des mini-lingettes antibactériennes, d'un geste vif elle prit tout le stock, honteuse comme si elle les chapardait.

Les rues étaient pleines de petites peurs pressées, en général Vanessa s'épanouissait dans ce flux nerveux, mais depuis quelques jours elle ne voyait autour d'elle que des affolés qui dissimulaient leur peine, des mauvais présages dans les couloirs de métro. Paris lui faisait mal.

Guillaume et Helena l'attendaient tout au fond du Café de la Paix. Quand elle s'approcha de leur table, ils ne se levèrent pas pour l'embrasser. Revenant de Milan, ils lui racontèrent comment ils s'étaient rués à Malpensa la veille au soir, comme s'ils avaient fui une ville bombardée, ils avaient même pris un taxi jusqu'à l'aéroport, ce qui était une folie là-bas et coûtait plus cher que le billet d'avion lui-même.

— Pendant les défilés il y en avait qui portaient des masques en bec de canard, oui, des gens dans le public, pas sur le podium, c'est te dire, expliqua Helena.

— Flavia dit que Rome est déserte, leur ministre de l'Économie est en quarantaine, t'imagines l'ambiance ? dit gravement Guillaume.

Il ajouta que Flavia et son mari comptaient se réfugier quinze jours à Paris, le temps que ça passe. En

Italie ils parlaient de fermer tout le nord du pays, alors pour ceux qui seraient piégés là-bas, ce serait l'enfer.

Vanessa les écoutait, ne remarquant pas que le serveur à côté d'elle attendait sa commande. Des ombres lui parcouraient l'esprit, ne prenait-elle pas trop de risques avec tous ces rendez-vous ? Les photographes qu'elle devait voir l'après-midi revenaient, eux aussi, de Milan. Quant à Joshua et Timothy, les deux investisseurs avec qui ils allaient déjeuner, ils arrivaient tout droit de Chicago.

En tant que photographe et web designer, Vanessa avait l'habitude de travailler seule, mais depuis qu'elle avait rejoint le Vetiscore, ce projet d'application de réalité augmentée initié par Helena et Guillaume, elle assurait également le développement du programme, faisant jouer ses contacts et écumant le monde du luxe. Il leur fallait convaincre deux ou trois marques au prestige international pour que suivent les distributeurs et le prêt-à-porter. Helena triomphait parce qu'elle avait réussi à décrocher une table chez Lipp, juste à l'entrée, rien n'était pire que d'être installé au fond, quant à être exilé au premier étage, ce serait carrément l'humiliation… Vanessa trouva tout cela soudain futile.

— Écoute, ça fait des semaines qu'ils me bassinent avec Lipp et leur viande maturée, ils n'ont pas ça à San Francisco, là on va leur en mettre plein la vue, surtout que ça devient rare les business angels qui mangent de la viande.

Dehors l'averse redoubla, il y eut une brusque affluence. Des touristes trempés s'agglutinèrent. Les nouvelles étaient bonnes, le projet se mettait en place.

Depuis le début tout se déroulait au mieux, en six mois ils avaient déjà levé cent cinquante mille euros en bons de souscription d'actions remboursables. Ce n'était pas la première fois que Vanessa se lançait dans ce genre de joint-venture, mais celle-là était de loin la plus ambitieuse… Et pourtant, voilà qu'elle se sentait oppressée.

Ils arrivèrent chez Lipp sous des trombes d'eau, Timothy et Joshua étaient déjà installés, ils rayonnaient sur leur banquette comme deux gamins. Dans la frénésie de ces retrouvailles, Helena, Guillaume et Vanessa n'osèrent pas dire aux deux Américains qu'en Europe on n'était plus très sûrs de pouvoir s'embrasser, et les deux gars se levèrent pour les prendre à pleins bras, le hug n'est pas la bise, bien qu'il se fasse d'encore plus près. Les uns ne savaient comment ne pas trop s'abandonner à cette étreinte, tandis que les autres y adjoignaient vaillamment une double bise afin de se plier à la tradition locale. Une fois ce moment de confusion passé, tout s'enchaîna à merveille. Ils s'accordèrent sur les vins comme sur le menu.

Dès le poireau vinaigrette, Joshua évoqua la possibilité de faire très vite référencer l'application sur l'App Store, ils étaient sûrs du projet. Scanner des vêtements en rayon avec son smartphone et voir des pop-up afficher des comparaisons de prix, des avis, des notes éthiques et l'impact carbone de chaque produit, avec en prime une mini-vidéo du vêtement porté, c'était révolutionnaire. Ils avaient prévu de passer deux semaines en Europe pour rencontrer un maximum d'initiateurs de projets, mais ce Vetiscore était le meilleur, le plus prometteur, le plus concret et surtout le plus simple à mettre en place. Il fallait sans attendre convaincre les grands opérateurs européens, Orange, T-Mobile, Deutsche Telekom…, avec l'idée d'adapter l'application aux lunettes intelligentes qui arriveraient bientôt sur le marché, vraiment ce projet de réalité augmentée était grandiose.

Pour le reste, l'entrecôte maturée fondait sous la dent comme un sorbet. Helena, Guillaume et Vanessa s'étaient sentis obligés d'en prendre eux aussi, alors qu'en temps normal la viande rouge n'était pas leur priorité, loin de là. Quand Helena apprit aux deux Américains que Vanessa venait d'une famille d'éleveurs, ce fut l'apothéose.

— Alors c'est des cow-boys ?
— Oui, on peut dire ça.
— Nos deux arrière-grands-pères, à Timothy et à moi, en étaient aussi, des vrais. Moi dans l'Oregon, lui au Nouveau-Mexique, enfin le sien c'était un grand propriétaire comme on dit, pas le mien…
— Traduction : mon arrière-grand-père exploitait le sien, lâcha Timothy.

Et il éclata de rire, ce qui déclencha aussitôt l'hilarité de Joshua, ils claquèrent un check dans une symétrie parfaite.

— *Anyway*, on reste cow-boys dans le cœur et un peu nomades, en tout cas c'est pas tous les jours qu'on rencontre une fille de cow-boys français.

Ils levèrent leur verre de morgon pour inviter Vanessa à trinquer.

C'était bien la première fois de sa vie qu'elle se prévalait d'appartenir à une famille de paysans. Elle n'était pas trop à l'aise pour réagir à tous les commentaires que cela fit naître chez les deux Américains.

— Vous avez de belles vaches en France, bon, on vous a piqué la charolaise pour faire la charbray, hein, on a copié le modèle, mais c'est fou ce que vous avez de belles vaches !

— C'est le moins qu'on puisse dire, osa Vanessa.

— Oui, parce que chez nous avec *le* génétique, on déconne un peu, reprit Joshua en découpant son entrecôte, toutes nos holstein sont consanguines, neuf millions de vaches ont le même père, c'est dingue, non ? Alors que les vôtres... c'est un régal ! Vive la France !

Le restant de l'après-midi, Vanessa se sentit lourde, sans doute plus à cause de la sauce béarnaise que de la viande, pourtant elle enchaîna les rendez-vous. Plus les gens défilaient, plus elle oubliait le péril qu'il y avait à trop en voir, elle se laissait de nouveau gagner par ce vertige, cette ivresse de découvrir toutes les vingt secondes un nouveau visage, une nouvelle allure, une tout autre façon d'être, c'était pour cela qu'elle aimait vivre à Paris, une vie à l'exact opposé de celle de son frère. Lui, en ce moment, il devait marcher seul le long d'un chemin, à veiller sur ses bêtes, il s'en foutait pas mal de tout ça, et pourtant il venait de lui filer un sacré coup de main.

Samedi 7 mars 2020

— C'est pire que s'ils nous tiraient dessus, entre la mairie qui menace de démonter le QG et l'autre qui dégaine son 49.3, tout ça c'est du même acabit… Et toi tu voudrais qu'on se laisse faire ?

— Vous me saoulez, les gars, votre cabane, elle est faite de palettes et de sacs plastiques, alors vous la reconstruirez, qu'est-ce qu'on en a à foutre !

— T'es bien un patron !

— Attendez, si vous êtes là, c'est juste pour mes faitouts, pas vrai ?… Eh ben, je vous les prêterai pas, à partir de maintenant, vos soupes solidaires, vous les cuirez dans ce que vous voudrez, mais plus dans mes marmites.

— Mais enfin, Greg, tu vois pas que c'est le moment ou jamais de relancer le mouvement ? Aujourd'hui c'est la réforme des retraites, en avril ce sera l'assurance-chômage, et après la Sécu, on ne va quand même pas se laisser marcher dessus !

— Moi, je suis un Gilet jaune de la première heure, pas de la vôtre.

— Qu'est-ce que tu veux dire ?

— Que vous avez pourri l'idée.

En descendant du premier étage, Agathe lança un bonjour glacé à Saïd, à Éric et à Alban accoudés au bout du bar, puis elle poussa Greg pour se faire couler un café bien long comme elle les aimait au réveil. Tous les samedis, elle devait préparer pas moins de cinq tartes et cinq gâteaux pour le salon de thé. Elle tendit le bras jusqu'au grand panier pour attraper un croissant, Alban lui demanda si ça allait mais Agathe restait distante, elle en avait par-dessus la tête, de «la bande du QG», comme on les appelait, en référence au rond-point qu'ils avaient occupé.

Greg s'était pourtant donné corps et âme au début du mouvement, électrisé par la grande marche de décembre vers l'Élysée et l'Assemblée nationale, pendant que d'autres avaient pris d'assaut l'Arc de triomphe. Cette folle insurrection l'avait ravi, les images de Paris noyé dans un nuage de fumée, de barricades et de lacrymo l'avaient galvanisé. Ce jour-là, le pouvoir avait tremblé, la préfecture du Puy avait d'ailleurs pris feu et Macron lui-même avait eu chaud aux fesses malgré sa voiture blindée. Seulement, les gars s'étaient mis à défiler dans le centre-ville au lieu de s'en tenir aux ronds-points, son commerce en avait souffert et le goût de la révolution lui était vite passé. Ce mouvement, il avait fini par le considérer comme une arme qui se serait retournée contre lui, car le samedi les clients venaient en groupe. On dira ce qu'on voudra mais les planches apéritif, ça chiffrait autrement plus vite que les plats cuisinés, sachant qu'en prime c'était le jour des concerts sur la petite scène, et que le jazz plus la planche à apéritif, ça donnait soif.

Les deux établissements d'Agathe et de Greg étaient situés en plein cœur de la vieille ville. Le Divo trônait sur l'avenue de Paris, ce grand boulevard qui par chance restait ouvert à la circulation, alors que le salon de thé d'Agathe se trouvait dans le quartier piétonnier. Elle aussi faisait son plus gros chiffre le samedi, jour où une foule ininterrompue déambulait dans les rues commerçantes. Depuis que la municipalité avait rénové les ruelles, il y avait des boutiques d'artisans, de créateurs, des galeries d'art nouvelles, même la quincaillerie de plus d'un siècle semblait terriblement moderne avec son enseigne à l'ancienne et son raton laveur empaillé paradant au beau milieu de la vitrine.

Après ce coup de poignard du 49.3 annihilant des mois de grèves et de manifestations, Alban, Saïd et Éric juraient que ce printemps 2020 serait bien un printemps de feu, pire que 1968 parce que, cette fois, la révolte allait bien au-delà des Gilets jaunes ou du Quartier latin, c'était la France tout entière qui allait se soulever.

— Écoutez, les gars, je vous ai déjà dit et redit que le samedi, c'est notre meilleur chiffre, alors votre révolution, faites-la un autre jour, bon sang ! Vous n'allez quand même pas continuer à me bousiller tous mes week-ends, déjà que des clients commencent à ne plus sortir parce qu'ils ont peur du stade 3, c'est pas le moment !

— Ah voilà, le virus ! Tu vas t'y mettre toi aussi, tu vas pas te laisser dominer par la trouille quand même ?...

Pour appuyer son propos, Alban abaissa le masque de Joker en PVC qu'il portait sur le haut du crâne et dodelina de la tête, ce qui fit onduler le grand sourire rouge dessiné dessus.

— Mais tu vois pas qu'ils nous sortent ce virus chinois du chapeau pour qu'on rentre dans le rang ? Regarde, ce week-end va y avoir des manifs partout, pour les droits des femmes, pour les retraites, et puis les lycéens, les avocats, t'as déjà vu ça, toi, des avocats qui brûlent leur robe ? Après les cheminots qui viennent de faire la plus longue grève de l'histoire, c'est maintenant qu'il faut mettre la pression, y a des AG qui prennent de partout, dans les écoles, dans les collèges, dans les facs, les hôpitaux, partout ça se soulève parce que tout le monde voit bien que cet État devient totalitaire, et toi tu veux même plus nous prêter tes faitouts, non mais je rêve…

— Enlève ce masque quand tu me parles, j'ai l'impression de causer à un Mickey.

Alban le releva d'un coup sec.

— Tu veux que je te dise, Greg, t'es en train de virer collabo !

Saïd et Éric reprirent tout de suite Alban, dont les propos venaient de dépasser les bornes, surtout qu'ils savaient qu'il ne fallait pas trop le pousser, le Greg, il avait joué talonneur jusqu'à ses trente ans, deux rangées de coupes sur l'étagère de la machine à café illustraient cette gloire passée.

Histoire de détendre l'atmosphère, Saïd commanda des cafés en sortant un billet, pour bien montrer qu'il allait les payer, Greg serra la mâchoire et leur prépara trois expressos.

— Bon OK, laisse tomber les marmites, mais tu vas voir que si on y passe, au stade 3, alors là c'est toi qu'auras des regrets. Regarde l'Italie, bon Dieu ! Le jour où ils te diront de fermer à dix-huit heures à cause du couvre-feu, crois-moi que tu regretteras de pas l'avoir fait sauter, ce gouvernement, et là tes planches apéritif et tes concerts, tout ça ce sera fini !

— Fermer à dix-huit heures, moi, jamais, tu m'entends !

— En Padanie, tout le monde a obéi au quart de tour, le doigt sur la couture du pantalon !

— T'en es encore à Salvini, toi, s'étonna Éric, bien moins à droite qu'Alban.

— Ne vous cassez pas la tête, enchaîna Greg en posant les tasses sur le bar, en France il est pas né celui qui fera fermer cent cinquante mille bars et restaurants.

— T'auras pas le choix, au stade 3 ce sera soit tu fermes soit tu vas en taule, comme en Chine je te dis.

— Si ça devait arriver, moi je me fous dans une valise et je me fais une « Carlos Ghosn »...

— Ah oui, et pour aller où, au Liban ?

— Non, en Andorre, j'ai une belle-sœur qui vit là-bas.

Saïd qui, des trois, était le plus calme, lança avec un aplomb de philosophe :

— De toute façon le stade 3, ça voudra dire qu'il n'y aura plus personne dans les rues, alors, que tes bistros restent ouverts ou non après dix-huit heures, ça ne changera rien.

— Et alors, si on vous disait de ne plus sortir, vous arrêteriez vos manifs, vous ?

— Certainement pas !
— Eh bien moi, c'est pareil.

Tous cessèrent de parler, un peu gênés. Kevin descendait à son tour de l'appartement. Il salua les trois gars avec le dédain d'un colonel. Malgré ses vingt-deux ans, il pouvait se permettre de les toiser en vétéran. Lui, il avait écopé de six mois de sursis pour l'incendie du péage, alors qu'eux, tous autant qu'ils étaient, en trois années de manifestations, tout ce qu'ils s'étaient pris c'était des contrôles d'identité et des nuages de lacrymo. Kevin claqua machinalement trois bises à son père. Le matin, dans la famille, ils se disaient bonjour sans entrain mais en s'embrassant quand même. Depuis l'été, Kevin servait en salle, sauf le samedi où il aidait au salon de thé. Agathe et Greg s'étaient dit que faire de leur fils leur employé serait peut-être la solution, non pas pour qu'il trouve un sens à sa vie, mais au moins des repères avec des horaires, sans quoi c'était sûr, il repartirait en vrille.

Les trois Robespierre entreprirent alors Greg sur la retraite. Retraite, rien que le mot lui faisait horreur, la retraite c'était pour les autres, depuis qu'il avait passé le cap de la cinquantaine il sentait poindre l'angoisse d'arrêter un jour de bosser, il ne l'imaginait même pas. Pour avoir la paix, il se résolut de mauvaise grâce à leur prêter un grand faitout.

— Par contre, faut plus compter sur moi pour vos soupes, alors tenez, je vous file de la cannelle, des clous de girofle et dix boutanches de côtes-du-rhône, en ajoutant des rondelles d'orange vous aurez un vin chaud.

— Mais Greg, il ne fait pas assez froid !

— Eh bien vous vous ferez une sangria.

Saïd, Éric et Alban ressortirent du Divo avec la satisfaction mitigée d'une délégation syndicale à l'issue d'une négociation, le vin chaud, c'était peut-être mieux que la soupe finalement, plus simple en tout cas. De son côté, Greg les regarda caler le grand faitout et les bouteilles à l'arrière du C15 d'Alban en se demandant si les laisser repartir avec la marmite de cinquante litres et tout cet alcool était une si bonne idée, ça revenait ni plus ni moins à leur refiler un alambic à conneries. D'avance, il se sentit fautif, parce que le problème du vin chaud ou de la sangria, c'est qu'on y prend vite goût. Il venait peut-être de leur mettre entre les mains un fusil chargé.

À l'origine, l'écran au fond de la salle, c'était pour les matchs. Puis Greg s'était mis à allumer la télé dans la journée pour les chaînes d'info. Le samedi ça lui avait permis de suivre la progression des Gilets jaunes partout en France, un peu comme pour le rugby, ne plus jouer ne l'empêchait pas de se tenir au courant des scores.

Ce jour-là sur BFM, il n'y en avait que pour Lyon, Paris et Toulouse, le volume était baissé au minimum et une belle affluence agitait Le Divo. Il y avait encore trois tables disponibles sous le parasol chauffant, mais la véranda et la salle étaient pleines. Greg s'émerveillait en silence du dynamisme de son fils qui prenait goût au service, en tout cas il assurait et tenait bien la salle, à trois reprises il le vit même plaisanter avec des clients, et il eut envie de voir cela comme le signe que la vocation était peut-être en train de naître.

Le détail qui le perturbait dans cette journée parfaite, c'était le trafic sur le boulevard, ça faisait du sur-place, ça klaxonnait. Pourtant, depuis la déviation, il n'y avait plus de bouchons par ici. Greg avait la sensation de se retrouver vingt ans en arrière, quand le centre-ville était constamment engorgé. Il pensa à

Alban, Saïd et Éric. Si ça se trouvait ils avaient réussi leur coup, ils avaient rameuté ce qu'il fallait de renfort pour durcir le mouvement, ce grand embouteillage remontait peut-être depuis la nationale, preuve que leur barrage au rond-point filtrait sacrément, ou qu'ils avaient tous forcé sur le vin chaud.

Il sortit du Divo pour évaluer la file, ça continuait bien au-delà du boulevard, il n'avait jamais vu ça. Par réflexe, il retourna en salle pour vérifier si par hasard CNews ne parlait pas de Rodez, mais non, les caméras étaient focalisées sur Lyon où ça semblait chauffer, un peu sur Toulouse où ça bougeait aussi. Kevin s'en sortirait forcément s'il le laissait seul un quart d'heure.

— Dis, tu me prêtes ton scooter dix minutes ?
— Attends, tu ne vas pas quand même pas me planter avec la salle pleine ?
— Faut que je monte au rond-point voir s'ils n'ont pas fait de conneries.
— Non, p'pa, déconne pas.
— Donne-moi tes clés.

Greg remonta prudemment l'embouteillage, puis bifurqua par les petites rues, il longea ensuite la voie ferrée, passa par la traverse et zigzagua jusqu'à l'entrée de la ville pour atterrir dans la zone commerciale. À la sortie du parking, il tomba de nouveau sur le bouchon, qui n'allait pas en s'arrangeant. Au loin il entrevoyait le grand rond-point à cinq sorties, complètement engorgé lui aussi. Comme il s'y attendait, des Gilets jaunes occupaient le terre-plein central, mais une vingtaine tout au plus, un bataillon aussi maigre ne pouvait pas provoquer un tel blocage. En s'approchant, il les vit faire de grands gestes de la main, des gestes qui allaient du haut vers le bas, comme s'ils cherchaient à calmer les choses. Il gara son scooter près de la cabane-guinguette, le vin chaud bouillonnait sur le réchaud de fortune et embaumait la cannelle et le clou de girofle. Sur le moment il s'en voulut d'avoir oublié de leur donner de la cardamome, mais se souvenant qu'il venait vérifier s'ils n'avaient pas trop bu, il constata que la marmite était pleine. Greg ôta son casque au milieu d'un concert de klaxons et entendit le mot d'ordre que les Gilets jaunes tout penauds reprenaient en chœur : « C'est pas nous ! C'est pas nous ! » tandis que certains allaient vers les conducteurs piégés. « On n'y est pour rien, y a un accident sur la nationale, deux semi-remorques se sont renversés, c'est pas nous ! C'est pas nous ! »

Greg traversa le magma de voitures pour rejoindre Saïd et Éric qu'il trouva dépités comme jamais, mais le plus déboussolé, c'était Alban, il restait assis sur son pliant, le sourire de Joker remonté sur le crâne, sonné de s'être fait voler son barrage filtrant par une bétaillère renversée qui avait libéré une centaine de cochons. Ils s'égaillaient dans tous les sens sur la route, si bien que les gendarmes avaient bloqué la circulation pour éviter le sur-accident. Il fallait les rattraper avant que la grue n'arrive pour redresser le double semi-remorque.

Alban était hypnotisé par ce bouchon gigantesque, les mains sur les genoux, le regard vide, il lança à Greg en le voyant :

— Ça fait rêver, non ?
— Quoi donc ?

— En soixante-dix week-ends de lutte, on n'y est jamais arrivés… Le blocage parfait, le bouchon de rêve, on n'a jamais eu autant de monde, mais bon, y en a pas un qui jette un œil à nos banderoles, c'est le comble.

Là-dessus, il se releva. Soudain ragaillardi, il ajusta son masque sur son visage, régla son portable sur le mode vidéo et le tendit à Greg.

— Filme-moi !

— Attends, tu ne peux pas le faire tout seul ?

— Mets-toi là-bas, de l'autre côté des voitures, qu'on voie bien tout le monde, et filme-moi, filme-moi sur le rond-point, qu'on me voie bien avec ce beau bouchon, je le posterai sur mon Facebook.

Jeudi 12 mars 2020

Ce qui devait arriver arriva. Le drame, c'était ces températures trop douces. Avec un thermomètre qui dépassait les 20 degrés dans la journée et des nuits durant lesquelles il ne baissait qu'à peine, les chenilles processionnaires en haut des pins crurent que le printemps était là. Déboussolées, elles se mirent à descendre en file indienne jusqu'au sol. Avec un mois d'avance, elles cherchaient à s'enfouir pour se transformer en papillons.

Fredo travaillait sous les serres, alors que les parents s'étaient dirigés vers les sols sablonneux et tendres. Si Angèle maniait encore un peu les outils et parvenait à se baisser, le père lui n'y arrivait plus, pourtant il voulait évaluer cette terre dans l'idée d'y semer bientôt les carottes. La mère en prit une poignée, elle était souple et filait entre les doigts, signe que Fredo l'avait bien amendée. Pendant ce temps-là, les trois chiots se mirent à divaguer, mine de rien, du côté des pins, ils rôdaient en lisière du bois et tombèrent sur ce cortège de chenilles gigotantes, un long ruban qui se tortillait au pied des arbres. Captivés par ce spectacle affriolant, ils donnèrent d'abord des coups de patte dans ces joujoux bizarres, avant de les prendre carrément en bouche… La gueule en feu, ils hurlèrent à la mort comme s'ils avaient avalé des chardons brûlants.

Lorsque son téléphone sonna, Alexandre était dans les prés. Jamais pressé de répondre, il attendait toujours qu'on lui laisse un message, seulement l'appareil sonna encore et encore et quand il vit que c'étaient ses parents qui cherchaient à le joindre en plein après-midi, il comprit qu'il s'était passé quelque chose. Il pensa à une chute, que son père trébuche et tombe, c'était sa hantise, il se maudit de le laisser encore bosser à son âge. En décrochant, il entendit la voix affolée de sa mère, elle avait du mal à finir ses phrases, elle parlait de bave, de chiots qui s'étouffaient avec la truffe enflée, elle ne savait plus quoi faire, est-ce qu'il fallait leur verser de l'eau sur la tête ou dans la bouche ?
— Qu'est-ce qu'ils ont bouffé ?
— Des chenilles.
— J'arrive, surtout ne fais rien.
Alexandre ne vérifia même pas s'il avait remis le courant dans la clôture, il courut jusqu'au Lada qui était là-haut sur le chemin et roula vers la vallée en coupant à travers les bois. L'avantage de ce vieux 4×4, c'était qu'il passait partout, se faufilant entre les murets et les arbres. Il ne lui fallut pas plus de cinq minutes pour arriver jusqu'aux parcelles, les parents semblaient veiller un mourant, son père s'était même agenouillé.

C'était horrible à voir, ces trois petites bêtes défigurées par la douleur, leurs faibles gémissements n'en étaient que plus déchirants. Alexandre se laissa gagner par la colère, il en voulait à la terre entière, à commencer par ses parents qui n'avaient pas été foutus de garder un œil sur eux et les avaient laissés s'éloigner. Il en voulait à ces hauts pins de receler des nids de chenilles pareilles, il en voulait surtout au ciel, à ce ciel qui, depuis deux jours, affolait les bourgeons aussi bien que les pousses et les insectes. Il sortit une bouteille d'eau du 4×4, leur rincer la gueule lui semblait la première chose à faire pour enlever le maximum de ces petits pics urticants dont sont recouvertes les chenilles. Si l'un des chiots se mettait à avaler ne serait-ce qu'un peu de cette eau, une écharde pouvait descendre directement dans l'œsophage, et là, à coup sûr, il serait perdu. Le père répétait sur un ton catastrophé :

— Fais gaffe, s'ils en avalent, ils crèvent.
— Mais c'est déjà enflammé, tu vois pas ?

En les découvrant aussi abîmés, leurs petits regards désespérés, en voyant son père et sa mère accablés de culpabilité, Alexandre ressentit une détresse généralisée, celle de cette nature autour de lui qui appelait au secours. Il ne savait plus par où commencer.

— Je vais les emmener chez Debocker.
— Préviens-le avant, dit la mère.
— Pas le temps, faudrait vite les sédater parce que la douleur va monter, ça nécrose déjà…
— Quoi donc ?
— Ben la langue, maman ! Bon, prends le volant, comme ça je les garderai sur mes genoux, il ne faut surtout pas qu'ils se touchent.

— Je sais pas conduire ton engin, là.
— Alors, va chercher ta voiture.
— Et ton père ?
— Non mais ça va, je suis assez grand ! tonna Jean en se relevant douloureusement, mais sans l'aide de personne.

— Ce qu'on ne dit pas, c'est que cet homme est mort dans d'atroces souffrances, en suffoquant comme un noyé. Ça ne fait que trois semaines et pourtant tout le monde l'a déjà oublié. Mais à vous, il y a une chose que je vous demanderai de ne jamais oublier, c'est que ce premier mort français du coronavirus était un enseignant, comme vous. Il ne s'était rendu ni en Chine ni en Italie, mais simplement en classe. Gardez aussi en tête qu'il avait soixante ans, qu'il était à quelques mois de la retraite, et qu'en plus des souffrances et de la peur, sa famille a enduré les questions d'un bataillon d'enquêteurs venus de partout. Jour et nuit ils leur auront fait subir de véritables interrogatoires pour remonter tous ses contacts, du statut de victime, il sera passé à celui de suspect, les plus folles rumeurs continuent de circuler à son propos, depuis trois semaines le grand n'importe quoi s'en donne à cœur joie.

Le proviseur avait tenu à cette réunion informelle en les convoquant tous. Avant de prendre la parole, il avait ostensiblement ouvert les fenêtres, calé les portes pour créer un courant d'air, puis il avait parlé, sans élever la voix pour une fois, chuchotant presque, sur le mode de la confidence.

— Ce matin, vous avez peut-être entendu le ministre de l'Éducation nationale sur France Info, selon lui il n'est pas question de passer au stade 3. Pour reprendre ses termes : « la fermeture des établissements serait contre-productive », en somme ça créerait la panique. Soit. Je ne vous cache pas que j'ai un tout autre avis, et je ne suis pas le seul. Ma lointaine formation scientifique me conduit à penser qu'il faudrait vite fermer les écoles, pour plusieurs semaines sans doute. Ce qui nous amènerait jusqu'aux vacances de printemps. À ce qu'on en sait, la plupart du temps les symptômes sont mineurs, mais dans vingt pour cent des cas, le virus peut attaquer le système nerveux et respiratoire. On a établi aussi que chaque infecté peut contaminer deux ou trois personnes et que l'on est contagieux avant même d'avoir des symptômes. Je ne vois pas pourquoi laisser filer ce virus avant de mieux le connaître. Nous en saurons peut-être plus dès ce soir, le président parle au 20 heures. En tout cas, sachez que tout sera mis en place, ou plutôt que tout est prêt, grâce aux mails et aux plates-formes que vous connaissez déjà. Ne vous inquiétez pas, le lien ne sera pas rompu avec vos élèves. En attendant je vous dis à demain, et pour toute question n'hésitez pas à m'appeler, à tout moment, je dis bien à tout moment.

Les professeurs discutèrent entre eux avant de retourner en cours, Caroline rejoignit Michel et François, qui tous deux pensaient la même chose : fermer les écoles, ça leur semblait fou. En Chine, c'était possible, mais en France, ce serait un cataclysme, cela désorganiserait la société tout entière, les parents se retrouveraient piégés chez eux par leurs enfants, à moins de les emmener avec eux au boulot, ce qui était impossible.

Leurs classes les attendaient. Le vent souffla quand Caroline traversa la cour, elle eut un vertige, la sensation que le lycée s'envolait. Lorsqu'elle arriva à l'étage, ses premières étaient déjà assis, étrangement calmes, ils devaient sans doute être en train de gloser sur son retard inhabituel.

Cette impression d'être épiée, elle l'avait éprouvée dès ses premiers cours, et tout le long de sa carrière elle s'était interrogée sur l'image qu'elle renvoyait. Mais ce matin-là, c'était pire que tout, elle avait réellement le sentiment de les trahir, de leur cacher quelque chose. Elle était sûre que les lycées allaient fermer, pire elle le souhaitait, car la plupart des élèves semblaient ne pas se préoccuper de ce virus, et cette insouciance la blessait, elle leur en voulait de ne pas prendre la mesure de la situation, tout en se disant qu'à leur âge elle aurait sûrement agi comme eux, alors elle commença son cours comme si de rien n'était, avant de se laisser rattraper par la peur que ce soit vraiment le dernier qu'elle donnait. Si les établissements scolaires étaient bouclés pendant des semaines ou des mois, si cette épidémie s'éternisait et s'aggravait au fil des contaminations, cela la mènerait peut-être jusqu'à la fin de sa carrière. Caroline enleva son gilet et le posa sur le dossier de sa chaise comme s'il faisait chaud, la fenêtre était pourtant ouverte. Elle s'assit, ce qu'elle faisait rarement, en tout cas jamais pour s'adresser à eux. Elle se sentait défaillir, ses mains se mirent à trembler, alors elle leur demanda :

— Décrivez ce que vous feriez de vos journées si pendant un an il n'y avait plus de lycée, plus de cours, plus rien...

— Quoi, maintenant ?

Ils ne comprenaient pas.

— Oui, écrivez.

— Mais sur quoi ?

Il était à l'arrière de la 306, calé au milieu de la banquette avec les chiots blessés. Un de chaque côté et la femelle sur les genoux. Ils bavaient toujours plus et Alexandre n'osait pas leur ouvrir la gueule pour vérifier l'état de leur langue. La mère avait mis un temps fou à retrouver ses clés, puis elle avait commencé à rouler à toute allure sur le chemin. Il lui avait dit d'y aller mollo pour ne pas brusquer les chiots, et depuis elle conduisait comme s'il y avait du brouillard ou du verglas, le visage collé au pare-brise. Alexandre ne voulait pas ajouter à sa nervosité et maintenant qu'ils étaient sur la départementale, il n'osait pas lui demander d'accélérer. Une chose tout de même commençait à l'agacer, c'était l'autoradio qui diffusait du jazz fusion, un saxophone strident et un violon nerveux qui se mêlaient aux gémissements des bêtes.

— Dis, t'as pas autre chose !

Confuse, la mère appuya sur une touche et ne put capter que France Info, de ce côté-là du causse il n'y avait pas d'autre station.

Quand il y eut à nouveau du réseau, Alexandre essaya d'appeler le vétérinaire, qui ne répondit qu'à la dernière sonnerie. Celui-ci comprit tout de suite et demanda à Alexandre de filer directement à la clinique, il les y rejoindrait une heure plus tard, le temps d'achever de tester un troupeau à l'intradermo. Il promit de faire vite car il fallait anesthésier les chiots sans tarder, injecter de l'héparine et anticoaguler en espérant que ça suffise. La mère n'entendait pas ce que disait le vétérinaire mais dans le rétroviseur elle voyait le visage de son fils, qui raccrocha sans un mot, le visage fermé.

C'était une chance d'avoir pu obtenir un rendez-vous, les fermes manquaient de bras lorsqu'il s'agissait de tester tout un troupeau, c'est pourquoi il fallait y aller à trois pour contenir les bêtes, et dans ces cas-là il n'y avait plus de permanence au cabinet ni à la clinique.

Les chiots soutenaient le regard d'Alexandre en modulant leurs gémissements. À l'heure pile, le jingle de France Info sonna le rappel à l'ordre, une voix sans émotion annonça une allocution du président à 20 heures sur toutes les chaînes de télé et de radio. Cette fois le terme était lâché, l'OMS avait décrété qu'il s'agissait bien d'une pandémie. Le journaliste décrivit ensuite une Italie qui s'enfonçait dans un cauchemar, avec des prisons en proie à des émeutes, des hôpitaux qui rappelaient les soignants à la retraite et des médecins italiens qui suppliaient leurs concitoyens de ne pas sortir de chez eux. Le monde entier ne parlait plus que de ce coronavirus. Au Danemark les supermarchés étaient dévalisés, en Belgique les écoles, les restaurants, les bars, tout fermait, l'Allemagne de son côté annonçait des contrôles aux frontières avec la France, et aux États-Unis où le président avait juré que ce n'était qu'une grippette, voilà qu'ils interdisaient leur sol aux ressortissants européens, à l'exception des Anglais. En Russie, Poutine s'était cloîtré dans son bureau et exigeait qu'on prenne la température de quiconque devait l'approcher, accessoirement il venait de faire voter par la Douma un amendement lui permettant de demeurer président jusqu'en 2036. Un à un les pays s'isolaient pour de bon et les avions restaient cloués au sol.

La mère interrogea Alexandre du regard, comme si elle attendait son avis sur tout ça.

— Qu'est-ce que tu veux qu'on y fasse ?... De toute façon, nous ici on ne risque rien.

Autour d'eux défilait un monde sans maisons, sans villages.

— Non, mais tes sœurs, elles ne vont quand même pas rester enfermées chez elles.

— Penses-tu !

Alexandre baissa les yeux, tout ce qu'il voyait c'était les trois chiots qui gardaient la gueule entrouverte pour aspirer un maximum d'air, comme le font les bovins quand ils souffrent de la maladie de la langue bleue, une fièvre catarrhale transmise par des moucherons qui, jusque-là, ne vivaient qu'au sud du Sahara mais qui remontaient désormais doucement vers le nord.

La clinique de Debocker était en périphérie de Cahors, ça évitait d'entrer dans la ville. Angèle se gara sur le parking. Il ne faisait pas froid, mais ils restèrent là, dans la voiture. Peu à peu le jour tombait. France Info continuait d'égrener son chapelet de calamités, le CAC 40 connaissait la plus forte baisse de son histoire et les Bourses du monde entier s'effondraient au fil des fuseaux horaires. Contacté par téléphone, un économiste affirmait qu'on était en plein krach, que cela durerait des mois et qu'il faudrait des années pour s'en remettre. Une étude anglaise annonçait des centaines de milliers de morts en France si des mesures n'étaient pas prises immédiatement.

La mère se tourna vers Alexandre.

— Faudrait que je retourne à la maison, tu comprends ? Je ne peux pas laisser ton père seul.

Si la vie est à prendre comme une quête d'opportunités et de moments heureux, alors Vanessa n'avait pas été flouée, elle avait toujours eu ce qu'il faut d'égoïsme pour penser d'abord à son travail, à sa vie, surtout depuis que Victor était parti. Elle s'était sentie instantanément libérée de son statut de parent, de toutes ces années à se forcer à être sérieuse, ne serait-ce que vis-à-vis de son fils... Après son départ, elle avait même eu la sensation de redécouvrir Paris, sortant le soir sans plus regarder l'heure, et depuis trois ans elle acceptait d'aller à tous les vernissages, à toutes les soirées et inaugurations. C'était comme une deuxième jeunesse vingt-cinq ans après la première, elle avait retrouvé une forme de légèreté et d'insouciance. Mais voilà qu'un virus remettait tout en question, au point qu'elle en venait à appréhender les déplacements prévus avec Joshua et Timothy. Elle se disait qu'elle devait se reprendre, ne pas se laisser gagner par ce climat de panique, après tout personne n'était malade autour d'elle, et les plus vulnérables face à cette maladie, c'était les hommes, pas les femmes, ainsi que les personnes âgées, les malades ou les obèses. Elle se rassurait en se répétant qu'elle était en forme physiquement.

Ces voyages seraient l'occasion de se distraire de tout ça, finalement ils tombaient bien.

Timothy et Joshua voulaient organiser sans attendre des rendez-vous avec les grands opérateurs européens, et cette tournée serait pour elle une façon de se montrer indispensable dans le développement du projet. Les deux Américains avaient besoin d'elle pour les démonstrations, pour présenter tous les aménagements possibles. Ils lui avaient même demandé de venir avec eux comme un service, alors que ce n'était tout de même pas une punition de passer de Londres à Madrid, avant d'aller à Shenzhen à Huawei, et enfin à San Francisco.

C'était à elle de choisir les hôtels, sans se préoccuper des tarifs, ça faisait partie du deal, si bien que depuis deux jours elle surfait sur le net. Elle rêvait de découvrir le fameux Sunborn London, cet hôtel-yacht amarré sur la Tamise, mais, craignant de passer pour une arriviste, elle se rabattit sur le Four Seasons ou le Savoy, dont elle visita les chambres et les salons en 3D. D'ici fin mai, ils iraient en Chine où l'épidémie était maintenant jugulée. Joshua n'avait eu aucune difficulté à caler un rendez-vous avec les sphères décisionnaires du Centre de recherche et développement de Huawei. Se frotter à cette multinationale, Joshua et Timothy voyaient cela comme un jeu, une façon de se mesurer à l'hydre, à cette invraisemblable entreprise dont le capital était détenu à quatre-vingt-dix-neuf pour cent par le syndicat des employés. Des capitalistes salariés qui avaient accouché d'un monstre à cent milliards de chiffre d'affaires. Avec ces deux Américains, tout semblait facile, chaque fois qu'elle les avait au téléphone, elle se sentait revigorée par leur dynamisme et leur joie de vivre.

Qu'elle travaille ou non à la maison, Vanessa veillait toujours à s'arrêter à dix-huit heures. Ce soir-là, elle dînerait avec Helena dans un resto japonais de la rue Sainte-Anne. Au téléphone, elle avait senti que son amie avait besoin de parler, pas uniquement du Vetiscore, mais aussi d'elle, de sa vie. Depuis deux ans, elle s'était séparée de Guillaume. Ils continuaient à travailler ensemble, et ça n'allait pas sans poser de problèmes, Vanessa s'en rendait bien compte.

Elles se retrouvèrent dans un bar à ramens. Y entrer, c'était plonger dans un monde hautement dépaysant, fait d'odeurs, de vapeurs et de conversations en japonais. En temps normal, il y avait toujours la queue dehors. Comme il était impossible de réserver, l'attente faisait partie du rituel, mais ce jour-là elles entrèrent directement et s'assirent à la meilleure place, au comptoir, comme au spectacle. Devant elles quatre cuisiniers japonais s'activaient, toujours les mêmes, avec un bandeau pour contenir leurs cheveux et une sorte de kimono blanc impeccable. Dans l'après-midi elle avait vu sur Twitter que Macron allait parler le soir même. Les cuisiniers étaient parfaitement indifférents à tout cela, d'ailleurs ils ne parlaient pas français, seul le chef connaissait deux-trois mots, la serveuse au besoin servait d'interprète.

La réelle urgence pour Helena, c'était de raconter qu'elle avait rencontré quelqu'un, et cette fois c'était sérieux, mais elle ne voulait pas que Guillaume le sache. Depuis deux mois elle aimait un homme en cachette, comme dans les films, en veillant à ce que personne autour d'elle ne s'en rende compte, surtout pas son ex, cela interférerait dans les affaires et pour le Vetiscore ce ne serait pas bon. Guillaume était un type intelligent, calme, mais foncièrement jaloux. Elle savait pertinemment qu'il prendrait comme un affront qu'elle puisse être heureuse avec quelqu'un d'autre. Vanessa assimilait ces nouvelles en ingurgitant les pâtes chaudes. La soupe, ici, était toujours bouillante, mais son parfum, les arômes de soja et de légumes qui montaient du grand bol, tout donnait envie de se jeter dessus sans attendre. Chaque gorgée de ce bouillon irriguait le corps d'une lave bienfaisante, elle dilatait les muscles et vous comblait d'une force nouvelle. Comme le restaurant ne se remplissait toujours pas, Vanessa commanda des tempuras et du porc pané, elle avait envie de goûter à tous les plats en photo sur le menu.

En écoutant son amie, elle regardait de temps à autre la petite horloge au-dessus des fourneaux, il était huit heures et quart et elle aurait bien aimé savoir ce que Macron était en train de raconter, espérant surtout qu'il ne serait pas question de limiter les voyages, du moins pas les séjours professionnels. Sans interrompre les confidences d'Helena, elle jeta un œil à son smartphone, mais maintenant Helena pleurait. Elle s'en voulait d'être heureuse avec un autre, parce que Guillaume tout de même, il l'avait toujours aidée, et pendant cinq ans ils avaient été si complices. Elle avait tendance à magnifier ces années de vie commune, ensemble ils avaient monté pas moins de trois sociétés, c'était un peu comme trois enfants dont elle trahissait le père.

— Mais enfin, Helena, les affaires ce ne sont pas des enfants, c'est d'une autre nature.

— Je ne sais pas, des enfants j'en ai pas. Je n'en aurai sans doute jamais.

— Il n'est pas trop tard.

— À quarante-deux ans ?... Enfin, je ne sais pas, je ne sais plus où j'en suis.

Vanessa regarda de nouveau discrètement son smartphone dans son sac et fit défiler une série d'alertes. Les écoles fermeraient dès le lundi, les déplacements seraient limités, le nombre de cas doublait tous les jours, cette épidémie risquait d'être la plus grave crise sanitaire que le monde ait connu, sans cesse une nouvelle notification tombait, dans son esprit tout se bousculait. Pendant qu'à l'intérieur du restaurant, les rares clients du premier service étaient déjà repartis, un seul des cuisiniers continuait à s'activer, les trois autres étaient adossés aux frigos, le regard vague.

Le téléphone d'Helena sonna, c'était Guillaume. Elle l'écouta un moment sans un mot. En raccrochant, elle expliqua qu'il était dans tous ses états, le président de la *start-up nation* venait d'annoncer la fermeture des frontières et de remettre en cause notre modèle de développement, en résumé le startuppeur faisait le procès de la mondialisation et virait souverainiste. Et ça, pour le business, c'était une catastrophe.

— C'est bizarre, ajouta Helena, mais il avait vraiment l'air paniqué.

— Qui, Macron ou Guillaume ?

Elle prirent tout de même un dessert et se rassurèrent en se disant qu'au moins on avait encore le droit de sortir, tout en réalisant qu'à neuf heures du soir, elles étaient désormais seules dans ce restaurant.

Dehors, l'air était étrangement doux et les rues désertes. L'avenue de l'Opéra était vide, un parfum de couvre-feu planait déjà, tout le monde avait filé aux abris. Helena voulut fumer une deuxième cigarette, alors elles poussèrent jusqu'au Palais-Royal. En abordant ce jardin sorti tout droit du XVIIe siècle, encadré de ses galeries séculaires, elles ressentirent plus que jamais le poids de l'histoire. Tout cela semblait bien plus solide que ce monde moderne auquel elles participaient, le passé rassurait plus que l'avenir.

Après avoir injecté des corticoïdes aux trois chiots, Debocker leur administra des antibiotiques. Le tube digestif des deux mâles semblait touché. Chez la femelle, le choc allergique se portait surtout sur les babines et la truffe. Debocker et sa femme lui rincèrent abondamment la tête pour éliminer tout résidu d'urticants et lui donnèrent un sédatif parce qu'elle était en panique. L'horloge affichait vingt et une heures. Les parents avaient déjà fini de dîner. Alexandre ne savait pas comment il rentrerait, en tout cas il ne demanderait pas à sa mère de venir le chercher. Pas question qu'elle fasse plus d'une heure de route dans la nuit. Les trois chiots étaient bourrés de drogues, trois petites bêtes éteintes, sans le moindre ressort, étalées sur la table, la tête lâche, comme morts. Il approcha une chaise, s'y laissa tomber et se prit le visage à deux mains.

— T'as l'air aussi K.-O. que si tu venais de perdre une vache.

Alexia lui posa une main sur l'épaule.

— On va les garder cette nuit, sans doute demain aussi. Si tout se passe bien, ils perdront seulement un petit bout de langue à cause de la nécrose. Pour la femelle, ça devrait aller.

Après avoir calé les chiots dans des box, les Debocker proposèrent à Alexandre de rester dîner. Lucas et Julien, leurs deux enfants, avaient mis la table. Ils préparaient souvent le repas pour leurs parents avant de retourner dans leur chambre. Depuis qu'ils étaient les seuls vétérinaires dans le nord du département, les Debocker faisaient des journées de quinze heures et avaient l'habitude de souper à pas d'heure. Ils en avaient tous oublié l'intervention de Macron. Lorsque Alexia alluma la télé du salon sur BFM, ils comprirent qu'à partir du lundi suivant les deux ados seraient à la maison.

— Vous en pensez quoi de tout ça ?
— De fermer les écoles ?
— Non, du virus.
— J'en pense qu'ils nous ont pondu un Conseil scientifique et qu'il n'y a pas un seul vétérinaire dedans. Endiguer des épidémies, nous, on le fait à longueur d'année.

Alexia ajouta qu'il n'y avait pas le choix, ils auraient même dû confiner depuis deux semaines déjà. Même si un confinement ne servait qu'à stabiliser la situation, ça laissait le temps de s'organiser, ce virus, d'une façon ou d'une autre, tout le monde finirait par l'attraper, il fallait juste que tout le monde ne l'attrape pas en même temps.

Alexandre tiqua à cette idée, à cause de ses parents. Alexia se voulut rassurante :

— On se fera une immunité, tous, seulement ça prendra des mois, ou des années.

— En souhaitant que le virus ne repasse pas par les bêtes, sans quoi ça va sélectionner dans l'espèce, appuya son mari.

Alexandre pensa aussitôt aux chiots, ils n'étaient pas vaccinés, ni médicalement à jour de quoi que ce soit.

— Ne t'en fais pas, si tout se passe bien, on leur fera l'hépatite, la maladie de Carré, la parvovirose, la leptospirose. Pour la rage et le reste, on verra plus tard, ne te casse pas la tête avec ça.

Alexandre emprunta la 125 de Lucas pour remonter aux Bertranges. Il avait horreur des motos, mais pour une fois il éprouva du plaisir à rouler dans la nuit sur cet engin pétaradant. En traçant dans cette nature vide, il avait la sensation d'être seul au monde.

Il aurait voulu passer chez ses parents avant qu'ils soient couchés. Il n'avait pas son portable avec lui, il l'avait laissé dans le Lada, ils avaient dû se faire du mauvais sang, mais il était trop tard.

En arrivant à la ferme, Alexandre gara sa pétoire et goûta l'absence totale de bruit. La lune était encore pleine, on voyait clair dans ce demi-jour, pas le moindre chevreuil n'aboyait au loin, pas de chat-huant ni de renard, aucun nocturne ne hantait l'air doux. Ces derniers jours, les nuits semblaient étrangement calmes, les éoliennes et les arbres ne bougeaient plus, comme si la nature retenait son souffle. Lex et Max frottèrent leurs têtes sur ses jambes, ils venaient juste de se réveiller et s'ébrouaient pour se déprendre du sommeil. Il repensa aux trois chiots dans leurs box, leur absence épaississait le silence.

Samedi 14 mars 2020, 19 h 38

« Après les annonces que le président a faites, jeudi soir, je suis sorti, commença le Premier ministre. Et chacun a pu faire cette expérience. Nous avons vu trop de gens dans les cafés, dans les restaurants. En temps normal cela me réjouirait, parce que c'est la France que nous aimons tous. Mais pour quelques semaines, ce n'est pas ce que nous devons faire… »

Au Divo, les tournées d'apéritifs s'enchaînaient bruyamment. Agathe venait de fermer le salon de thé et, en posant son sac, elle vit défiler sur l'écran des lettres blanches sur fond rouge : une alerte annonçait la fermeture des cafés et des restaurants le soir même à minuit. Ils se regardèrent, elle et Greg, totalement sidérés. C'est alors qu'une bronca s'éleva dans la salle, certains se moquèrent du bonhomme rougeaud qui se tenait derrière le Premier ministre, un sinistre à la figure ronde, un physique de bon vivant, mais qui faisait une tête d'enterrement, d'ailleurs il portait un costume et une cravate sombres tout comme Édouard Philippe, deux croque-morts. Une tache blanche commençait de rogner la barbe du chef du gouvernement comme un coup de désherbant.

— Allons bon, il n'avait pas ce truc-là la semaine dernière, railla un client.

— C'est quoi ? lança une autre tablée.

— Il a dû se passer la barbe à la Javel, ou alors c'est nerveux, il a pris quinze ans, tu vas voir que la semaine prochaine il arrivera avec une canne et les cheveux blancs.

Tous y allèrent de leur blague, sauf Greg qui s'était laissé tomber sur une chaise et n'arrivait plus à se relever. Assommé, il fixait l'écran où des commentateurs disséquaient l'intervention du Premier ministre, ils sous-entendaient que cette mesure durerait jusqu'à l'été. Greg se passa la main sur le crâne et s'imagina que son catogan avait blanchi lui aussi.

Caroline n'était pas sortie de l'après-midi. De la déclaration d'Édouard Philippe elle avait surtout retenu que l'épidémie n'en était qu'au tout début, mais que déjà les services de réanimation étaient débordés dans de nombreux hôpitaux. Ce qui l'affolait le plus, c'est qu'il était impossible de se faire tester. On manquait de tests et les laboratoires ne voulaient plus laisser entrer les patients qui présentaient des symptômes, pour ne pas risquer de contaminer ceux qui faisaient ces prélèvements et qui, eux-mêmes, n'avaient déjà plus de masques. La situation devenait kafkaïenne. Ces perspectives bouchées la rendaient folle et elle comprit qu'elle ne pourrait pas rester là, dans cet immeuble, et si par malheur elle devait tomber malade elle ne savait même plus par où il faudrait commencer pour se faire soigner. Cette fois, elle était sûre d'une chose, en ville, fatalement, tout le monde finirait par être contaminé, parce que les gens ne pourraient pas s'arrêter de vivre, de sortir, et à bien écouter le Premier ministre, bientôt on n'aurait plus le droit de sortir, sinon pour voter le lendemain. Mais le surlendemain ?

Alexandre était resté à la ferme, il attendait le coup de fil de Debocker. Pour dîner il se contenta de pain grillé, de jambon cru et de fromage. Il venait de rapporter le tracteur que le concessionnaire lui avait prêté le temps de récupérer un embrayage neuf. Le sien lui épargnait certes les pannes d'électronique, mais il devenait de plus en plus difficile de trouver des pièces. Il attrapa le journal de 20 heures à la demie passée, des gens se ruaient dans les allées des hypermarchés, des consommateurs disaient se préparer pour tenir deux ou trois mois, ils avaient visiblement peur de manquer de pâtes, d'huile, et surtout de papier toilette. Dans le reportage tous les caddies débordaient de rouleaux.

Il posa sa main sur la poche de son jean, il avait cru sentir son téléphone vibrer, mais en fait non. De toute façon, il était sûr que les chiots allaient mieux, sans quoi Debocker l'aurait déjà prévenu. Peut-être même qu'il lui demanderait de venir les chercher le lendemain. Ils lui manquaient d'une façon qu'il ne s'expliquait pas, en vérité il les aimait, ces chiots. En Espagne, les touristes se ruaient dans les aéroports pour fuir le pays, le président Trump venait de se faire tester. Alexandre s'arrêta de mâcher quand Delahousse lança un sujet sur le vaccin, des essais cliniques commenceraient la semaine suivante aux États-Unis, le journaliste expliquait que l'Institut Pasteur, du haut de ses cent trente années d'expérience, était certes le mieux placé, mais avec ses procédures traditionnelles il faudrait attendre deux ou trois ans pour valider toutes les étapes, alors que la présidente d'Epi-Vax affirmait que dès l'été un vaccin high-tech serait testé. Plutôt qu'un vaccin, l'Américaine précisait qu'il s'agirait d'une « armure de protection contre le virus, le virus pourra toujours vous atteindre mais ne vous rendra que très peu malade ».

Alexandre pensa à sa conversation avec le concessionnaire de chez John Deere à propos des nouvelles technologies, les tracteurs de dernière génération coûtaient les yeux de la tête mais ils changeaient la vie. Puis la patronne d'EpiVax reconnut que tout cela était aussi une course à l'argent qui pouvait rapporter gros, sauf si on arrivait à contenir ou à éteindre l'épidémie par les gestes barrières et les confinements, comme ce fut le cas avec le premier SRAS et la grippe H1N1. Ces virus avaient disparu trop vite, annihilant toute possibilité de rentabilité. À l'époque des millions de dollars investis dans la recherche étaient partis en fumée. La franchise de cette femme le déconcerta. Il n'avait pas pensé à ça.

Par acquit de conscience, il sortit son téléphone de sa poche arrière pour vérifier si le vétérinaire avait essayé de l'appeler, mais il découvrit son vieux Samsung aussi inerte qu'une pierre, la batterie était complètement déchargée.

Dimanche 15 mars 2020

À la fin de chaque hiver, il y a un jour où les gens se remettent à ne plus presser le pas mais à flâner. En tant que Parisienne, Vanessa avait bien noté cela. Ce jour-là tombe souvent un dimanche, à croire que le printemps le fait exprès pour que les terrasses de nouveau se remplissent. Ce premier dimanche de presque printemps n'aurait pas dû échapper à la règle, le soleil était au rendez-vous, ainsi que la douceur de l'air. Il y avait plein de gens dans les rues, mais il n'y avait plus de chaises ni de tables, tous les cafés étaient fermés.

Très tôt ses proches amis l'avaient appelée, Helena puis Corinne et Magali, et même Vincent, chacun voulait savoir ce que l'autre faisait, histoire de se retrouver quelque part, sachant qu'à partir de maintenant il n'y aurait plus de brunch, plus de bistro, plus de guinguette ni de salon de thé, rien. Helena lui raconta que sur les Champs-Élysées, il n'y avait pas un chat. À l'aube, lorsqu'elle était allée faire son jogging, l'avenue était vide, les touristes s'étaient comme volatilisés, alors que Magali n'avait jamais vu autant de monde au marché d'Aligre et au Monoprix.

Ils se rappelèrent tous aux environs de midi et,

faute de mieux, convinrent de se retrouver sur les quais de Seine. Vincent viendrait aussi, et pour ce qui était de boire un verre, ils dénicheraient bien un bar éphémère ou une péniche, un débit de boissons quelconque, à moins d'apporter des bouteilles, Helena promit de s'occuper de tout.

Ce grand flottement venait de l'annonce de la veille, ce fameux stade 3, cette fois on y était. En plus d'éviter tout déplacement, il fallait limiter les visites entre amis et ne pas entrer à plus de cinq dans une boulangerie. La veille au vernissage, cela avait même été l'unique sujet de conversation, pourtant la distanciation sociale semblait bien abstraite pour tous ces êtres agglutinés dans une galerie, beaucoup fumaient sur le trottoir, dehors mais ensemble, des grappes d'humains discutaient, un verre à la main, sans jeter le moindre regard aux photos qui les rassemblaient pourtant.

Vers 23 heures, Vanessa avait traversé Paris en taxi pour rentrer chez elle. Sur le trajet, elle n'avait vu que des trottoirs animés et des cafés bondés, un pur samedi soir de gaieté printanière. Elle avait ouvert la vitre pour ne rien manquer de ce spectacle, pour laisser entrer l'air surtout, se jurant pour la millième fois de ne plus jamais boire une goutte de champagne, les bulles lui engourdissaient le corps et lui tournaient la tête, puis elle s'était couchée après avoir avalé un Doliprane.

Ne trouvant pas le sommeil, elle avait essayé d'imaginer à quoi pourrait ressembler un Paris sans terrasses, sans files d'attente devant les cinémas et les théâtres, sans foule se pressant sur les trottoirs, cela semblait tellement irréel qu'elle n'y croyait pas.

Le lendemain, elle se rassura en se disant que le dimanche, les ruelles autour du Palais-Royal étaient souvent vides, la plupart des établissements et des boutiques fermant le week-end. En longeant la Comédie-Française, puis le bas de l'avenue de l'Opéra, elle comprit que quelque chose avait changé. Elle traversa la rue de Rivoli et entra dans la cour du Louvre. Là elle vit des centaines de gens marcher vers la Seine, tandis que d'autres pique-niquaient joyeusement sur les pelouses. Elle ressentit un profond soulagement, au moins Paris ne s'était pas vidé, même au stade 3 la vie continuait. En arrivant sur les quais, son téléphone sonna. Jamais Caroline ne cherchait à la joindre en pleine journée, elle appelait le soir. Vanessa pensa tout de suite aux parents, quelque chose leur était sans doute arrivé.

— T'es sortie ? Tu vas voter ?
— Voter pour quoi ?
— Les municipales…

Vanessa avait complètement oublié, d'ailleurs ça faisait plus de vingt ans qu'elle devait s'inscrire sur les listes électorales du Ier arrondissement.

— Pourquoi tu me demandes ça ?
— Parce que je n'arrive pas à sortir, voir tout fermé ça me fout le cafard, et puis il y a ce virus tout de même.

Ces temps-ci Vanessa avait du mal à se montrer rassurante, mais elle sentit sa sœur tellement déboussolée, obsédée par l'angoisse de se faire contaminer, qu'elle lui parla comme si elle se parlait à elle-même :

— Enfin, tu ne vas tout de même pas rester enfermée à cause d'un virus, il faut bien que tu sortes, en plus à Toulouse je suis sûre qu'il n'y a pas un seul cas.

— Non, mais en Espagne, ils sont tous en quarantaine, et regarde les cafés, j'ai eu Agathe ce matin, Greg devient fou, eh bien moi c'est pareil, je ne pourrai pas rester cloîtrée à longueur de journée à Toulouse, je ne pourrai pas !

— Tu veux venir à Paris ?

— Non, au contraire, aller chez les parents. À la campagne, ils ne vont tout de même pas empêcher les gens d'aller et venir !

— Peut-être, mais pour faire quoi ?

— Mais pour faire cours, tu ne vois pas que tous les lycées sont fermés ? Pendant des semaines on va devoir enseigner à distance, t'imagines un peu ?...

— Non, je n'avais pas pensé à ça, mais dans ton lycée privé il n'y a pas… ?

— Il n'y a pas quoi ?

— Je ne sais pas, les élèves ont tous un ordinateur, ils ont l'habitude, non ?

— Oui, mais j'ai jamais fait ça, moi, et si je passe toute la journée à parler à des écrans, le soir j'aurai besoin de m'aérer, pas de rester enfermée !

Vanessa descendit sur les berges. Les trottoirs comme la chaussée étaient noirs de promeneurs, certains recréaient même un semblant de comptoir en s'accoudant aux parapets ou aux rampes d'escaliers.

— Écoute, si tu veux allez chez les parents, vas-y, en plus je suis sûre que ça leur fera plaisir.

— Retourner chez papa-maman à mon âge, ça fait bizarre.

— Alors va à la ferme, chez Alexandre.

— Certainement pas ! Et sinon, à Paris, ça se passe comment, il paraît qu'il y a des cas partout ?

— Là, il fait beau, il y a du monde et je vais rejoindre des amis pour prendre un verre, après tout c'est le printemps.

— Non, le printemps c'est dans quinze jours.

— Tu sais, si ça se trouve, ce virus, on s'en fait toute une montagne, alors qu'il n'y a peut-être pas de quoi.

— Eh bien, bonne balade, on se rappelle ce soir.

Helena, Magali et Vincent étaient assis autour d'une petit nappe sur laquelle ils avaient déposé des verres et deux salades dans des boîtes Tupperware. Sans vraiment s'en rendre compte, Vanessa ne fréquentait que des gens ayant dix ou vingt ans de moins qu'elle, et ce jour-là, en les regardant après sa conversation avec sa sœur, elle comprit pourquoi. Les événements glissaient sur eux, ils étaient insouciants et affranchis de toute contrainte, de tout scrupule, comme ceux qui filaient bien droit sur leur trottinette, parfois à deux, zigzaguant au milieu des piétons. C'est aussi pour cette légèreté-là qu'elle aimait Paris, et ce dimanche plus que jamais.

De son côté, Caroline se décida finalement à sortir pour aller voter. L'incompréhension de sa sœur l'avait blessée, elle se sentait ridicule d'avoir peur à ce point, mais une fois dans la rue, dès que quelqu'un arrivait en face, elle faisait un pas de côté. Par chance, toutes les rues étaient devenues piétonnes et il était facile de rester à distance. Une fois arrivée devant le bureau de vote, elle vit qu'à l'intérieur il y avait une longue file d'attente, car les gens se tenaient bien éloignés les uns des autres. Beaucoup portaient des gants en latex ou en caoutchouc, l'assesseur avait même un masque blanc qui lui faisait un bec de canard. Les deux autres aussi. Trois canards tenaient les urnes. Des bouteilles de gel étaient disposées un peu partout sur les tables. En tant qu'ancienne militante socialiste, elle n'aurait jamais imaginé qu'un jour elle puisse trembler à l'idée de remplir son devoir civique, mais en se plaçant dans la file, elle n'était plus sûre d'aller jusqu'au bout. Déjà elle nota que les fenêtres étaient fermées, bon sang, mais pourquoi ne les ouvrait-on pas? Elles étaient peut-être bloquées pour des raisons de sécurité, depuis les attentats, les fenêtres du rez-de-chaussée étaient condamnées dans les écoles, ou verrouillées. Elle se concentra sur les bulletins. Par la force des choses, elle voterait pour la liste Énergie Toulouse. Le visage de Nadia Pellefigue se détachait parmi les autres, si elle avait eu la moindre chance d'être élue, elle aurait fait une maire rayonnante. Elle repensa alors à la première fois où elle avait voté, en mai 1981, à l'époque le parti socialiste proposait rien de moins que de «changer la vie». Elle se sentit amère d'avoir à ce point rabattu ses espoirs et ses prétentions citoyennes, les grandes promesses de la liste qu'elle tenait dans la main se résumaient à la création d'une cantine bio, voire végétarienne, à développer le vélo, à réduire et à valoriser les déchets et à mettre fin aux grands projets inutiles. Plus rien à voir avec «changer la vie». D'ailleurs le parti socialiste n'existait quasiment plus, à force de ne pas changer la vie, la vie l'avait changé.

Au moment de signer, les gens cherchaient interminablement leur stylo dans leur sac, ils ne voulaient pas utiliser celui du bureau de vote, alors que d'autres, à cause de leurs gants en latex, n'arrivaient pas à saisir leur carte électorale. Il n'y avait pas tant de monde et pourtant on étouffait dans cette salle. Le type juste devant elle éternua trois fois de suite, sans même mettre son bras devant son visage. Quel con, pensa-t-elle. Elle sentit qu'elle n'y arriverait pas, impossible de tenir en apnée cinq minutes de plus, non, elle n'y arriverait pas, elle rêvait pourtant que cette ville redevienne socialiste, puisqu'elle l'avait toujours été, elle le voulait vraiment, mais elle suffoquait. Alors elle fit demi-tour et elle sortit de cette école communale maudite comme si elle avait fui un immeuble en flammes, au diable les vélos et la cantine bio, Moudenc serait réélu maire, après tout qu'importe, elle n'allait pas non plus se livrer au virus pour le faire tomber, de toute façon il n'y avait aucune chance qu'il perde.

De retour dans la rue, elle se sentit soulagée, au moins autant que si elle avait voté. Une libération totale, même si en arrivant sur la place Wilson, elle réalisa que, poussée par la peur, elle venait pour la première fois de sa vie de rejoindre le camp des abstentionnistes. Elle, l'ancienne militante passionnée par la vie démocratique, était sortie du jeu.

C'était bien le dernier numéro de téléphone fixe dont elle se servait encore. Le 05 de ses parents, elle le connaissait par cœur depuis des décennies, sans l'avoir noté nulle part, sans même l'avoir enregistré dans son portable. Mais sous le coup de l'émotion, elle n'arrivait plus à s'en souvenir. Elle dut faire défiler ses anciens appels pour le retrouver. Comme chaque fois, ce fut sa mère qui décrocha. De but en blanc, Caroline lui demanda si elle pouvait venir, non pas seulement quelques jours, mais tout le temps que durerait le confinement.

— Tu sais, ma chérie, tu viens bien quand tu veux.

En cette fin de dimanche raté, un dimanche électoral dont tout le monde se foutait, Caroline avait pris sa décision, alors elle commença à faire ses bagages, deux valises plus un sac, parce qu'elle voulait emporter ses livres et tout le matériel nécessaire pour assurer ses cours. Désormais rien ne la ferait changer d'avis. Elle prendrait le train à Matabiau dès le lendemain soir et elle irait aux Bertranges. Tout était planifié. Une chose tout de même la tracassait, un détail qui s'avérait crucial : la connexion internet chez ses parents. Alors elle les rappela.

— Dis, maman, elle marche toujours aussi mal, la 4G chez vous ?

— Qu'est-ce que tu veux dire ?

— Quand tu te sers du portable à la maison, tu sais combien il y a de barres en haut à droite sur ton téléphone ?…

— Mais enfin, à la maison on ne se sert pas d'un portable.

— Peut-être, mais est-ce que ça capte ?

— Attends, ton père me dit que ça capte très bien quand on se met sous le tilleul.

— Dans la cour ?

— Oui, le tilleul il est dans la cour. En tout cas ce midi il y était encore.

Elle se voyait mal sous le tilleul pour travailler et lancer ses classes virtuelles.

— Sinon là-haut, chez ton frère, ça marche encore mieux. Depuis qu'ils ont mis l'antenne relais le long de l'autoroute, il n'arrête pas de dire que chez lui ça capte aussi bien qu'en centre-ville. En tout cas je sais qu'ici, quand Fredo veut téléphoner il doit sortir de la maison, les murs sont trop épais qu'il dit, mais bon, il est chez Bouygues, lui, c'est peut-être moins cher.

Caroline expliqua qu'elle arriverait à Cahors le lendemain soir avec le dernier train, et comme pour se justifier elle leur assura qu'une fois là-bas elle ne les embêterait pas, parce que toute la journée elle ferait cours.

— Par téléphone ?

— Oui, par internet.

— Bon, comme tu veux. Tu sais que c'est pas la place qui manque… Par contre, si tu arrives tard je ne pourrai pas venir te chercher, tu sais bien que je ne conduis pas la nuit, ton frère viendra.

— Non, ne va surtout pas en parler à Alexandre, j'ai prévu un taxi.

La mère raccrocha, un peu surprise d'avoir senti sa fille aînée à ce point déstabilisée.

Accroupi sous le lavabo de la salle de bains, et malgré le raffut que faisaient les trois chiots en farfouillant dans sa boîte à outils, Alexandre avait tout entendu. Angèle revint vers lui.

— Alors, tu y arrives ?

— Oui, j'ai remis un siphon, mais sans bonde à clapet, c'est tout ce que j'avais. Dans la semaine j'irai chez Leroy Merlin, en attendant ça ira.

— Bon, bon.

Angèle se baissa vers les chiots et les caressa.

— Ça fait plaisir de les voir comme ça, mon Dieu.

— À cet âge-là ça récupère vite. Et Debocker, c'est un bon.

— Tu sais, je viens d'avoir ta sœur, je crois bien qu'elle a peur, alors elle veut venir ici le temps que ça se tasse.

Il ne répondit pas, en même temps il n'y avait rien à dire.

— Alexandre, qu'est-ce qu'on fera s'ils viennent les chercher ?

— Chercher qui ?

— Les chiots, ton père est certain que c'est la bande de ceux qui volent les fils de cuivre, qu'est-ce qu'on ferait s'ils voulaient les reprendre, il paraît que ça vaut plus de deux mille euros, un chiot comme ça.

— T'en fais pas, je saurai les recevoir.

Son fils, elle le savait fort, capable d'affronter toutes les situations, mais elle supportait mal qu'il joue le bravache.

— J'aime pas quand tu parles comme ça, Alexandre. Bon, écoute, ta sœur aura besoin d'internet pour faire ses cours, et là-haut ça marche, alors je ne sais pas comment vous vous arrangerez tous les deux, mais je compte sur toi pour ne pas faire d'histoires.

— Elle vient parce qu'elle a peur du virus, pas pour nous voir.

— Tu serais à Toulouse, tu ferais comme elle, et pour Agathe et Vanessa ça doit être pareil, elles ont toutes les deux peur d'être enfermées.

— Tous les ans contre la grippe aviaire, on confine bien les volailles, personne ne dit rien.

— Tes sœurs, c'est pas des volailles. Et tes nièces et tes neveux, tu y penses, à eux ?

— Bon, remets l'eau pour voir si ça marche.

Angèle n'en montrait rien mais elle était fâchée contre son fils. De son côté il n'était pas fier d'avoir provoqué sa mère, mais il en voulait toujours à ses sœurs, il n'avait pas digéré d'avoir dû leur céder des terres pour qu'elles y laissent installer les éoliennes, sans parler des cinq autres hectares où la société d'autoroute avait bâti un centre de maintenance. En vingt ans, ils ne s'étaient jamais reparlé de tout ça, mais leur liberté, c'était un peu à lui qu'elles la devaient, et maintenant qu'en ville ça tournait mal, voilà qu'elles parlaient de revenir, de retrouver la ferme et de s'y réfugier comme en temps de guerre.

Les chiots mâchouillaient ses joints en caoutchouc et jouaient avec ses boulons, il fut émerveillé par leur insouciance, quelques heures auparavant ils étaient tous à l'agonie, et voilà que déjà ils pétillaient de vie. Ils avaient presque vidé sa boîte à outils, ça faisait un boucan pas possible, mais ce vacarme était gai.

Même aux Bertanges, une soirée électorale, ça donnait le sentiment d'être relié au reste du monde, à cette nation pourtant si hautaine, à cette République qui se tenait de plus en plus à distance, les bureaux de poste comme les gares et les stations essence n'en finissant pas de s'éloigner.

Avant même que soient dévoilées les premières estimations, la nouvelle qui déboussolait tout le monde sur le plateau, c'était la faiblesse historique du taux de participation. Il ne dépasserait pas les quarante pour cent, du jamais vu dans l'histoire de la démocratie française. C'était bien le signe que quelque chose de grave se passait. La mère dut s'y reprendre à trois fois pour que Jean et Alexandre se servent du poulet, déjà qu'il n'était plus très chaud... À la télé, on passait mollement d'une ville à une autre pour savoir quel candidat avait de l'avance, mais de Perpignan à Lille, de Paris à Hénin-Beaumont, ce qu'on constatait surtout, c'est qu'il n'y avait pas d'ambiance, chaque fois le correspondant s'exprimait depuis une salle vide. Au Havre, au second plan, on aperçut le Premier ministre qui traversait le hall de sa mairie en courant, il retournait à Paris. Le premier personnage politique à prendre la parole dans une salle sans militants fut le patron des Verts, mais plutôt que de commenter les résultats, Yannick Jadot assura qu'il pensait à toutes les personnes contaminées, celles qui luttaient en ce moment même contre la mort, et à tous ceux qui avaient pris des risques pour que ces élections aient lieu. Il ne parla que de malades, de morts, de sacrifiés. Voilà qui glaçait le sang, d'autant que sur le plateau des invités inconnus s'étaient glissés au milieu des figures médiatiques, ils étaient médecins ou responsables du Samu. En temps normal, lors des soirées électorales, les leaders des différents partis monopolisaient la parole, mais ce soir-là ils ne la ramenaient pas. Le médecin du Samu annonça que l'augmentation quotidienne des contaminations était maintenant de vingt-cinq pour cent, si bien que là, on en était à 5 400 contaminations, dont 900 nouveaux cas en une seule journée, l'épidémie s'emballait pour de bon et la courbe devenait exponentielle.

— Essaie la Une pour voir !
— Mais c'est la Une.
— Alors mets la 15.

À partir de là, le seul débat audible porta sur le second tour : fallait-il le maintenir ou le repousser ? À l'écran on vit Jean-Luc Mélenchon prendre la parole d'une voix éteinte, devant une banderole blanche cadrée de trop près, ce qui lui donnait l'air malade. Au lieu de commenter les résultats électoraux, il appela à la discipline, au respect des consignes collectives qui, disait-il, nous mettraient tous à l'abri du danger. Pour une fois, il parlait bas. Il évoqua la possibilité d'un confinement total et attira l'attention sur les risques que prendraient ceux qui n'y seraient pas astreints, ceux dont le travail était essentiel, aussi bien les personnels de santé que les caissières, les livreurs, les éboueurs, de même que les agents publics et le personnel de l'Assemblée. Il appelait à l'unité nationale.

— Tu vois, ta sœur avait raison, ils vont tous les enfermer.

— Mais qu'est-ce que ça change ? grommela le père. Lui qui depuis des semaines rabâchait que les choses allaient mal finir semblait presque vexé de ne plus être le seul à avoir compris que le danger se rapprochait, que la nature commençait à se retourner contre nous.

— Tiens, tu vois, même Christian Jacob l'a attrapé, dit la mère.

— Comme quoi l'immunité parlementaire, ça ne marche pas contre tout.

Là-dessus le ministre de l'Intérieur prit enfin la parole. Sans même commenter les premiers résultats, Christophe Castaner invita les Français à se laver les mains, à ne plus se faire la bise et à rester à distance les uns des autres.

Alexandre restait muet face à ces politiques qui, ce soir-là, ne faisaient même plus semblant d'avoir des certitudes.

— Mange, ça va refroidir.

Marine Le Pen prit le relais en parlant de guerre sanitaire et de course contre la montre, elle exhorta le président de la République à fermer les frontières et tous les aéroports, mais surtout à confiner l'ensemble de la population. Quant au second tour, elle exigeait qu'il soit reporté de quelques mois, quand l'épidémie serait terminée.

— Dis, Jean, t'as entendu : dans quelques mois !

— Et alors ?
— Et alors ça veut dire que ça va durer des mois.
— La grippe aviaire, ça fait des siècles que ça dure, et pourtant on n'en est qu'au début.
— Faut toujours que tu ramènes tout aux animaux.
— C'est pas moi, c'est eux, regarde ils se mettent tous à parler comme des vétérinaires.

Lundi 16 mars 2020

Cette terre, le père l'avait vue changer au fil des décennies et il essayait de s'adapter à son rythme. Depuis que, dans la vallée, fleurs et bourgeons s'éveillaient dès février, il semait de plus en plus précocement, mais avec cette avance que prenait sans cesse la végétation, mars était devenu le mois de la peur. La moindre chute du thermomètre l'inquiétait au plus haut point car le plus petit coup de froid pouvait être fatal aux plantations.

De la même façon, il avait appris à Fredo à contrer les vagues de chaleur qui, chaque année, ne manquaient pas de survenir. Désormais, il semait des carottes aux fanes bien amples, des semences qui, quelques semaines plus tard, dresseraient une véritable végétation de protection au-dessus des pousses, ces fanes, comme autant de mini-parasols, feraient de l'ombre et protégeraient la terre du soleil. Avec Fredo ils parvenaient aussi à déboussoler l'odorat de ces mouches bizarres qu'on voyait maintenant, en plantant des oignons juste à côté des carottes, ou bien du thym, du romarin et du basilic, des senteurs qui perturbaient les nouveaux ravageurs. La nature, ils en épousaient les changements faute de pouvoir les contrer.

Près de la rivière, le sol était bien drainé, les carottes y pousseraient droites, les clients les voulaient ainsi, calibrées comme si elles sortaient d'un moule. Ces parcelles étaient abritées par les collines, un versant au nord et l'autre au sud. Là, le soleil pouvait travailler au lever du jour, la terre en recueillait les rayons dès l'aube et si, par malheur, des gelées survenaient avant les saints de glace, elles seraient courtes et vite oubliées. Quant à la lune, elle était descendante, ça favoriserait les racines. S'il y avait pourtant une chose contre laquelle le père savait qu'il ne pouvait rien, c'était bien le manque d'eau. La rivière était déjà basse pour une mi-mars, et seule la pluie pourrait la remplir.

Fredo finissait de régler les pignons du semoir quand le père lui demanda de mettre les infos.

— J'peux pas, j'ai laissé mon portable dans la cuisine.

— Bon, bon, tant pis.

— Mais non, je vais le chercher.

— Laisse, c'est pas grave.

— Si, si, moi aussi je veux savoir où ça en est, le virus les a peut-être tous tués là-haut, Macron, Philippe et tous les députés !

— Plaisante pas avec ça.

L'arrêt des grandes ondes en 2016, le père l'avait vécu comme un affront, une ultime relégation, et son vieux transistor s'était tu à jamais. Mais depuis que Fredo travaillait avec lui, il pouvait de nouveau écouter la radio quand ils étaient aux champs. Pour lui ça n'avait pas de prix, depuis la nuit des temps il avait toujours eu un transistor sur le tracteur pour l'accompagner. Comment Fredo pouvait capter France Info, RTL et tout le reste sans antenne avec son téléphone portable, ça restait un mystère. Cela dit, satellite ou pas, on captait toujours mieux auprès du tilleul qu'autour des carottes.

En attendant Fredo, Jean s'accouda sur le semoir, vaincu par l'idée de ne plus être capable de faire tous les gestes nécessaires. Cette terre qu'il avait travaillée toute sa vie, il ne pouvait plus l'atteindre, elle était devenue trop basse et ça lui foutait le cafard. Fredo ressortit de la maison, suivi d'Angèle et des trois chiots. Angèle pouvait encore se baisser, elle avait cette chance, d'ailleurs depuis que les chiots étaient là, ils lui donnaient une seconde jeunesse. Ils devaient réveiller en elle une affection remisée, faute d'avoir pu être portée à ses petits-enfants.

Pour amuser les chiots, Fredo leur tendait son gant de travail, ils sautaient pour essayer de l'attraper, et ça les enflammait, ces endiablés, leurs petits aboiements résonnaient dans la vallée, ils inondaient le silence de leur jeunesse et mettaient de la vie dans ce territoire où tout était vieux.

Fredo tripota son téléphone pour trouver une station et le posa sur les paquets de semences, il l'avait mis sur France Info qui débitait une pub pour une mutuelle. Fredo s'agenouilla pour achever de régler les pignons, le père restait accoudé à une bêche.

— Je viens de recevoir un texto, Adriana revient.
— C'est qui ?
— Ben, mon ex, avec son mec ils quittent Montpellier pour revenir par ici.

— Qu'est-ce que tu veux que ça me fasse, à moi ?
— Ils vont me demander ce que j'ai fait des chiots.
— Et qu'est-ce que tu vas leur dire ?
— Il paraît que s'il y a un confinement, les chiots, les chats, tout ça va s'arracher, les gens seront prêts à les payer deux fois le prix, y a déjà des demandes.
— Ils savent qu'ils sont ici ?
— Non.
— Tu ne leur diras pas ?
— Non.

Le jingle du flash de 10 heures tonna, annonçant que Macron allait encore parler le soir, mais déjà les familles se jetaient dans les trains pour fuir les villes avec des valises, des animaux et même leurs plantes vertes, les Bourses du monde entier dévissaient, on allait vers la plus grande crise depuis la Seconde Guerre mondiale.

La météo apporta un peu de légèreté, le mois de mars continuerait à être plus doux que la normale, et si par endroits il avait plu, dans les jours à venir le temps serait durablement sec et ensoleillé, presque estival. Devant la maison, la mère semait des pois de senteur ou repiquait des ancolies, elle tenait à ce qu'il y ait toujours beaucoup de fleurs.

Le moteur du tracteur qui tirait le semoir éveilla la faune autour d'eux, les oiseaux cachés dans les arbres se mirent à tournoyer, ils faisaient un tel tapage que leurs chants couvraient à la fois le bruit du tracteur et celui de la radio. Les geais disputaient leur territoire aux pies, leurs cris repoussaient les mésanges et les roitelets, les chardonnerets se tenaient à distance, tous piaillaient, guettant le moment où les semences seraient enfin en terre pour aller les piller, cette panique qui gagnait le monde paraissait dérisoire comparée à la détermination de ces prédateurs dénués de principes, mais les geais étaient vraiment les pires, ils semblaient prêts à bouffer tous les autres.

Une fois les semences bien recouvertes de terre, Fredo coupa le moteur et les oiseaux lâchèrent l'affaire. France Info reprit le dessus : dix-huit députés étaient contaminés, Marine Le Pen elle-même était mise en quarantaine, la faute aux élections sans doute. Le virus se rapprochait chaque jour davantage.

— Vous voyez, lança Fredo, c'est ce que je disais, c'est pour se protéger que les politiques veulent enfermer tout le monde.

— Dis pas de conneries.

— Mais enfin, y a que les vieux qu'en meurent, de ce truc, c'est eux qu'faudrait enfermer !

Le père ne répliqua pas.

— Ben quoi, c'est pas vrai ? Vous ne l'avez quand même pas pris pour vous ?

— Quoi ? Qu'il faudrait enfermer les vieux ?... De toute façon jamais personne ne vient ici.

— Ben si justement, Angèle m'a dit que vos filles arrivaient demain, faut faire gaffe, c'est comme ça que les conquistadors ont tué les Amérindiens, en apportant leurs maladies !

— Non, *mes* filles ne viennent pas demain, mais une seule.

— Il suffit d'une.

Au Divo, c'était le branle-bas de combat, l'antichambre de la révolution, Greg le jurait : jamais les Français ne se laisseraient enfermer, jamais ils ne toléreraient cet emprisonnement généralisé que Macron était sur le point d'ordonner, mais surtout, il fallait être fou pour penser que tous les bistros du pays resteraient portes closes pendant des mois. Si la France était peuplée de Gaulois réfractaires, c'était le moment ou jamais de le prouver.

Depuis plusieurs jours il rameutait tout ce qu'il trouvait de rebelles professionnels et d'insurgés en manque d'action, rappelant ses ex-coreligionnaires de rond-point. Le plus simple pour les rallier tous, c'était de commencer par les meneurs. Il avait donc d'abord appelé Saïd, Éric et Alban, avant de découvrir qu'ils avaient retweeté le fameux #RestezChezVous qui fleurissait sur les réseaux sociaux. Ils prétextèrent que la fermeture des bistros n'était pas leur affaire.

— Mais enfin, les gars, c'est maintenant qu'il faut mettre la pression, tout de suite !

— Ah ben voilà, quand t'as besoin de nous, tu sais où nous trouver, toi.

— Je vous demande juste de faire passer le mot sur

vos Facebook, demain faut qu'on soit au moins cent, et à midi j'ouvre comme si de rien n'était, je fais une brasucade géante et tout le monde se met à table !

— Et c'est qui qui paye ?
— Ben moi !
— Écoute, on se rappelle.

Greg tournait comme un lion en cage dans son bistro fermé, déjà que les dimanches lui foutaient le cafard, alors un confinement c'était comme un jour férié infini, un pont de trois mois. Agathe ne savait plus que faire pour le calmer.

— Écoute, Greg, c'est la loi, t'as bien vu que samedi à minuit tout le monde a baissé le rideau, partout, même à Paris... et hier aussi.

— Mais hier, c'était dimanche. Et tu sais bien que j'ai trente kilos de moules sur les bras, tu te rends compte de ça ? Trente kilos de moules, ça fait soixante litres, soixante litres de moules que Bardasse a rapportées vendredi de l'étang de Thau. Des moules fraîches, ça se conserve trois jours au réfrigérateur, pas plus.

— Eh bien, congèle-les, on ne va quand même pas faire la révolution pour soixante litres de moules !

— Jamais ! Les coquillages, ça ne se congèle pas.

— Alors, je ne sais pas, fais-les cuire et tu les congèleras avec le jus, comme ça tu pourras les garder trois mois, ou on fait comme Berthaud, de la vente à emporter.

— Tu recommences avec ça... Mais tu ne vois pas que c'est justement ce qu'ils veulent, enfermer tout le monde à la maison pour qu'on se mette à la vente à emporter, tu ne vois pas que les Deliveroo avec leurs vélos et leurs scooters, c'est comme Netflix et Amazon ? Ils rêvent d'un monde de vautrés dans leurs canapés, gavés comme des poulets en batterie, tu vois, comme les poulets de ton frère…

— Mon frère élève des vaches, pas des poulets !

— C'est pareil, de toute façon je vais te dire une chose, c'est une question de principe, dans la vie faut pas se laisser enfermer, pas même une journée, et encore moins quinze jours, sans quoi on ne sait jamais quand ça va s'arrêter !

Si par malheur le confinement était décrété ce soir, voilà bien ce qu'Agathe redoutait le plus : se retrouver à longueur de journée face à un mari désœuvré. Elle y pensait depuis deux jours et ne voyait pas d'autre solution que les plats à emporter, histoire au moins de l'occuper, sans quoi ce serait l'enfer. Greg avait toujours travaillé, elle aussi d'ailleurs, alors rester tous les deux à ne rien faire, c'était juste impensable.

— Tu sais quoi, jamais je ne resterai cloîtré chez moi, tu m'entends, jamais ! Et rien que pour le principe j'ouvrirai, même si les flics viennent sceller le volet roulant, j'ouvrirai, crois-moi, faudra me tuer pour que je la ferme !

— Eh bien, ressors ton Gilet jaune.

Joshua et Timothy décidèrent finalement de retourner à Chicago. En voyant les frontières qui fermaient les unes après les autres, ils craignaient de ne même plus pouvoir rentrer chez eux. Leurs familles étaient inquiètes, aux États-Unis la peur de l'épidémie n'était rien comparée à celle des pillages et des débordements, la perspective d'émeutes liées aux pénuries faisait exploser les ventes d'armes.

Les deux hommes appelèrent Vanessa depuis le même iPhone, c'était leur truc de parler ensemble sur la même ligne. Ils lui assurèrent que la tournée des opérateurs n'était que partie remise, ils reviendraient en avril, ils étaient confiants, Elon Musk venait de poster à ses trente-deux millions d'abonnés un tweet qui faisait grand bruit, il annonçait qu'un grand micro-biologiste français avait trouvé la molécule miracle contre le Covid. De son côté, Donald Trump assurait que le géant pharmaceutique Teva allait fournir des millions de doses de chloroquine à ses concitoyens. En bons Américains, ils voyaient le bout du tunnel avant même d'y entrer, selon eux ce serait l'affaire de quelques semaines.

Sans attendre, Vanessa annula ses réservations pour

Londres et Madrid, quant à Shenzhen, on verrait plus tard. Elle reçut d'autres appels, tout le monde revoyait ses plans, certains partaient en province, d'autres ne savaient plus que penser, puisque le matin même, sur France Inter, la porte-parole du gouvernement avait balayé la rumeur d'un confinement total, parlant de fake news avec un grand rire mécanique.

Plus les gens paniquaient à l'idée d'être enfermés, plus Vanessa se faisait à cette idée. Certains lui conseillaient de faire plein de courses, de remplir ses placards de pâtes et de sauce tomate pour assurer le coup. Helena la rappela depuis la gare Montparnasse, elle avait dû laisser partir deux TGV remplis à craquer. Les médecins avaient pourtant bien dit et redit que c'était la meilleure façon de disséminer le virus dans les régions les moins touchées.

Vanessa attrapa deux immenses cabas et marcha jusqu'au Monoprix. Il y avait une longue file d'attente devant l'entrée, jamais elle n'avait vu une telle queue ici. Deux grands vigiles avec des compteurs manuels contrôlaient le respect de la jauge.

Dans les rayons l'ambiance était étrange, certains clients portaient un masque ou un bandana, comme si Paris venait de subir une attaque chimique. Pour une fois, Vanessa prit un chariot et mit dedans des pâtes, des gâteaux, des plaquettes de chocolat et des dizaines de friandises superflues. Aux caisses, il y avait de nouveau la queue. Trois caissières avaient un masque de débroussaillage sur le visage, alors elle préféra attendre dans la file de celle qui n'en portait pas. Le couple devant elle avait amassé au moins dix paquets de papier toilette dans un caddie. Depuis l'autre file, une femme les invectiva : à cause d'eux le rayon était vide. Très vite le ton monta, d'autres personnes rejoignirent la fronde, eux non plus n'avaient pas pu se servir en papier hygiénique, il fallait partager. Les insurgés prirent les caissières à témoin, ils exigèrent un responsable pour organiser le rationnement. « Eh ben, qu'est-ce que ce serait si c'était la guerre… », souffla une dame âgée. Vanessa pensa qu'elle ne savait pas bien où elle en était de ses stocks, ni comment elle ferait si, à partir du lendemain, on ne pouvait plus sortir de chez soi.

Son téléphone sonna, c'était Joshua, elle ne répondit pas. À cette heure-ci elle était censée être concentrée sur leur projet et cette tournée en Europe, au lieu de quoi elle traînait au sous-sol d'un Monoprix dans une ambiance de débâcle, à se demander si elle aurait assez de PQ pour les semaines à venir.

Caroline rejoignit à pied la gare Matabiau, elle ne se sentait pas capable de prendre le métro, et puis la journée avait été horrible, elle avait besoin de marcher. Ce qui s'était passé ce jour-là revenait à désavouer plus de trente ans d'enseignement. Elle qui, pour amener ses élèves à la lecture, avait d'abord dû lutter contre la télé, les consoles vidéo et les ordinateurs, puis contre les smartphones et les réseaux sociaux, voilà qu'elle venait de passer des heures à faire cours à des écrans. Ses élèves étaient réduits à des noms dans des fenêtres de cinq centimètres, des classes virtuelles avec des micros qui s'ouvraient et se fermaient, et on ne savait plus à qui l'on parlait, ni qui répondait. Le pire, c'est qu'elle les avait sentis déçus, déçus de ne pas pouvoir participer, et à la merci de connexions aléatoires. Ses élèves, elle avait eu le sentiment de les voir sombrer un à un, engloutis par le virtuel, ils lui tendaient la main, lui demandaient de l'aide, mais elle n'avait rien pu faire.

Dans le hall de la gare, c'était pire qu'un jour de grève ou de grand départ. Sur les panneaux, de nombreux trains étaient en retard. Ça sentait la désorganisation la plus complète. Elle comprit vite qu'elle ne serait jamais à vingt et une heures à Cahors, alors sans attendre elle prévint le taxi qu'elle ne savait pas encore à quelle heure elle arriverait, elle le rappellerait pendant le voyage. Elle sentit que l'homme était méfiant, et absolument pas enchanté de venir la chercher, même si c'était une belle course à quarante euros. En raccrochant elle eut l'impression d'être une pestiférée et, voyant tout ce monde autour d'elle, elle remonta son col roulé jusqu'à sa bouche.

Alexandre remplit la gamelle de ses chiens avant de descendre. Depuis que ses parents nourrissaient les chiots avec des légumes et de la viande fraîche, il se sentait presque honteux de donner des croquettes à Lex et à Max. Il prit la voiture pour descendre chez eux parce que son coffre débordait des courses que la mère lui avait demandé de faire à l'Intermarché.

Quand il poussa la porte, «La Marseillaise» résonnait dans la salle à manger. Angèle lui fit signe d'aller chercher la soupe à la cuisine, alors que le père fixait l'écran de la télé, une feuille et un stylo en main.

— Dites, je vous pose tout ici. Au fait, les boîtes de

sardines, tu m'avais demandé d'en prendre dix, mais il n'en restait plus qu'une, ils ont été dévalisés.

— Chut !

Seuls les trois chiots l'accueillirent en attrapant joyeusement le bas de son pantalon et en essayant de déchirer les grands sacs de commissions qu'il trimbalait. Ils lui faisaient la fête comme s'ils ne l'avaient pas vu depuis des semaines.

— Moins fort, bon sang !

La mère monta le son et la voix présidentielle résonna dans toute la maison :

« Jusqu'alors, l'épidémie était peut-être pour certains une idée lointaine, elle est devenue une réalité immédiate, pressante… »

Alexandre posa son téléphone sur la table et vit un appel en absence d'un numéro qu'il ne connaissait pas, il avait dû le recevoir dans la zone blanche. Le ton du président était grave, il avait le teint blême :

« … Même si vous ne présentez aucun symptôme, vous pouvez transmettre le virus. Même si vous ne présentez aucun symptôme, vous risquez de contaminer vos amis, vos parents, vos grands-parents, de mettre en danger la santé de ceux qui vous sont chers… »

— Caroline, elle arrive toujours ce soir ?

— Oui, mais tard, lui répondit la mère, contrariée qu'Alexandre parle sur la voix de Macron.

Pour écouter sa messagerie, Alexandre dut sortir et se rapprocher du tilleul. Il reconnut Pédabour, le taxi. Ce gars-là ne lui téléphonait que pour des histoires de chasseurs, parce que Alexandre leur refusait souvent le passage. Dans un message haché, il lui demandait de le rappeler à propos de la dame qu'il devait aller chercher. Ce qu'Alexandre fit aussitôt, et à l'autre bout du fil, il retrouva la voix du président, en écho.

— Ah, merci de me rappeler. La dame qui vient de Toulouse, je ne pourrai pas aller la chercher.

— Ah bon, et pourquoi ?

— Écoute, on préfère pas. Et puis ça fait tard. En plus voilà trois fois qu'elle me téléphone pour changer d'heure, et depuis une demi-heure j'essaie de la joindre et ça ne répond plus… Je parie que c'est ta sœur, non ?

Alexandre retourna vers le pavillon et ouvrit méchamment la porte.

« … Nous sommes en guerre. En guerre sanitaire, certes : nous ne luttons ni contre une armée, ni contre une autre nation. Mais l'ennemi est là, invisible, insaisissable, qui progresse. Et cela requiert notre mobilisation générale. »

Alexandre s'assit, il voulait régler le cas de la frangine mais ne savait plus comment faire pour couper la parole au président sans créer un incident domestique.

— Écoutez, y a le taxi qui ne veut plus aller la chercher.

— Qui ?

— Ta fille. Alors appelle-la pour savoir à quelle gare elle arrive.

— Parce que t'as pas le numéro de ta sœur ?

— Mais taisez-vous, bon sang ! hurla le père.

Alexandre roulait vers la gare de Gourdon. Sa mère avait donné son numéro à Caroline, afin qu'elle le prévienne si elle descendait plutôt à Cahors. L'idée de ramener sa sœur ne l'enchantait pas à cause de la conversation qu'il faudrait bien nourrir a minima avant de la conduire chez les parents. Il y avait tout un bazar sur le plancher de son Lada du côté passager, en dehors des chiens il ne transportait jamais personne.

Sur la route, il ne croisa pas la moindre voiture, mais l'annonce de l'entrée en guerre n'y était pour rien, on ne roulait jamais par ici le soir, pas même les mois d'été.

La petite gare était posée au bout d'une zone pavillonnaire, il n'y avait plus de guichet ni de buffet depuis des lustres, rien de vivant aux alentours, et la nuit ce désert était encore plus radical. Il baissa la vitre, l'air était doux, aucune autre voiture n'arrivait, il coupa les phares et mit tout bas la radio, comme s'il voulait éviter de se faire repérer, comme si le pays était vraiment en plein couvre-feu. Guerre ou pas, Alexandre savait que ses parents allaient bientôt se coucher, ce serait toute une histoire de débarquer chez eux dans une heure ou deux.

Au bout d'une demi-heure, une annonce automatique retentit sur le quai. Trois minutes après, un TER bondé coulissait lentement jusqu'à la gare. Puisqu'il n'y avait toujours pas de souterrain, il fallait que le train reparte pour que les passagers puissent traverser les voies. Et tant qu'il était là, il masquait les voyageurs qui en étaient descendus. Alexandre frissonna. Il réalisa qu'il serait soulagé que sa sœur apparaisse, mais bien plus encore qu'elle n'y soit pas.

En fin de compte, il n'y avait qu'elle sur le quai en face. Elle tirait avec difficulté deux grosses valises à roulettes jusqu'au passage balisé, Alexandre la rejoignit au milieu des voies. Caroline lui lâcha un « Merci d'être venu » aussi sincère qu'exaspéré, et alors qu'il se penchait pour lui faire la bise, elle le repoussa.

— Non, faut pas.
— Il y avait du monde ?
— Oui, jusqu'à Montauban on était debout, j'ai fait tout le voyage en apnée.

Il empoigna les valises, elles faisaient un boucan pas possible quand on les traînait, et plus encore sur le goudron, alors il les porta. Une fois la gare contournée, Caroline s'arrêta pour reprendre son souffle, elle se tenait les côtes. En la voyant si pâle dans le halo du lampadaire, l'idée lui traversa l'esprit qu'elle était peut-être malade. Ce serait dramatique pour Angèle et Jean, mais après tant d'années de silence, il n'osait pas lui demander de but en blanc si elle se sentait mal. Elle se ressaisit. Dans la douceur de cette nuit, tout s'allégeait soudain, elle avait le sentiment d'avoir fui une ville bombardée, comme dans ce roman de Simenon qui décrit l'exode des réfugiés en 1940, rejoignant la campagne, par le train justement. En marchant vers le Lada, elle éprouvait mille émotions contradictoires, mais sans rien pouvoir confier à son frère.

Après un parcours tortueux, ils sortirent de l'agglomération et s'enfoncèrent dans la nuit. Caroline retrouvait cette sensation lointaine de rouler dans l'obscurité sur ces petites routes sinueuses, à côté de son frère. Voilà qui la renvoyait plus de trente ans en arrière, quand elles sortaient le soir et que lui, tout fier d'avoir son permis, venait chercher ses sœurs après la fête. Cent fois il les avait ramenées du Sphinx ou du Sherlock. Elle gardait sa vitre baissée et pensait à cette réflexion de leur grand-père, quand une nouvelle bête rejoignait son troupeau : « Les animaux c'est comme les hommes : c'est pas fait pour voyager. » Tout bovin fraîchement arrivé était alors placé en quarantaine, et ces précautions ancestrales que sa famille appliquait aux bêtes, elle devrait peut-être se les assigner à elle-même.

Alexandre ne l'aidait pas à se détendre. Il était mutique. Caroline savait bien qu'il leur en voulait encore, qu'il leur en voudrait toujours. Au fil des années, elle s'était convaincue que cette autoroute avait été une aubaine, puisque depuis le partage ils avaient enfin rentabilisé les hectares au nord. Entre les éoliennes et les hangars que la société d'autoroute y avait installés, ces terres-là rapportaient de l'argent, ce qui n'aurait jamais été le cas autrement. Mais en parler à son frère, ce serait sous-entendre que son métier d'éleveur ne payait plus assez, qu'être paysan, c'était dépassé. Quant à Alexandre, s'il n'ouvrait pas la bouche, c'était simplement qu'il n'avait rien à lui dire. Depuis vingt ans il ne prenait plus de ses nouvelles, pas plus de ses filles, et encore moins de Philippe, même s'il n'ignorait pas qu'ils s'étaient séparés.

Caroline retrouvait des détails propres aux voitures de ferme, la terre sur le tapis de sol, les poils de chien un peu partout, les outils qui dépassaient du vide-poches, l'odeur de bêtes et de gasoil. Elle prenait la mesure du fossé qu'il y avait toujours eu entre elle et son frère, il fallait pourtant qu'elle le prévienne qu'elle aurait besoin de se connecter pour assurer ses cours, dès huit heures elle devrait monter à la ferme pour y passer la journée.

— Tu veux que je te retape un vélo ?
— Pourquoi ?
— Maman m'a dit que t'auras besoin de monter pour tes cours.

Au lieu d'être soulagée, Caroline se sentit agressée, elle remettait bien de nouveau les pieds dans une famille, dans *sa* famille, cette petite société en vase clos où les nouvelles vont vite, où tout le monde sait ce que dit l'autre dans son dos. En pleine campagne, à tout moment, tout le monde connaît les moindres faits et gestes de chacun. Voilà plus de vingt ans qu'elle n'avait pas éprouvé cette sensation-là.

— Non, je te remercie, je monterai à pied.
— Comme tu veux.

Au détour d'un virage apparurent les éoliennes, trois grands spectres dans la nuit dont on ne voyait que les feux de balise. Elles disparurent dès qu'ils descendirent vers la vallée. Alexandre allait s'engager sur le chemin qui conduisait à la maison des parents, mais il s'arrêta juste avant.

— Tu sais, je crois que ce serait mieux que tu dormes en haut.

— À cause du virus ?

— Non, des chiots. Si tu débarques comme ça en pleine nuit, ça va foutre le bazar, ils vont se mettre à aboyer et ils te lâcheront plus.

— Si tu le dis. Mais bon, moi je pensais surtout au virus.

— Si tu l'as ramené, tu me l'as déjà refilé… Tu ne crois pas ?

Mardi 17 mars 2020

Comme tous les jours, Greg s'était levé à six heures. L'avenue était encore déserte, mais quelque chose indiquait qu'elle le resterait toute la journée. Pas la moindre voiture, pas l'ombre d'un passant, même les immeubles alentour semblaient plongés dans un sommeil bien plus profond que d'habitude. Le camion-poubelle venait de s'engager sur l'avenue. Le bruit se rapprocha, de plus en plus envahissant. Comme chaque fois, Greg leur fit un signe, mais à cet instant il envia presque ces deux types agrippés à leur benne hurlante, eux qui passaient leur vie à écoper des tonnes d'ordures dans un vacarme du diable. Ces éboueurs, c'était bien les seuls êtres libres à portée de regard, aussi affranchis que le chat qui se carapatait vers la rue à droite. Pour rien au monde il n'aurait fait ce métier, mais ce matin-là, oui, il aurait aimé être à leur place.

Il rentra sa poubelle sans plus savoir où la mettre puisque dorénavant tout resterait à l'intérieur. Il avisa les piles de chaises et de tables de sa terrasse qu'il ne sortirait plus, ne comprenant pas ce qui lui arrivait. En rallumant son portable il ne releva pas un seul message, aucune nouvelle notification, personne n'avait cherché à le joindre au sujet de son « déjeuner de résistance » sur Facebook, il avait pourtant pensé au hashtag #OnOublieraPas. De toute façon, c'était risqué de se lancer dans une brasucade sans savoir s'il y aurait cent participants ou seulement deux. Au pire il se rabattrait sur des pièces de bœuf et des poulets qu'il avait d'avance, pour un genre de barbecue évolutif, et ce serait ça le « plat de résistance ». Même sur Twitter il n'avait eu que deux likes sous son « Appel à résister », mais trois tout de même sous son « Ne nous laissons pas enfermé », en plus il avait fait une faute, pourtant il avait horreur des fautes, chaque matin, au moment d'écrire ses menus sur les ardoises, il prenait soin de vérifier sur le Wiktionnaire, ayant toujours un doute au moment de mettre deux *t* à échalote, un trait d'union à entrecôte ou deux *f* à rosbif... Il hésita et supprima son tweet fautif bien que plébiscité. C'était vraiment la débandade. Depuis quelques semaines déjà, il avait noté que de moins en moins de personnes le relayaient au sujet de la réforme des retraites, puis de ce virus pour lequel on en faisait des tonnes. À l'évidence un système se mettait en place pour alimenter la peur, et le pire selon lui, c'est que tout le monde tombait dans le panneau. C'était fou. Il se dit qu'il n'aurait jamais dû arrêter les ronds-points. S'il était resté mobilisé, il aurait encore eu des alliés. Dans la vie il faut toujours se garder des alliés sous le coude, la lutte, c'est un investissement à long terme, un peu comme la Bourse.

Agathe descendit à neuf heures, elle trouva son mari accoudé à une table au beau milieu du café, avec devant lui son téléphone portable, une tasse de café vide et un cendrier rempli à ras bord.

— Qu'est-ce que tu fais ?

— Je fume, tu le vois pas ? Ça au moins j'ai le droit, non ? Fumer dans mon café, d'ailleurs c'est même le seul droit qui me reste : emmerder la loi Évin. Tu vois, je peux même fumer toute la journée si je veux, je peux passer la journée à fumer dans un établissement public sans que personne vienne me dire quoi que ce soit, c'est pas beau ça ?... Alors j'en profite... Hein, j'ai le droit ? Ou il faut que je signe un papier pour te demander la permission ?...

Sans répondre, Agathe se prépara un chocolat chaud, ce matin elle en avait envie, ne serait-ce que pour le bruit. Elle plongea la buse de vapeur dans son pot de lait et la poussa au maximum, pour que ça fasse le plus de boucan possible et recouvre la voix de Greg. Il n'y avait pas de viennoiseries dans le panier, Greg n'était même pas allé à la boulangerie.

Elle alla s'asseoir dans la salle, à une table éloignée de celle de son mari.

— T'es pas allé chercher les croissants ?

— Pas le temps.

— Dis, tu ne vas pas passer des semaines à faire cette tronche-là ?

— Des semaines ? Et pourquoi pas des mois ? Non, je ne tiendrai pas une semaine comme ça, d'ailleurs tu vas voir, une fois qu'ils auront compris ce qui leur arrive, ils vont tous se révolter.

— Qui ?

— Ben tout le monde !

— Allons bon, tu répètes tout le temps que les Français rêvent tous d'être payés à ne rien faire, et voilà que maintenant tu vas nous dire qu'ils vont se révolter, justement parce qu'on les paye pour rester chez eux ? Faut savoir !

Greg ne répondit pas, il n'avait pas pensé à cela. Il se leva et manipula nerveusement la machine à café pour lancer un double expresso.

— Eh bien moi, j'ai jamais passé une journée sans rien faire, tu m'entends ? Jamais.

— Écoute, Greg, je t'avais dit de te mettre à la vente à emporter, au moins t'aurais du boulot.

— De l'emporter... Ça recommence, non mais tu me prends vraiment pour un Turc !

Là-dessus son téléphone sonna, et en voyant le nom d'Armand apparaître, il reprit espoir, la bande du rond-point allait enfin se réveiller.

— Dis, j'ai vu ton tweet là, eh bien moi je suis partant.

— Ah bon, et vous serez combien ?

— Ben, je serais bien venu avec ma femme mais tu sais bien qu'elle mange pas ta cuisine, les moules et l'ail, tout ça... Et puis elle va jamais au resto de toute façon.

— Ce ne sera pas une brasucade ! Faut que je vide ma chambre froide...

— Ah c'est donc pour vider tes frigos que tu fais ton repas de résistance ?

— Laisse tomber, t'y connais rien en cuisine. Bon, et les autres ? Saïd, Éric, Alban, et les gars de la guinguette ?

— Pas de nouvelles.

— Quand il s'agissait de s'envoyer des sandwichs dans votre cabane pourrie, y avait foule, mais pour un vrai repas, avec des assiettes et des couverts, y a plus personne... Tu veux que je te dise, vous n'avez pas de savoir-vivre.

— C'est pas ça, Greg, mais tu vois bien qu'on peut pas sortir.

— Non mais attendez, les gars, y a quand même pas des snipers à tous les coins de rue !

— Des snipers non, mais la police municipale oui. La prune, c'est cent trente-cinq euros.

Greg raccrocha et plaqua violemment le téléphone sur le table comme pour l'écraser sous sa main.

Agathe remonta et Greg entama une partie de réussite sur son smartphone. Il était tenté d'allumer la télé, mais il n'en pouvait plus d'entendre ce discours officiel, et puis il avait toujours eu peur des médecins, rien que l'idée de prendre un rendez-vous le terrorisait, et voilà que sur toutes les chaînes il n'y avait plus que ça, des toubibs. Tout de même c'était vertigineux ce restaurant sans un bruit, et ce trottoir vide, alors qu'il faisait maintenant grand jour.

C'est le facteur qui le réveilla, Greg ne l'avait même pas entendu entrer. Il semblait aussi pressé que d'habitude et déposa un petit paquet de courrier tout en lançant un bonjour aussi fort que s'il y avait eu du monde.

— Eh ben, tu ne me serres plus la main ?

— Non, ça se fait plus. Pareil pour les enveloppes. Je serais vous, je les laisserais décontaminer quelques heures avant de les ouvrir, c'est pour vous que je dis ça, moi j'ai des gants. Eh oui, j'en vois passer du courrier. Allez, bonne journée.

Par provocation Greg se lécha même les doigts en ouvrant une à une les enveloppes. Agathe redescendit, parce que là-haut Kevin et Mathéo dormaient toujours, pas de doute qu'ils enchaîneraient les grasses matinées. Elle passa derrière le bar pour, cette fois, un double café, ils risquaient tous d'en boire trop, et de l'alcool plus encore, toutes ces boissons à disposition, c'était tentant.

— Tiens, pendant que t'y es, mets donc la musique, mais à fond… Bien à fond.

Elle se retourna sans comprendre. Il brandissait un papier au-dessus de sa tête.

— Tu vois ça, c'est la facture de la Sacem… Puisqu'on va continuer de la payer, leur musique, alors autant en profiter !

Et il se leva pour envoyer depuis l'iPad « Mourir sur scène » de Dalida.

Agathe savait déjà qu'elle ne tiendrait pas comme ça, enfermée avec lui, sans compter que ce confinement à l'évidence ne durerait pas seulement deux semaines, mais bien plutôt deux mois. Et deux mois dans ces conditions-là, c'était au-dessus de ses forces.

Dans la vallée, c'était la panique. Chaque fois que la source de Saint-Clair descendait sous la pierre, le père ne voulait plus qu'on boive l'eau du robinet, pas même qu'on l'utilise pour la soupe ou le café. Angèle et Fredo se préparaient donc à retourner à l'Intermarché pour faire de nouveau le plein d'eau minérale, mais cette fois par bidons de cinq litres, histoire de tenir au moins deux semaines. Pour le reste, avec les poules, les œufs et les légumes, ils n'étaient pas obsédés par la peur de manquer. Contrairement à la plupart des Français, à la ferme ils avaient de quoi tenir un siège pendant des mois s'il le fallait. Et même si cette pandémie devait durer des années, les parents étaient sûrs de pouvoir vivre en autarcie. Ils avaient tout. Seule l'eau inquiétait le père. L'eau, mais aussi ses boîtes de sardines à l'huile.

— Des sardines, vous en avez déjà plein le placard, comment ça se fait qu'il en veuille encore ?

— Parce qu'il n'y en a pas dans la rivière, répondit Angèle.

— Je m'en doute, mais tout de même, à quoi ça sert d'avoir vingt boîtes de sardines ?

— Ça doit être un réflexe du temps de la guerre,

comme l'huile de foie de morue. Tiens, fais-moi penser d'en prendre aussi.

Puisque Angèle et Jean avaient l'âge d'être ses grands-parents, Fredo les considérait un peu comme tels. Il ne voulait néanmoins pas montrer l'affection qu'il leur portait, par crainte qu'on l'accuse d'être intéressé, de lorgner sur leurs terres. De toute façon, il ne se sentait pas l'âme d'un patron. Il avait d'abord commencé par la mécanique, puis les fleurs après un dépannage chez un horticulteur, et de là il était tout naturellement passé au maraîchage. Travailler la terre à bonne distance, pour tout dire avec les mains, sans passer par des moissonneuses et des engins, ça lui allait bien. Même si certains trouvaient qu'il faisait un métier de plouc, il aimait ça, d'autant qu'en bossant dans une ferme, non seulement il aurait toujours de quoi manger, mais surtout il pouvait aller et venir comme bon lui semblait, libre comme l'air. Par les temps qui couraient, ça n'avait pas de prix. Il était certain que bientôt tous ses potes voudraient venir le squatter, déjà deux d'entre eux, qui zonaient du côté d'Aurillac, lui avaient demandé s'il ne pouvait pas leur trouver du boulot... Il racontait tout cela à Angèle, toujours friande des histoires des autres.

— T'as tant d'amis que ça ?

— Non, mais en ce moment, même Adriana et son Drago veulent revenir à la carrière ou à l'ancien camping.

— Adriana va revenir, avec le trafiquant de chiens ?

— Il ne les trafique pas, il les revend.

Jeudi 19 mars 2020

Alors que partout la vie s'arrêtait, ici c'était la course vers la lumière. Sur le versant sud, les bourgeons d'érables étaient déjà joufflus, ceux des chênes pointaient le bout de leurs feuilles. La radio avait beau répéter que les avions étaient cloués au sol et les frontières fermées, il n'empêche qu'aux Bertranges le dehors reprenait vie. Sous ce franc soleil, les grillons faisaient entendre leur cri-cri, les mésanges et les roitelets s'essayaient à des mélodies inédites et les pies hurlaient plus fort que les autres. Le long des collines, les haies et les arbustes se déployaient pour éveiller les appétits des butineurs, les prairies prenaient du volume et intensifiaient leur vert, les beaux jours regagnaient la terre.

Depuis l'aube, Alexandre travaillait à l'entretien des chemins ruraux. La communauté de communes n'ayant pas l'obligation de le faire, il s'en chargeait en empruntant du matériel à la municipalité, d'autant que le maire était concessionnaire. Mais à mesure qu'il coupait des branches, ça se mettait à sentir la graisse chaude. Il inspecta la tronçonneuse, l'huile suintait dans le guide-chaîne et coulait jusque sur les dents de coupe. Une huile douteuse, de ces résidus de vidange de voiture qui encrassaient tout. Alexandre remonta à la ferme pour aller chercher sa propre tronçonneuse. Il entendit Caroline qui parlait haut en articulant, elle devait être en réunion, ou bien avec une classe. Finalement il la plaignait, sa frangine, et plus encore ses élèves.

Ce confinement, Alexandre ne le ressentait en rien, mais il imaginait à quel point ça devait tout perturber en ville. Cela coïncidait avec l'arrivée des beaux jours, cette période où l'on se réconcilie avec l'extérieur. Obliger quelque mammifère que ce soit à se calfeutrer et à hiberner au moment où l'hiver prend fin, c'est aller contre le cycle naturel des choses.

Caroline, son cours terminé, discutait en visio avec des collègues.

— Hier, ils étaient huit à vouloir participer, mais n'apparaissaient que quatre fenêtres à la fois, je n'arrivais pas à en ouvrir devantage, et le plus beau c'est qu'elles bougeaient toutes les quinze secondes... Quelqu'un peut m'expliquer comment on fait pour afficher tous les participants en même temps ?

— Je ne sais pas, moi tous mes élèves étaient là, mais sans l'image. Ils étaient tellement déçus de ne pas se voir entre eux que ça gâchait tout.

— Eh bien moi, on se voyait, enchaîna une autre, j'avais toutes les icônes sur l'écran, seulement certains avaient des cornes, d'autres des museaux de chien ou des lèvres géantes, des filtres quoi, je n'arrivais même pas à les reconnaître... Mais bon, moi je ne suis pas dans le privé comme vous.

— Qu'est-ce que ça veut dire, ça ? répondit Caroline.

Alexandre s'en voulut de tendre l'oreille, mais sa sœur avait tout ouvert en grand, même seule dans sa chambre, elle aérait.

Une chambre qu'elle avait retrouvée telle qu'elle l'avait quittée à vingt ans, les peintures étaient les mêmes, et les murs pas trop humides contrairement à ce qu'elle craignait. Ce qu'Alexandre ne lui avait pas dit, c'est qu'il aérait régulièrement et que l'hiver, il donnait de temps en temps un coup de chauffage à ces pièces livrées à l'abandon, pour qu'elles ne soient pas gagnées par le salpêtre.

La veille, tous deux s'en étaient tenus au strict minimum. Après tant d'années sans se parler, le moindre mot écorche. De toute façon elle était épuisée, elle avait déballé le plus gros de ses affaires et s'était couchée sans attendre. Alexandre avait même remarqué qu'elle s'était endormie sans éteindre sa lampe de chevet, à trois heures du matin un rai de lumière filtrait toujours sous la porte.

Caroline avait prévu de déjeuner chez les parents. Une fois ses réunions terminées, elle enfila des baskets pour passer à travers champs mais, au moment de sortir, elle entendit la tronçonneuse tout au bout du chemin vers la route. Elle eut des scrupules à l'idée de perturber cet équilibre. Ici, la vie se faisait sans elle depuis plus de trente ans. Son frère et ses parents vivaient selon un schéma d'habitudes ancestrales, rythmé par des travaux qui structuraient leurs jours. Ce n'est pas qu'elle avait peur de les gêner, mais plutôt de les déstabiliser d'une façon ou d'une autre.

Et surtout, il y avait ce virus, elle était certaine de ne pas l'avoir attrapé mais tout de même, ne serait-il pas plus sage d'éviter d'aller déjeuner avec ses parents ? Tout à l'heure au téléphone, sa mère lui avait pourtant dit de venir, elle avait préparé un gratin dauphinois, convaincue qu'elle aimait toujours autant ça. À mesure qu'elle s'approchait de son frère, le moteur de sa tronçonneuse l'agressait de plus en plus.

Elle trouva Alexandre en train d'élaguer de longues branches. Il portait un casque et ne l'avait pas entendue venir. Craignant de le surprendre, elle alla se placer devant lui pour qu'il se rende compte qu'elle était là.

— Y a un problème ?

— Non, je voulais juste savoir ce que tu manges à midi.

— En général, ça va jamais bien loin, je me fais des tartines de pâté, ou le restant du plat que j'ai remonté la veille.

— En fait je ne vais pas aller déjeuner en bas, je préfère attendre une dizaine de jours, pour être certaine.

— Comme tu veux, mais tu peux tout de même aller leur dire bonjour, sans entrer.

— Tu crois ?

Alexandre en resta sans voix. C'était bien la première fois que sa sœur aînée se montrait si peu sûre d'elle, guettant son assentiment.

— Mais bien sûr, vas-y.

Elle retrouva la sensation de marcher sur des surfaces irrégulières et de porter loin le regard pour épouser le panorama. Les éoliennes étaient sacrément présentes. Elle se sentit honteuse d'avoir infligé ça à son frère, même si elle était toujours intimement persuadée que cela avait été la meilleure solution à l'époque, et puis aux éoliennes, il faudrait bien s'y mettre, de la même façon qu'on s'était résolu à abandonner les moulins à vent. C'était dans l'ordre des choses.

Voilà bien longtemps qu'elle n'avait pas eu autant d'espace autour d'elle, un océan de collines et des prairies à perte de vue, pourtant elle sentit poindre un sentiment d'oppression. Elle n'avait pas pensé à cela en décidant de venir, mais maintenant qu'elle était ici, elle se retrouvait prisonnière, en premier lieu des autres. N'ayant jamais passé son permis, elle devenait tributaire de son frère, de sa mère ou de Dieu sait qui pour le moindre déplacement. À moins de tout faire à pied. Mais le village était à trois kilomètres, le premier magasin à dix, Cahors à plus d'une demi-heure de route, et Labastide un peu moins, ou un peu plus, elle ne savait plus. Sa cheville vrilla sur un caillou qui dépassait, elle avait oublié qu'il fallait lacer serré ses chaussures et que ce chemin en pente était aussi long. Au retour, ce serait pire. Pour se réconforter, elle songea à ce qu'elle aurait fait en ce moment même si elle était restée à Toulouse : les courses, la trouille au ventre, au Carrefour Express ou au Casino, peut-être même qu'elle aurait poussé jusqu'au marché Victor-Hugo en soupçonnant la moindre personne qu'elle aurait croisée d'avoir de la fièvre, en se retenant de respirer au plus petit éternuement, là-bas aussi ç'aurait été l'enfer. Plus encore qu'ici. Pour le coup elle ne savait plus.

Plutôt que d'aller directement vers la porte d'entrée, elle longea le pavillon jusqu'à la fenêtre de la salle à manger. Elle les vit à table devant la télé, il était pile treize heures, cela la fit sourire, il y avait des choses en ce monde qui ne changeaient pas. Les parents furent surpris d'entendre taper au carreau, ce qui déclencha instantanément une salve d'aboiements à l'intérieur, la mère se retourna, pas le père.

— Ça alors, t'as tout de même pas oublié qu'ici on rentrait par les portes !

— Non. C'est mieux comme ça.

Caroline se recula pour éviter la bise de sa mère.

— T'as peur des chiens, c'est ça ?... Oh mais taisez-vous, bon sang !

— Mais non, maman, hier j'ai passé des heures à la gare et dans un train bondé, et puis je viens de Toulouse tout de même, je préfère ne pas vous faire prendre de risques.

— Ton père et moi, on n'est pas en sucre !

— Moi non plus je ne suis pas en sucre, mais bon, on ne sait jamais.

— Et là-haut avec ton frère, comment ça se passe ?

— Ça se passe.

À l'écran, des hélicoptères et des avions de l'armée de l'air évacuaient des malades de la région Grand Est. Sans se retourner, Jean lança à Angèle :

— Ta fille a raison, vaut mieux être prudent. À Mulhouse, ils en sont à construire un hôpital de campagne et ceux qui sont dans le coma, ils les évacuent vers l'Allemagne, t'imagines !...

Angèle se trouvait désemparée, entre sa fille qui restait plantée dehors et son mari qui lui renvoyait des propos d'une gravité insensée, tout la ramenait à ce péril qui rôdait.

— Mulhouse, c'est pas Toulouse, qu'est-ce que tu racontes... Et puis fais taire les chiens.

— Maman, il a raison, on va laisser passer une semaine, et si tout va bien je viendrai manger avec vous.

Caroline voulut tout de même les voir de plus près, ces chiots, elle se pencha au-dessus du rebord de la fenêtre. En découvrant ce nouveau visage, les petits animaux se turent immédiatement, aussi intimidés qu'effarouchés, dans un même mouvement tous trois se cambrèrent, avant de plaquer le ventre contre le carrelage, sans quitter Caroline des yeux.

— Qu'est-ce qu'ils ont ?

— Tu le vois bien, ils te demandent de les caresser. T'as la cote, crois-moi.

Leur pelage cotonneux appelait la caresse, elle aurait aimé se pencher davantage pour les toucher.

— Dis donc, c'est fou ce qu'ils sont craquants.

— Ah ça, tu peux le dire... Tu sais que ton père et moi on ne voulait plus de chien, eh bien maintenant on ne voudrait plus qu'ils partent !

— Fredo ne mange pas avec vous ?

— On ne l'a pas vu ce matin, et il ne répond pas au téléphone, c'est bien la première fois qu'il nous fait le coup.

Caroline trouvait curieux que ses parents ne s'inquiètent pas plus que ça. Fredo avait peut-être chopé ce virus, en ce moment même il se pouvait qu'il soit malade. La mère demanda à Caroline de ne pas bouger, puis revint avec un plat couvert de papier d'aluminium.

— Bon, puisque c'est comme ça, tu vas monter le gratin, j'en ai mis aussi pour ton frère. Et ce soir, comment vous allez faire ce soir ? D'habitude il dîne avec nous.

— Écoute, Alexandre fait ce qu'il veut, mais moi j'attends dix jours.

Elle n'était pas préparée à cela, mais Caroline s'apprêtait à déjeuner avec son frère dans la vieille cuisine de son enfance. À quelques détails près, tout était resté intact. Le frigo tout de même avait été changé, le grille-pain aussi, et quelques accessoires ne semblaient pas si vieux que ça. Elle avait mis la table et Alexandre fit griller du pain de l'avant-veille. Mine de rien elle l'observait, cherchant à voir s'il avait vieilli. Pas tant que ça finalement, sa silhouette ne s'était pas empâtée, contrairement à celle de Philippe ou de pas mal d'autres hommes autour d'elle. Il avait gardé un corps musclé et tonique, ça se voyait rien qu'à sa façon de couper le pain, il avait remonté sa chemise pour dégager ses avant-bras, et les fibres de ses muscles gigotaient comme un nid de serpents.

— Tu vas bien, toi ?

Il sembla plutôt surpris de cette question.

— Pas mal.

— J'ai l'impression que le monde entier plonge dans la dépression, et toi t'arrives à aller bien.

— C'est un reproche ?

— Non, non.

Elle ne parvenait pas à trouver la bonne distance. Avant toute chose elle se disait qu'elle devrait le remercier, ce frère, après tout il l'accueillait chez lui sans broncher, sans faire d'histoires, elle se sentait redevable mais ne réussissait pas à lui exprimer sa gratitude. Elle vit qu'il déposait le gratin sur un grill en fonte et faillit lui dire de le mettre plutôt au four, pour éviter qu'il reste froid à l'intérieur, mais elle n'osa pas.

En le regardant faire, elle se demandait comment elle avait pu lui en vouloir autant. À l'époque, elle lui reprochait de ne pas avoir d'autre rêve que de vivre ici, de s'en tenir à ça. Elle estimait peu glorieux ce manque d'imagination pour un adolescent. Alors qu'elle aurait dû le bénir, en tout cas le remercier d'assurer la pérennité de ces terres, sans quoi les parents n'auraient pas pu garder la ferme, et ici il n'y aurait plus rien eu, sinon des ruines. Il y avait trente ans, elle le tenait pour un homme du passé, mais en fin de compte c'était bien lui le mur porteur, le socle renouvelé de la famille, à tel point qu'en ce moment même, pour trouver refuge, c'est vers lui qu'elle s'était tournée. Mais, après toutes ces années à ne pas se comprendre, puis toutes celles à ne plus se parler, ça devenait impossible de communiquer. Ils n'avaient plus rien en commun, plus d'expériences à partager, depuis trop longtemps ils vivaient dans deux mondes différents.

— Tu sais que Fredo n'était pas en bas ?
— Il retourne parfois manger au camping.
— Peut-être, mais il n'est même pas venu ce matin.
— T'es sûre ? Pourtant en général il téléphone dès qu'il a dix minutes de retard, c'est un réglo, le Fredo.
— Pas tant que ça visiblement.
— Et les parents ne l'ont pas appelé ?
— Plusieurs fois, mais il ne répond pas.

Au moment de sortir, Vanessa trouva une feuille punaisée à sa porte. D'abord révoltée par ce procédé cavalier, elle lut ce qui était écrit dessus. Il s'agissait d'une pétition exhortant justement à se méfier de tout ce que l'on touchait. Elle la tenait maintenant du bout des doigts en tremblant, depuis le matin ce torchon avait dû passer de main en main, d'étage en étage, la plupart des habitants de l'immeuble l'ayant déjà signée. Elle exigeait que la docteure Manssouri interdise à ses patients de prendre l'ascenseur, que la porte du hall soit toujours ouverte afin d'aérer le vieil escalier sans fenêtre. Ce morceau de papier devenait brûlant, elle le lâcha et versa deux belles giclées de gel hydroalcoolique sur ses paumes. Elle laissa la pétition par terre, sans oser la signer, puis elle dévala les marches en apnée, supposant que le virus était présent dans la moindre molécule d'air.

Une fois dehors, elle se sentit mieux en touchant dans sa poche son attestation officielle de déplacement. N'ayant toujours pas trouvé d'encre, elle l'avait rédigée à la main sur papier libre. Elle fit la queue devant la boulangerie, respectant la distance de sécurité, y compris à l'intérieur du magasin.

Une fois ses courses terminées, il lui restait vingt bonnes minutes pour faire un tour. Seulement elle n'en pouvait plus de ce Paris qu'elle ne reconnaissait pas, on aurait dit le décor d'un film de science-fiction, un film dans lequel une pluie de météorites invisibles aurait annihilé toute forme de vie. Le musée du Louvre, la brasserie Ruc, les bars à soupes japonais, toutes ces vitrines condamnées n'accueillaient plus que des fantômes, la Ville lumière était devenue un alignement d'immeubles morts entre lesquels circulaient des véhicules d'urgence, des voitures de SOS Médecins, des ambulances, des camions de pompiers roulant sans sirène et sans se soucier des feux de signalisation.

Aussitôt rentrée, elle laissa tomber ses courses sur le carrelage de la cuisine, elle était exténuée. Elle avait envie de parler, de voir quelqu'un, n'importe qui, mais ça aurait rimé à quoi de se retrouver devant un Monoprix ou sur un banc pour parler dix minutes, jusqu'à ce que l'attestation de déplacement expire ? D'ailleurs le motif de sortie « voir des amis » n'y figurait pas. Elle pensa à Timothy et à Joshua, ils lui semblaient désormais des êtres imaginaires, à croire qu'elle les avait rêvés... On allait vers une crise dont on n'avait pas idée, en ce moment tous les investisseurs fonçaient vers des projets de recherche et de médecine high-tech, son application Vetiscore lui parut soudain bien dérisoire, pour tout dire futile. Plus personne sur terre n'hésitait entre un 36 et un 38, tout le monde se foutait de savoir comment s'habiller.

Elle eut envie d'appeler ses sœurs, sa famille. Elle commença par Caroline mais tomba sur le répondeur, elle devait être en train de se balader dans les bois des Bertanges, alors elle tenta de joindre Agathe. À sa grande surprise celle-ci décrocha tout de suite et, sans même la laisser parler, lui expliqua qu'elle vivait avec deux lions en cage, après cinq jours elle était déjà à bout.

— Des prisonniers, je te dis, des prisonniers, voilà ce qu'on est, Greg devient fou à force de tourner en rond, et évidemment au milieu de toutes ces bouteilles il s'est remis à boire, tu penses bien, passer ses journées enfermé dans un bar... Déjà qu'il fume ses deux paquets par jour, ben oui, acheter des clopes, c'est sa seule sortie, heureusement qu'on n'en vend pas...

Vanessa espérait du réconfort et se retrouvait en train de chercher les mots pour consoler sa sœur qui lui décrivait son propre cauchemar.

— Et puis il y a Kevin, s'il reste là à ne rien faire, il va replonger dans ses histoires de deal, depuis le confinement tout le monde veut acheter de l'herbe et je n'arrive plus à le tenir à la maison. En plus les flics le connaissent, chaque fois qu'ils le croisent, ils lui font des histoires parce qu'il refuse de sortir avec son attestation. C'est terrible, mais il n'arrive pas à comprendre qu'il est toujours en sursis. Ma hantise c'est qu'il se retrouve de nouveau devant le juge, et moi, je ne peux pas passer ma vie à le surveiller, déjà que je suis noyée sous la paperasse, t'imagines pas le temps que prennent ces démarches auprès des impôts, des banques, et en plus il faut demander l'arrêt des prélèvements de l'eau, de l'électricité, des loyers, de la Sacem, et je dois mettre le personnel en chômage partiel, je n'y arrive plus.

Vanessa se forçait à être compréhensive, mais elle ne voyait pas de solution à proposer à sa sœur.

— Qu'est-ce que tu comptes faire ?

— La seule option pour que Greg se sorte de ses bouteilles et que Kevin arrête de jouer au con avec les flics, c'est de partir, de mettre tout le monde au vert. Depuis deux jours, je ne pense qu'à ça.

— Tu veux dire aux Bertranges ? Mais tu sais que Caroline est déjà à la ferme, elle évite d'aller chez les parents parce qu'elle a peur de les contaminer.

— Je sais, je l'ai eue. Le problème, c'est qu'elle me fait toujours la gueule à cause de Greg, elle ne veut plus entendre parler de lui. Mais bon. Il faudrait que je demande à Alexandre, après tout la ferme, c'est chez lui.

— Eh bien voilà, appelle-le !

— Oui, mais j'ose pas.

— Écoute, Agathe, à un moment il faut dépasser toutes ces histoires, la situation est grave là, faut que tu bouges.

— Justement, le problème, c'est qu'on n'a pas le droit de bouger, si on se fait arrêter en voiture avec Kevin et son sursis, Greg et ses embrouilles de permis et qui a été deux ans avec les Gilets jaunes, je suis sûre qu'ils ne nous louperont pas, et moi j'ai pas envie de finir dans les pages actualités de *La Dépêche* ou au JT de France 3.

— Mais qu'est-ce que tu racontes ?

— Je sais bien que vu de Paris, ça te semble un peu bas de gamme, mais Le Divo et La Reine Tartine, c'est devenu des institutions, on est connus ici.

— Tu veux que j'en parle à Alexandre ?

— Non, je n'ai pas besoin d'intermédiaire, je te remercie.

— Si je te propose de l'appeler, c'est pour qu'il vous sorte de là. Puisque tu me dis que vous ne pouvez pas rouler, il pourrait peut-être aller vous chercher, enfin je ne sais pas moi, des solutions il doit y en avoir. Il en trouve toujours, lui.

Depuis hier elle boitait, par moments seulement, parce que là, elle ne boitait plus. Alexandre observait ses vaches après les avoir changées de parcelle. Dans l'après-midi, il faudrait aussi qu'il file un coup de main aux parents en bas, puisque Fredo ne donnait toujours pas de nouvelles. Il devrait d'ailleurs aller jeter un œil au camping, ce n'était pas normal qu'il disparaisse comme ça. Il avait aussi promis à Caroline de la conduire à Intermarché et à Carrefour, elle avait besoin de clés USB et de pas mal de choses qu'elle avait oubliées.

Quand il arriva dans la vallée, ses parents commençaient tout juste à repiquer les laitues en se débarrassant du paillage que Fredo tenait absolument à laisser sur les pousses. Entre eux, deux écoles s'affrontaient, les anciens qui pensaient d'abord aux légumes ou aux fruits, et Fredo qui se préoccupait avant tout du sol, dans un souci quasiment animiste. Selon lui, protéger la terre en la recouvrant permettrait de la choyer, de ne pas l'exposer tout de suite au soleil ou aux intempéries.

— Vous savez que vous allez le faire hurler si vous lui enlevez sa paille.

— Il n'avait qu'à être là. De toute façon on annonce du beau temps, tu vas voir que d'ici un mois ils voudront tous des salades, surtout s'ils sont encore en confinement.

— Mais hier, il ne vous a rien dit?

— Qui ça, Fredo? Non, juste que son Adriana devait revenir dans le coin.

Alexandre regarda sa mère agenouillée, elle semblait mal à l'aise, même si la paille dans le fond, ça amortissait bien sous les rotules. Quant au père, il la suivait en tirant un cageot rempli de pousses, qu'il guidait avec une ficelle pour ne pas avoir à se baisser.

— Je vais aller le voir.

— Si ça se trouve, il s'est pris une cuite… Laisse-le donc cuver, ça lui apprendra, lui qui donne toujours des leçons sur ce qu'il faut faire ou ne pas faire, ça le remettra à sa place.

— Non, je vais y aller.

Alexandre ne croisa aucune voiture. Au carrefour des Cinq-Routes il nota que le panneau indiquant pompeusement « Le camping et sa base de loisirs » était caché par des branches d'aubépine, quant à l'autre, au croisement avec la route de Cennevières, il était tellement penché qu'on ne le voyait plus. Depuis que les canoës avaient pied dans la rivière et qu'il n'y avait plus d'eau dans la ballastière, ce camping ne valait plus rien, les abords étaient si mal entretenus qu'un jour ou l'autre le feu prendrait dans les broussailles.

Un dernier panneau proposait de s'engager à gauche, sur celui-là la peinture était carrément effacée.

Alexandre se dit qu'en ce moment, bien des confinés auraient rêvé d'être dans cette demi-douzaine d'hectares perdus au milieu des arbres, avec sa vingtaine de caravanes et ses bungalows mal en point.

La mobylette de Fredo était là, mais à terre. Avant d'entrer, Alexandre frappa à la porte de la caravane, et il le trouva allongé sur le lit étroit, à moitié endormi.

— Oh là, ça a pas l'air d'aller fort !
— Je suis tombé et j'ai dû me fouler le bras.
— Ah bon, et ça t'empêche de répondre au téléphone ?
— Ils me l'ont pété, répondit Fredo en relevant douloureusement la tête.
— Le téléphone ou le bras ?
— Les deux, dès que je me lève, ça me fait hurler.

Son poignet était énorme et salement violacé.

— Mais bordel, faut pas rester comme ça !
— Je peux pas bouger, et sans téléphone, qu'est-ce que tu voulais que je fasse ?…
— C'est au sujet du camping ou pour les chiots ?
— Les chiots.
— Et tu leur as dit où ils étaient ?
— Non.
— T'es sûr ?
— Évidemment que je ne leur ai pas dit, sinon ils m'auraient pas balancé des coups de chaise dans la gueule.

Sans trop savoir pourquoi, Alexandre se sentit coupable. Son téléphone sonna, en voyant le nom d'Agathe s'afficher, il le remit bien vite dans sa poche, mais il sonna de nouveau. Elle qui ne l'appelait jamais, voilà qu'elle s'acharnait. Par acquit de conscience, il décrocha. Elle était en larmes, sans lui laisser placer un mot elle déversa un flot de plaintes qu'il n'osa pas interrompre. Fredo fit retomber sa tête sur l'oreiller, grimaçant à chaque mouvement, il n'y avait rien d'autre à faire que de l'amener à l'hôpital, mais Agathe lui parlait de son fils qui venait de prendre cent trente-cinq euros d'amende et déjà, il voulait ressortir parce que le soir il y avait une fête dans un bistro clandestin, elle n'arrivait plus à le tenir, pas plus que son mari, alors la seule solution ce serait de venir aux Bertranges, mais pas toute seule donc, tous les quatre…

— Qu'est-ce que tu veux que je te dise, Agathe, venez.

— Cache ta joie !

— Non mais là, Agathe, je suis… enfin bon, je suis avec Fredo et il a vraiment besoin d'un coup de main, faut que je l'amène à l'hosto.

— Il a chopé le virus ?

— Écoute, viens, enfin venez quand vous voulez, mais passe tout de même un coup de fil à Caroline pour la prévenir, je ne sais pas où vous en êtes, toutes les deux, pour le reste tu connais la route, y a pas de problème.

— Si justement, y a un problème. On ne peut pas venir. Greg n'a plus de points, Kevin n'a pas le permis et moi je ne sais pas conduire le fourgon, t'imagines bien qu'on ne peut pas prendre ma Fiat 500, rose en plus, ça ne serait pas très discret, de toute façon à quatre avec les bagages, on ne rentre pas.

— Et Mathéo ?

— Il a seize ans !

— Bon écoute, je m'occupe de Fredo et je te rappelle après, OK ?

Alexandre raccrocha, surpris d'avoir su garder son calme.

— Oh, Alex, tu parles d'hosto, mais moi j'veux pas y aller, à l'hosto, jamais de la vie, je n'ai pas envie de choper Dieu sait quoi !

— Tu t'y mets toi aussi ?

— De toute façon, je suis pas à jour au niveau de la Sécu, ça fait deux ans que je leur dois du fric.

— Les urgences, c'est pas le commissariat, ils vont juste te faire une radio, t'en fais pas ils s'occupent de tout le monde.

— Ben justement, je suis pas tout le monde. Et puis je veux pas attraper une saloperie. Dans les hostos en ce moment, ils sont tous déguisés en cosmonautes et une fois que tu y es, on ne te laisse plus sortir, tu ne regardes pas la télé ou quoi ?

— Ma parole, mais vous êtes tous devenus dingues, c'est pas possible. Mais regarde-toi, t'as tellement mal que ça te coupe le souffle !

— Trouve-moi du Doliprane, c'est tout ce que je te demande.

— Tu sais quoi, je t'emmène, et là où on va, t'en trouveras du Doliprane.

— Pas à l'hôpital, tu me jures ?

— Promis.

Cette fois ce n'était pas une vache ni des chiots qu'Alexandre remettait aux mains du vétérinaire, mais «une vraie mule», comme il lui dit en arrivant. Impossible de savoir si Debocker avait souri ou pas, puisqu'il portait un masque chirurgical, ce qui ne manqua pas d'impressionner Fredo.

Alexandre resta dehors le temps qu'il l'examine. Le pauvre Fredo avait dû, lui aussi, se couvrir le nez et la bouche, et les trente-cinq minutes de route dans le Lada l'avaient sacrément secoué.

Alexandre faisait les cent pas dans le parc autour de la clinique, en contrebas les lumières de la ville étaient allumées, quelques rares phares y donnaient des signes de vie, le jour n'était pas loin de tomber et il n'y avait aucune trace d'avion dans le ciel. Alexandre n'arrivait pas à se résoudre à appeler Caroline pour lui demander d'aller chercher les chiots chez les parents et de les remonter à la ferme, cela l'inquiéterait. Pourtant il valait mieux ne pas les laisser en bas. Sur son téléphone, il découvrit plusieurs appels manqués et trois messages, un de ses parents, un de Caroline et même un de Vanessa. Une séquence familiale inédite. Mais le plus important, c'était d'appeler Caroline.

Elle décrocha à la première sonnerie, totalement affolée.

— Vanessa vient de me dire qu'Agathe craque là-bas dans son bistro, elle va débarquer ici avec son mec.

— Oui, je sais, et où est le problème ?

— Le problème, c'est l'autre con.

— Attends, Caroline, c'est son mari.

— Peut-être, mais c'est un gros beauf, je ne veux plus le voir, jamais.

— Caroline, à moi non plus tu ne parlais plus, ça faisait même quinze ans qu'on ne s'était pas adressé la parole, et on y arrive, non ?

— C'est pas pareil, t'es mon frère.

— Et lui, c'est ton beau-frère.

— En plus, il faudrait aller les chercher, ils sont deux à avoir le permis, mais ils ne veulent pas conduire, tu le crois, ça ?

— Caroline, je t'assure qu'il y a plus urgent. Tu veux bien aller voir en bas si tout va bien ?

— Chez les parents ? Mais pourquoi ça n'irait pas ?

— Il y a un type qui cherche à récupérer les chiots.

— Mais qui ?

— Je t'expliquerai. Mais d'abord descends et appelle-moi une fois que tu y es, je te demande juste ça.

Sa sœur était déjà à cran, alors que tout allait encore à peu près bien.

Debocker sortit de sa clinique et marcha vers lui.

— J'ai jamais vu la ville comme ça, dit-il, c'est impressionnant, non ?

— Ouais, justement je regardais. Alors son bras, comment ça se goupille ?

— Y a un petit bout d'os qui traîne, une fracture. Mais bon, un humérus c'est pas porteur, six semaines de plâtre et c'est bon.

— Tu fais pas ça, toi ?

— Attends, je sais bien qu'on est en guerre comme ils ont dit à la télé, mais c'est pas non plus les tranchées… Et puis y a un hôpital juste en bas, tu l'emmènes aux urgences et c'est bon.

— Et lui, qu'est-ce qu'il en pense ?

— Comme c'est une mule, je lui ai donné deux millilitres de Domosedan, alors il dit plus grand-chose.

— Sérieux ?

— Non, je plaisante. Mais je l'ai dosé un peu, jusqu'à ce soir il va voir la vie en rose.

Décidément, ce bonhomme avait quelque chose de rassurant.

— Tu sais, depuis deux jours j'héberge ma sœur à la ferme, et là j'ai une autre frangine qui veut débarquer avec son mari et ses deux gosses, là-haut on serait six en tout, t'en penses quoi ?

— Que vous n'êtes plus fâchés.

— Non, par rapport au virus.

— Toi comme moi, on passe notre vie à faire en sorte que des mammifères ne se refilent pas des pathogènes, eh bien il faudra faire pareil à la maison, rien de plus. De toute façon j'imagine que vous êtes toujours en froid ?

— Oui, pourquoi ?

— Alors c'est parfait, comme ça pas de bises, pas

d'effusions. Face à un virus respiratoire, c'est toujours ceux qui se font la gueule qui s'en sortent le mieux, pareil pour les solitaires, les égarés, enfin tout ce qui fuit le troupeau.

Alexandre sourit sans savoir s'il fallait y voir uniquement une plaisanterie. D'avance il redoutait ce débarquement aux Bertranges. Comment s'y prendre pour tenir les parents à l'écart des citadins pendant des semaines ? À bien y réfléchir, ça lui semblait inimaginable.

Ils retrouvèrent Fredo endormi dans le fauteuil, ils le traînèrent jusqu'à la voiture et l'installèrent à l'arrière, comme ils l'auraient fait d'un gros gibier ramassé sur la route. Debocker attendit qu'Alexandre soit au volant pour lui remettre le mot qu'il avait rédigé pour le médecin.

— Bon, prends soin de lui. Et prends soin de toi après. Si t'as besoin, n'hésite pas, tu m'entends ?
— Sans faute.
— Et ils arrivent quand ?
— Qui ?
— Ben, ton cheptel.
— Le plus beau, c'est qu'ils veulent que j'aille les chercher. En plus de la corvée, je vais me cogner les contrôles routiers.
— Prends la bétaillère, crois-moi qu'avec ça tu passeras partout, et en un sens ça leur remettra les idées en place.

En descendant vers la ville, Alexandre pensait aux mots du vétérinaire, envisager la famille comme un cheptel qu'il fallait protéger, c'était bien de ça qu'il s'agissait, sécuriser le troupeau, et pas seulement ici, partout dans le monde. Tous ces humains assujettis à la consigne, ces milliards d'êtres confinés chacun dans son enclos, ils répondaient à rien de moins qu'à l'ultime instinct de sauver sa peau, parce qu'une épidémie c'est fait pour éclaircir le troupeau, pour réguler l'espèce, bien souvent en éliminant les plus fragiles.

La tête échouée sur le dossier, Fredo n'avait plus la force de s'inquiéter, il regardait avec un sourire ébahi les lumières de ces rues vides, les feux rouges, les enseignes, et en approchant du nouveau centre hospitalier illuminé comme un vaisseau futuriste, il se crut plongé dans *Blade Runner*, sauf qu'il ne pleuvait pas.

— T'as vu que j'ai mis des palettes ?
— Non, où ça ? demanda Caroline.
— À l'entrée du chemin. En plus j'ai cloué le vieux panneau sens interdit qu'on avait dans la grange, crois-moi qu'avec ça ils ne sont pas près d'entrer.

Si le père avait barré l'accès, ce n'était pas pour refouler Drago et sa bande, mais à cause de ces inconnus qui débarquaient n'importe quand en voiture pour leur acheter des légumes. Des nouveaux venus débarqués d'on ne sait où et qui voulaient s'approvisionner directement chez le producteur, se servir à même la terre.

— On pourrait se faire un pognon de dingue, comme disait l'autre, mais j'ai pas envie qu'ils prennent l'habitude de débouler à pas d'heure.

Derrière Jean, la mère haussa les épaules et repartit vers la cuisine. Cette fois encore, Caroline n'entra pas dans la maison, elle resta à la fenêtre sans trop s'approcher. Au fond du salon, elle vit les chiots qui s'amenaient, ils émergeaient tout juste d'un somme. Un mélange d'oursons et de louveteaux qui s'avançaient vers elle en lâchant de petits bâillements.

— Ta mère n'aime pas que je dise ça, mais je vais finir par ressortir la carabine.

— Quoi, pour les trafiquants ?

— Non, pour les sangliers, depuis qu'il n'y a plus de voitures sur les routes, ils descendent jusqu'à la vallée, la nuit ils sont chez eux partout.

Dans le regard des trois chiots, elle lut le besoin d'être protégé, comme s'ils lui disaient : « On ne veut pas repartir dans les galères, les cages et les camionnettes, on est des triplés et on ne veut pas être séparés... » L'un d'eux se mit sur le dos, les quatre pattes en l'air, pour qu'elle lui gratte le ventre, et aussitôt les deux autres firent de même.

— C'est quoi son nom, à celui-là ?

— Rintintin. Ça ne te rappelle rien ?

Caroline sourit.

— Si, ça plairait à Agathe. Et les deux autres ?

— Rintintin aussi. Les trois s'appellent Rintintin, comme ça c'est plus simple pour les appeler. C'est ce qu'on fait avec les salers, on donne au veau le nom de la mère, si bien que quand on en appelle un, les deux s'amènent.

— Ah bon. Tu sais qu'Alexandre voudrait qu'on les prenne là-haut ?

Le père resta silencieux, vexé qu'on le suppose incapable de les défendre. La mère revint avec une boîte Tupperware.

— J'ai fait du petit salé pour deux. Maintenant, si vous êtes six...

— Agathe t'a téléphoné ?

— Écoute, Caroline, je sais bien que ça ne t'enchante

pas, mais c'est ta sœur tout de même, pense à ses deux gosses.

De retour à la ferme, Caroline dressa la table pour elle et son frère. Elle voyait bien que depuis qu'elle était là, Alexandre n'osait plus descendre dîner avec les parents. Elle était pourtant sûre de ne pas avoir ce virus, et certaine de ne pas l'avoir refilé à son frère. Si Agathe devait débarquer, à six ici tout serait encore plus difficile. Cette perspective l'horrifiait.

Depuis trois jours, elle avait réussi à se passer des actualités, mais en voyant la télécommande sur le buffet elle eut envie de savoir comment les choses tournaient dans le monde. Elle fut brutalement rattrapée par le flux des images qui se déversaient en continu : on était maintenant à plus de dix mille nouveaux cas par jour, les médecins suppliaient qu'on leur donne des masques, ils étaient de plus en plus nombreux à être contaminés et maintenant que l'épidémie était lancée, ils disaient qu'elle ferait des ravages dans les Ehpad. Face caméra, un soignant hurla : « Je veux des putains de masques », tous ceux qui étaient obligés de bosser craquaient, ça valait aussi pour les livreurs, les manutentionnaires, les routiers qui ne pouvaient même plus aller aux toilettes ni se doucher sur les aires d'autoroute. La Banque européenne venait de débloquer 750 milliards pour sauver l'économie, mais il n'y avait toujours pas de masques.

Caroline ne réalisa pas tout de suite que son téléphone sonnait. Encore hypnotisée, elle entendit la voix de sa mère :

— N'attends pas ton frère.

— Et pourquoi ?
— Il vient de conduire ce pauvre Fredo à l'hôpital.
— D'accord, mais maintenant il arrive ?
— Non, il est reparti à la coopérative pour prendre une bétaillère.
— Une bétaillère à cette heure ?
— Il va aller sur Rodez chercher ta sœur. À mon avis ils ne seront pas là avant minuit, ou une heure du matin. Et mon petit salé, tu l'as goûté ?

Alexandre délaissa les petites routes et opta pour la quatre-voies. À hauteur de Villefranche, il tomba sur un barrage de gendarmerie. Trois voitures étaient arrêtées sur le bas-côté. Avec si peu de trafic les militaires pouvaient contrôler tous les véhicules qui passaient. Pourtant ils ne jetèrent même pas un œil à sa vieille bétaillère Citroën et il franchit le rond-point comme si de rien n'était. Debocker avait dit vrai. Il appela Caroline pour lui demander dans quelles chambres elle comptait installer les nouveaux venus. Il voulait qu'elle se réapproprie un peu cette ferme et se fasse à leur arrivée. Elle proposa qu'Agathe et son mari prennent l'ancienne chambre des parents et les deux jeunes, celle de Vanessa. Tout de même, elle exigeait qu'ils se tiennent un peu à distance, au moins les premiers jours.

— Mais comment veux-tu qu'on fasse pour les isoler?

— T'en fais pas, j'ai des collègues qui m'ont passé des tutos pour fabriquer des masques, on va faire ça.

— Bon, on verra. Bonne nuit.

En approchant de l'agglomération, il commença à croiser quelques véhicules, seulement des camions, les marchandises circulaient mais plus les humains. Il téléphona à Agathe pour qu'elle lui explique les derniers détails du parcours, il n'était jamais venu dans leur café. En arrivant, il fut surpris de le découvrir plutôt grand, même avec le rideau métallique baissé on voyait que c'était un bel établissement. Contrairement à ce qu'il craignait, ils étaient presque prêts à partir, mais comme il le redoutait, ils avaient une quantité impressionnante de bagages. Il les vit même sortir d'énormes sacs de congélation remplis de victuailles, deux gros sacs de moules et un autre de viande sous vide, à croire qu'ils déménageaient l'établissement en plus de la maison. La bétaillère était un 3 tonnes, il y avait donc de la place. Le chargement se fit dans une ambiance de couvre-feu, chacun scrutant les deux côtés de l'avenue avant de sortir. Kevin fit plusieurs allers-retours, une sacoche Adidas en bandoulière, même pour grimper à l'étage il la gardait contre lui au lieu de la déposer dans le camion. Pendant qu'Agathe remontait à l'appartement pour tout verrouiller, Greg en profita pour sortir, aussi discrètement que possible, deux grands cartons de derrière le comptoir. Leurs regards se croisèrent et Alexandre comprit qu'ils contenaient sans doute des bouteilles et des cartouches de cigarettes.

— Mais qu'est-ce que tu veux faire de tout ça, ouvrir une annexe ?
— Tu sais qu'à Marseille ils n'ont pas le Covid ?
— Non, et pourquoi ?
— Pastis et clopes.

Greg ponctua sa phrase d'un clin d'œil appuyé.

— C'est encore sur Twitter que t'as trouvé ça ? lui balança Alexandre.

— Et alors, y a des sommités sur Twitter, des scientifiques, des ministres...

— Et des gars qui voyagent en bétaillère.

Agathe et Greg montèrent à l'avant à côté d'Alexandre, alors que Mathéo et Kevin se calèrent dans le fourgon, ce qui ne les enchantait pas. Avant de démarrer, Alexandre écouta le message que Constanze venait de lui laisser, elle lui demandait calmement quand il pourrait passer à la Reviva, elle ne voulait pas en dire davantage par téléphone mais, la connaissant, il comprit qu'elle devait faire face à un problème urgent.

Alexandre sentait que Greg était mortifié d'être réduit à devoir se replier aux Bertranges comme un réfugié. Il se justifiait en parlant de Kevin, c'était pour mettre son fils à l'abri qu'il consentait à partir à la campagne. Agathe était tellement tendue qu'elle ne décrochait pas un mot, à croire que tout le poids de cette exfiltration pesait sur elle. Une fois sur la départementale, elle se détendit, l'ambiance se délestait de son parfum de délit.

— Voilà, maintenant on est tranquilles. Le seul problème, c'est le grand rond-point, y a que là qu'on peut se faire emmerder, glissa Alexandre en jetant un coup d'œil à Greg.

En contournant Villefranche, des véhicules bleus apparurent dans la lumière des lampadaires. Greg et Agathe eurent le réflexe idiot de se baisser sous le tableau de bord.

— Non mais vous êtes cons ou quoi ? S'ils vous ont vus faire, on est cuits…

Jusque-là Alexandre avait conduit sans appréhension, mais voilà qu'il s'engageait dans le giratoire avec une fébrilité de contrebandier.

Il songea que ça ne ferait pas de mal à son beau-frère de se faire lever comme un lapin, il aimerait même voir comment ce grand résistant réagirait s'il se faisait gauler à quatre pattes dans une bétaillère, pas dit qu'il s'en vanterait sur Twitter. Il contourna posément le giratoire, dans les règles de l'art, les agents jaugèrent d'un regard las le fourgon. Alexandre lâcha alors :

— Oh merde !

Greg se tassa plus encore sur le plancher en chuchotant :

— Qu'est-ce qui se passe, y a un problème ?
— Oui, j'ai raté la sortie, je refais un tour !

Greg était transi de trouille.

— Tu déconnes ?
— Oui.

Agathe et Greg avaient tellement eu peur qu'ils n'osaient plus se relever. Alexandre leur assura que c'était bon, la route était dégagée, d'ailleurs il passerait par le causse pour être sûr de ne plus croiser personne. Sa sœur baissa la vitre pour respirer, se réconciliant du même coup avec cet air libre qui régnait ici.

Ils arrivèrent à une heure et demie du matin. Alexandre libéra Kevin et Mathéo, les deux mômes faisaient la tête. En déchargeant les bagages, en portant les victuailles dans la cuisine ou dans la grange, Kevin garda toujours son sac noir plaqué contre lui.

Alexandre fut surpris de trouver son couvert dressé sur la table de la cuisine, et surtout ce mot de Caroline posé dans l'assiette : « Tout est dans le frigo, tu n'as plus qu'à réchauffer. Bon appétit et bonne nuit. »

Mais déjà ça semblait s'écharper au fond, les deux jeunes s'efforçaient de chuchoter, mais si rudement qu'on les entendait autant que s'ils gueulaient. Alexandre débarqua pour leur faire signe de se taire, rappelant que leur tante dormait, que le lendemain elle travaillait. Les deux frères ne voulaient pas partager la même chambre, ils la trouvaient trop petite, et surtout il n'y avait qu'un lit, humide qui plus est. La porte de l'ancienne chambre des parents étant entrouverte, Alexandre passa une tête pour demander à Agathe et à Greg d'intervenir, mais eux aussi se disputaient à bas bruit à propos de tous ces cartons que Greg avait apportés.

Alexandre n'insista pas. Il n'avait plus le cœur d'entamer des négociations. Il s'éloigna vers la salle de bains avant que les autres ne l'envahissent, regrettant toutes les quantités de fois où il s'était dit que ça manquait de vie ici.

Vendredi 20 mars 2020

— T'as vu que les chasseurs n'ont plus le droit de sortir ?

— Mais si, ils ont le droit, c'est même les seuls qui peuvent encore le faire quand ils veulent, répondit sèchement Alexandre à son père.

— Plus maintenant, le gouvernement a encore changé d'avis, ça va gueuler dans les campagnes !

— Et alors, qu'est-ce que ça peut te faire ? Tu ne chasses pas, je vois pas en quoi ça te gêne.

— En quoi ça me gêne ? Depuis que le printemps est en hiver, je te prie de croire que ça rue dans les parcelles. Les sangliers et les freux là-haut, s'il n'y a plus personne pour les tirer, ça va être la fête dans mes semis.

Les parents étaient aux champs, la mère s'occupait toujours des salades et le père, pour une fois, s'était accroupi, il coupait des œilletons sur les pieds secs d'artichauts pour les repiquer. Debout et à contre-jour, Alexandre les surplombait.

— Je vais te dire, papa, si Macron avait interdit à tout le monde de sortir sauf aux chasseurs, ça aurait gueulé chez les confinés.

— Faut bien protéger les cultures !

— Peut-être, mais si seuls les chasseurs avaient le droit de se balader, tout le monde se serait payé un fusil !

— Mais tu ne comprends pas ! On va tous se les prendre dans la vallée.

— Qui ?

— Les sangliers, les corbeaux, ils n'attendent que ça maintenant que tout est semé.

— Ben voyons, et les pangolins tant que t'y es !

— Je te parle sérieusement, moi.

— Eh bien, tire-les ! Les carabines là-haut, c'est pas ce qui manque entre celles du grand-père et celles de ton frère, y a même celles que j'ai récupérées chez Crayssac, deux 22 long rifle. Un vrai arsenal.

La mère s'était retenue d'intervenir, mais tout de même elle se redressa, et le plus calmement du monde, elle rappela à son fils :

— Depuis l'accident de ton oncle, on n'a plus jamais parlé de chasse ici, alors c'est pas maintenant que quelqu'un va s'y remettre, surtout pas ton père.

— Maman, je ne te parle pas de chasser, mais si le soir vous entendez du raffut dans les parcelles, tu pousses le volet et tu tires en l'air !

— C'est ça, dit-elle, et on va attendre jusqu'à deux heures du matin qu'ils descendent… Non, la solution ce serait de les agrainer, là-haut du côté des éoliennes, ça les rabattrait vers le petit bois.

Alexandre eut du mal à leur faire entendre qu'il n'allait pas se mettre, en plus de tout le reste, à installer des barriques de grains de maïs, ni à badigeonner les troncs d'arbres avec du goudron de Norvège pour détourner les sangliers des semis.

— Quand on commence à agrainer des sangliers, on ne peut plus arrêter, et ça devient de l'élevage.

Alexandre balayait du regard les parcelles, conscient de l'ampleur du boulot. Les asperges seraient bientôt prêtes à sortir, sans compter tout ce qu'il y avait à semer et à repiquer, et les cageots à garnir, il savait que sans Fredo, ses parents seraient vite débordés, une fois de plus, ce serait à lui de donner un coup de main.

La mère se releva et souffla un grand coup, les mains calées sur les hanches.

— À midi, je te mets une assiette ?

— Non. Tu sais bien que là-haut ils veulent pas qu'on mange avec vous.

— Oh écoutez, vous faites bien des histoires, personne n'est malade là-haut, on peut bien déjeuner ensemble.

— Je te signale qu'il y a quand même deux ados. C'est eux qui font circuler le virus. Caroline va demander à Agathe de fabriquer des masques, elle veut que tout le monde en porte.

— Faut pas exagérer non plus, dit le père.

— Attends, depuis deux mois t'arrêtes pas de dire que cette histoire de virus finira mal, qu'on va ramasser les cadavres comme les canards pendant la grippe aviaire, et maintenant que ça flambe partout dans le monde tu me dis, à moi, qu'on en fait trop ?

Le père ne répondit pas et continua à planter son Opinel bien profond dans la terre pour prélever les rejets de pieds d'artichauts, il avait le coup de main car, chaque fois, il remontait de belles racines qu'il écourtait d'un geste sûr.

— Tu sais, j'ai promis des paniers pour la mairie, tu me fileras un coup de main ce soir ?

— Parce que en plus vous voulez faire des paniers pour la commune ? Je croyais que t'étais en retraite.

Le père le prit mal et se détourna dans un haussement d'épaules.

— Vous n'avez qu'à demander à mes sœurs là-haut, ou à vos petits-fils, eux ils ont tout le temps de vous aider.

— Ça va faire des histoires, lâcha la mère.

— Des histoires, ça en fait déjà à propos de rien, alors une de plus ou de moins… Je serais vous, je ne me gênerais pas. Tiens, je préfère encore m'occuper des chiots, vous ne les avez pas sortis ce matin ?

— Pas encore, mais fais bien attention, dès qu'ils sont dehors, ils sont tout fous !

Alexandre longea le pavillon jusqu'à la petite fenêtre de la salle de bains. Malgré le rideau de nylon, on voyait à l'intérieur, les chiots étaient allongés sur le carrelage, la tête des uns posée sur le corps des autres, dans une fraternité douce. La salle de bains, c'était leur endroit de prédilection, à croire que sans avoir encore rien connu de l'été, ils recherchaient la fraîcheur.

Lorsque Alexandre ouvrit la porte, ils se réveillèrent d'un bond et se ruèrent vers lui. Quand il se baissa vers eux, ils se dressèrent sur leurs pattes arrière et se mirent à lui grimper sur les genoux pour essayer de lui lécher le visage, Alexandre se laissa faire sans détourner la tête, craignant de les offenser. En fait il n'en revenait pas de toute l'affection que ces petites bêtes avaient reportée sur lui, et cette effusion le chamboulait. Ce qui l'émouvait le plus, c'était leur façon de moduler de minuscules gémissements en le regardant droit dans les yeux pour solliciter son attention. Ces chiots, ce n'était sans doute pas raisonnable de les garder, mais il lui semblait désormais impossible de s'en défaire.

Alexandre remonta à la ferme et guida les vaches du côté de chez Crayssac. Ces prairies, il en était fier. En faisant pâturer ses bêtes de plus en plus tôt, les repousses d'herbe étaient de plus en plus fortes, ce qui améliorerait aussi la qualité des foins de fauche. À tout moment il pouvait choisir de les mettre dans telle ou telle parcelle, parce que ici c'était l'herbe qui décidait. Ne lui restait plus qu'à orchestrer au mieux les décalages de pousse en freinant les espèces les plus précoces et à tailler au mieux les graminées et les légumineuses à venir. En divisant par deux son troupeau, c'est comme s'il avait doublé sa surface, et cela lui permettait de prendre son temps, chaque parcelle pâturée n'avait jamais moins de six à dix semaines pour se refaire. Et puis il y avait de la pente tout le long de ces collines, la terre était portante dès la sortie de l'hiver, les sabots ne s'y enfonçaient pas, alors qu'en plaine, dès le mois de février, les terrains étaient meubles, la terre ployait sous le poids des bêtes.

Les vaches ne se ruaient pas sur lui comme le faisaient les chiots, elles le regardaient venir. Parfois, elles appuyaient leurs regards, l'observaient sans plus mâcher, comme pour l'évaluer, comme si elles s'inquiétaient pour lui, oui, elles semblaient bien avoir cette préoccupation-là. Elles s'assuraient qu'il allait bien et vérifiaient s'il se sentait fragile ou fort. C'est lui qui avait la clé des champs, qui leur ouvrirait cette prairie neuve là-bas, avec ses reprises de luzerne, ses pousses fraîches et ses fleurs sauvages, il était le garant de cette terre aimante qui les portait. Il chercha des traces de blaireaux ou de sangliers, mais rien n'indiquait leur passage, pas plus qu'il ne trouva d'empreintes de chevreuils.

Ses sœurs, son beau-frère et ses neveux ne semblaient pas avoir la moindre envie de sortir, de prendre l'air, ils étaient pourtant venus pour ça.

En poussant la porte, Alexandre trouva une tout autre ambiance. Agathe, visiblement agitée, venait d'avoir «une explication», comme elle disait. Caroline de son côté s'était enfermée dans sa chambre et avait écrit sur sa porte : «Merci de ne pas faire de bruit dans le couloir». Quant à Greg, qu'il pensait trouver allongé sur le canapé à fumer des cigarettes, il s'activait en cuisine. Son large corps cintré dans un tablier, il préparait des tartes aux fruits de mer, des tartes aux moules pour être précis, et pour le dîner il ferait des moules à la crème, si possible avec des frites, mais il faudrait l'emmener à l'hyper, car dans ce placard il n'y avait qu'un fond d'Isio 4 un peu rance. Mathéo travaillait dans sa chambre, et Kevin errait sans savoir que faire. D'un air un rien condescendant il demanda à Alexandre s'il y avait un scooter dans le coin.

— Non, j'ai pas de scooter, mais il y a des vélos plein la grange.

— Un vélo ? Non merci.
— Et aussi une vieille 103.
— C'est quoi, une voiture ?
— Non, une mobylette. Si tu sais bricoler, c'est le moment.

Kevin se détourna en haussant les épaules, mais, ne pouvant aller dans sa chambre à cause de son frère, il alluma la télé.

— Pas trop fort, lui lança tout de suite sa mère, n'oublie pas qu'il ne faut pas déranger *madame le professeur*.

Alexandre ressortit sans même se faire un café ni prendre un verre d'eau, cette ambiance ne lui disait rien. Il monta dans le grenier à la recherche des anciennes carabines, avant de se souvenir qu'il les avait remisées dans le local de quarantaine. Des stabulations modernes, c'était le seul bâtiment à avoir résisté à la tempête de 1999. Depuis vingt ans, il servait de remise et accueillait des rebuts de toutes sortes. Alexandre retrouva les armes au-dessus d'un appentis, dont un Verney-Carron, une antiquité à la mécanique impeccable. Il se dit qu'il pourrait le vendre sur un site de collectionneurs. Il remit aussi la main sur les deux carabines 22 long rifle, il y avait même une boîte en fer rouge avec une belle poignée de cartouches, des petites bosquettes pour calibre 22, ça suffirait pour faire du pétard et effaroucher des sangliers. Il redescendit pour inspecter tout cela à la lumière. Le lourd fusil produirait à coup sûr une détonation beaucoup plus forte, mais à cause du recul le père risquerait de se démettre l'épaule.

Il fouilla tout de même dans les tiroirs et trouva d'autres munitions.

— Tu fais quoi ?

Il fut d'autant plus surpris qu'il ne l'avait pas entendu marcher sur les graviers. Kevin avait dû avancer à pas de loup, ou alors il avait le pied léger.

— J'aide tes grands-parents à se protéger des nuisibles.

— Les nuisibles, c'est qui ?

— Les sangliers.

Alexandre était embarrassé que son neveu le voie en train de manipuler des armes, déjà Kevin avait empoigné le Verney-Carron et l'examinait de près.

— Les chokes sont interchangeables, le canon a l'air un peu piqué, mais c'est bien.

— Tu t'y connais en armes, toi ?

— Non, mais à quinze ans j'étais un pro des Sniper 3D. Des jeux vidéo quoi.

Max et Lex passèrent la tête dans l'encadrement de la porte, les deux chiens n'aimaient pas ce local fourretout, mais ils se dirigèrent vers Kevin et se mirent à renifler le bas de son jean, histoire de faire connaissance, de mieux cerner cet humain qu'ils sentaient dans leur domaine depuis la veille sans l'avoir encore approché. Alexandre vit que Kevin n'était plus à l'aise, il ne bougeait pas et ne tendit même pas la main vers ces deux molosses pourtant dociles qui s'intéressaient à lui.

— T'as peur des chiens ?

Kevin lui répondit encore d'un haussement d'épaules.

— Ils sont tranquilles, tu peux les caresser.

— J'ai pas envie.

— Celui-là, le bas-rouge, je l'ai eu à deux ans. Il était réformé de la gendarmerie. Son truc à lui, c'était de renifler les stups, le shit, tous ces trucs-là.

Kevin était de plus en plus tétanisé, ne sachant pas s'il fallait y voir une allusion. Il avait le sentiment d'être piégé par ce chien et par cet oncle, dans sa remise pleine de bordel.

— C'est ça, la 103 ?

Kevin s'approcha de la mobylette et avec des gestes experts tenta sans succès de la faire démarrer.

— Oui, elle tourne un peu sur trois pattes. Fredo avait révisé le carbu et changé le condensateur quand il s'en servait, faudrait juste dégorger le gicleur et mettre du mélange à tronçonneuse, sinon tu prends de l'essence et tu ajoutes un peu d'huile du bidon qui est là-bas. Si tu sais faire ça, elle est à toi.

À ces mots Kevin se sentit revivre. Pouvoir bouger, s'éloigner de toutes ces présences, y compris celle des chiens, ce serait le rêve. Cet engin au réservoir rouillé et au carter cabossé pouvait être son sauveur pour se sortir de ce trou, à tout le moins pour se balader. Il se baissa pour démonter la bougie et vérifier que l'allumage était calé.

— Si c'est le gicleur, je sais faire. Et pour le mélange, je me débrouillerai.

— Par contre je te demanderai de descendre de temps en temps chez tes grands-parents voir si tout va bien, et pourquoi pas leur filer un coup de main, ça marche ?

Kevin ne répondit pas. Alexandre nota qu'après avoir dévoré des yeux les carabines, il se focalisait avec la même avidité sur la mobylette. Ce garçon devait être d'un égoïsme radical. En fait, il le découvrait, ce neveu, il ne l'avait vu que bébé, du temps où Agathe venait encore, avant les éoliennes. Il s'en voulut instantanément de ce jugement rugueux. Kevin allait lui demander quelque chose mais il fut interrompu par un hurlement venu de la ferme, il reconnut sa mère. Elle n'était pourtant pas coutumière des accès de colère mais à l'évidence elle gueulait sur Caroline, qui se mit, elle aussi, à hausser le ton, reste que la voix qui couvrit les deux autres, celle qui culmina dans ce soudain dérèglement, ce fut celle de Greg. Quand ils étaient mômes, Alexandre veillait toujours à se tenir bien à l'écart des engueulades. Pourtant, du temps où elles n'étaient que des gamines, c'était presque inoffensif, alors que ces éclats adultes semblaient plus graves. Il sortit, mais se ravisa aussitôt. Il avait laissé les fusils, alors il les emporta et emplit ses poches de cartouches. Kevin lui emboîta le pas.

En entrant dans la maison, Alexandre fut fauché par une question :

— Mais qu'est-ce que tu fous avec ces fusils !

— Rien, c'est pour papa... Qu'est-ce qui se passe ici ?

— Ce qui se passe, non mais tu te rends compte que *ta* sœur ne veut pas que je descende voir *mes* parents, tu le crois ou pas ? répondit Agathe.

— Non, je ne t'ai pas dit ça, j'ai dit que tu ne leur faisais pas la bise et que tu restais dehors.

— Voilà, madame ne veut pas que j'aille faire la bise à mon père et à ma mère, alors que je ne les vois que deux fois par an !

— Mais va les voir, hurla Caroline, bon sang va les voir, mais reste dehors, c'est pourtant simple à comprendre...

Alexandre leur demanda calmement de ne pas faire d'histoires pour si peu, parce que s'il fallait tenir des jours et des jours dans cette ambiance, on ne s'en sortirait pas, alors c'est Greg qui s'emporta à son tour, laissant exploser des semaines de colère rentrée envers le monde entier :

— Des histoires, des histoires, mais c'est vous tous qui en faites des histoires, bon Dieu, y a six mille bancals qu'ont la grippe et deux poignées de vieux à l'hôpital, et il faudrait que tout le monde s'arrête de vivre, non mais vous êtes tous devenus cons !

— Attends, Greg, t'es quand même pas venu chez moi pour m'insulter ?

— Chez toi, chez toi... C'est chez tes sœurs aussi, non ?

Il était tentant de se laisser aller à la surenchère, mais Alexandre fuyait tout conflit, sachant que la colère est un terreau à regrets, alors il s'arrêta net, les toisa tous et gambergea vingt secondes pour être bien sûr de sa décision.

— Écoutez, je vous laisse vous bouffer le nez et je reviens demain compter les points.

Là-dessus, il tourna les talons.

— Non, attends... et mes moules !

— Tu donneras ma part à mes chiens, avec du pain trempé dans le bouillon, et tu me diras ce qu'ils en ont pensé.

Ils le regardèrent sortir avec sa brassée de fusils, comme s'il était le seul affranchi de la terre, le seul être libre de pouvoir aller et venir où bon lui semblait, alors qu'eux se savaient assignés à résidence, d'abord dans leur appartement, puis dans cette ferme, sans aucun moyen de locomotion, et par ailleurs, sans aucun but.

Alexandre cala les fusils à l'arrière du Lada et lança un regard dissuasif à Lex et à Max qui voulaient le suivre, ce qui les figea sur place, puis il descendit chez les parents déposer les armes et les munitions dans la salle à manger. Le père était dans la grange à s'activer autour du tracteur. Sans entrer dans les détails, Alexandre annonça à sa mère qu'il allait passer l'après-midi et sans doute la nuit à la Reviva. Il proposa de prendre les chiots.
— Non, laisse-les.
— Ça leur fera du bien de bouger.
Pour s'assurer qu'ils le suivent, Alexandre attrapa un bout de pain sec dans la cuisine et les attira à lui. Le pain sec, ils en raffolaient, ça craquait sous la dent comme l'os d'une proie nouvelle, et une fois mâché, ça fondait bien comme il faut dans la gueule.
— Passe par les petites routes, conseilla la mère qui s'inquiétait de le voir faire autant de kilomètres en plein jour.
Au moment de monter dans la voiture, Alexandre vit le père qui s'apprêtait à fixer la herse au vieux Massey pour préparer le terrain avant de planter les patates. Il revint vers sa mère qui était restée sur le pas de la porte.
— Dis, j'aime pas trop qu'il se remette au tracteur.
— Laisse-le faire, il veut juste donner un coup de

herse. Par contre lundi pour planter on compte sur toi. Il veut doubler la surface.

Alexandre regarda sa mère dans les yeux.

— Tu sais, pour les patates et le reste, tu devrais vraiment leur dire, là-haut, de venir vous filer un coup de main.

— Tes sœurs ? Mais elles ne se sont jamais sali les ongles à toucher la terre. Même gamine, Agathe n'aidait jamais aux champs, alors c'est pas maintenant qu'elle va s'y mettre, surtout pour passer une journée sur la planteuse.

— Justement, ça ne leur ferait pas de mal… Et puis il faut les occuper, parce que crois-moi, ça va péter, à force de faire des étincelles, ça va péter.

— J'en parlerai ce soir avec ton père. Passe bien par les petites routes.

— T'en fais pas, et montre-lui les carabines sur le buffet.

Alexandre avait retrouvé Constanze sur le belvédère. De là-haut, ils regardaient les chiots qui divaguaient. Ils s'aventuraient timidement en reniflant tout mais sans oser s'approcher des grands arbres, et surtout du ravin qui s'amorçait au pied du bâtiment. Sans leurs collerettes, l'un ou l'autre s'arrêtait par moments et se mordillait les flancs ou le ventre, signe que les démangeaisons persistaient. Ils n'étaient pas encore totalement libérés de leur allergie. Vus d'en haut ces petits êtres semblaient d'autant plus vulnérables qu'ils étaient surplombés par cette puissante nature verticale, trois petits somnambules de chair et d'os dominés par un monde végétal.

Constanze avait préparé un café, ils le prirent sur le haut balcon. Depuis le confinement, plus personne ne venait à la Reviva, elle se retrouvait entièrement seule en son domaine sauvage, sa forêt plus reculée que jamais.

Alexandre l'avait rarement vue aussi dépitée, presque pessimiste. Ce n'était pas de la solitude qu'elle souffrait, mais de ce qu'elle voyait de sa forêt, d'autant qu'en ce moment, elle avait le temps de réfléchir. Pendant des semaines, peut-être même des mois, aucune mission ne viendrait travailler ici, alors elle s'était lancée dans la rédaction d'un rapport consignant ses propres observations. Tout partait de ce constat : les arbres sont sur terre depuis mille fois plus longtemps que les humains, et pourtant ils commencent tous à souffrir des activités des hommes, bien plus que les humains eux-mêmes. Après deux vagues de chaleur en deux ans, et deux sécheresses cataloguées en catastrophe naturelle, toutes les essences manquaient d'eau. Les bonnes pluies de l'année précédente n'avaient rien réparé, les arbres s'épuisaient à s'hydrater et leurs défenses immunitaires étaient au plus bas, dès lors la moindre attaque de parasites les menaçait, surtout que ces parasites profitaient pleinement du réchauffement climatique et de la mondialisation pour proliférer. Le cercle vicieux était amorcé.

En l'écoutant, Alexandre avait de plus en plus l'impression d'entendre parler le vieux chevrier catastrophiste. Ce Crayssac qu'on prenait pour un illuminé à l'évidence avait vu juste. Dans les années quatre-vingt, il était pour les centrales nucléaires mais résolument contre le téléphone, la fermeture des gares et la mondialisation, ses élucubrations étaient visionnaires.

C'est bien sur le même ton affolé que Constanze lui certifia que cette nouvelle pandémie était un signe. Cette fois, entre la nature et l'humanité, les hostilités étaient déclarées, cette fois la nature s'attaquait aux humains et elle n'en finirait plus désormais de nous déborder, parce que en plus de nouveaux agents infectieux, il faudrait se confronter à la montée des océans, aux vagues de chaleur et surtout au manque d'eau douce qui soulignerait le triomphe des eaux salées. Le feu et le sel, ces périls ultimes, signeraient la mort de toute vie.

En écoutant Constanze, Alexandre ne voulait pas commettre la même erreur qu'avec Crayssac, il ne négligeait plus ces prophéties que lui-même observait désormais à l'échelle d'une vie, parce que après la vache folle, le sida et les tempêtes, depuis vingt ans c'est vrai que les périls se renouvelaient, les grippes aviaires comme les grippes porcines n'en finissaient pas de se rapprocher de l'humain, la tuberculose bovine repartait de plus belle pendant que mille autres périls survenaient, de la maladie de Lyme à la pyrale, des frelons asiatiques aux scolytes des pins, des arboviroses à tant d'autres maladies inédites, sans compter les sources qui, une à une, s'asséchaient sur le plateau, les forêts épuisées à force de vagues de chaleur, et voilà qu'un coronavirus surgi de nulle part s'attaquait aux cinq continents. Alexandre aurait aimé pouvoir dire à Crayssac qu'il avait eu raison sur tout, mais il était mort depuis trente ans, sans illusions et surtout sans remords, parti sans même savoir que son pessimisme était du bon sens. À ceux qui l'avaient encouragé à tenir jusqu'à l'an 2000, il avait répondu qu'il désirait mourir avant de voir ça. Il ne voulait surtout pas changer de siècle, et encore moins de millénaire, parce qu'il pressentait que s'ouvrirait alors une ère nouvelle, après l'âge du fer et du bronze viendrait celui du feu.

Soudain rattrapés par la peur de s'égarer, les chiots s'élancèrent vers le grand escalier, ils cavalèrent comme s'ils avaient eu la mort aux trousses et vinrent se réfugier à l'étage. Constanze ne put s'empêcher de se mettre à genoux pour les prendre dans ses bras, ils la faisaient penser aux peluches d'Iris qu'elle avait ramenées d'Inde et remisées là-haut dans les combles. Ces jouets, c'étaient les seules affaires qu'elle avait conservées de sa fille et de sa vie d'avant, les seules reliques de son passé. Elle plongea la tête dans les toisons bouclées et cotonneuses des petits animaux. Chaque fois qu'un de ces grands humains se mettait à leur niveau, c'était pour eux comme une fête, ils aboyaient de gaieté, submergés par un enthousiasme naïf. Puis Constanze leva des yeux graves vers Alexandre et lui dit qu'elle aurait très vite besoin de lui.

Ils allèrent jusqu'au bois de pins en contrebas, les chiots suivaient. La parcelle d'épicéas se trouvait en bordure de la réserve, un massif d'un peu plus d'un hectare constitué d'arbres de rapport plantés une quarantaine d'années auparavant, une conséquence des subventions alors largement allouées à ceux qui boisaient cette essence.

Une fois sur place, elle lui désigna çà et là d'infimes trous dans les écorces auréolés de sciures rousses, signe qu'une colonie de scolytes commençait à contaminer les arbres du côté est. Ils profitaient du printemps pour attaquer. Alexandre passa la main sur les troncs comme on flatte le flanc d'un bovin sur lequel on décèle les premiers symptômes d'une maladie, il en éprouvait autant la force que la fragilité.

Le changement climatique était une tempête invisible, sournoise. La hausse des températures faisait perdre à la partie superficielle des troncs les molécules qui lui permettaient de noyer les parasites dans la sève ou la résine, des sortes d'anticorps. Si les étés trop chauds et les hivers trop secs continuaient de s'enchaîner, les défoliateurs et les scolytes n'en finiraient plus de pulluler.

Constanze avait donc une décision radicale à prendre. Une attaque de scolytes est d'une rapidité fulgurante, d'autant qu'il faisait déjà 20 degrés pendant la journée. En quelques jours ces premiers foyers pouvaient contaminer tout le reste.

— Il faudrait abattre tout de suite les arbres contaminés.

Alexandre réfléchit un instant.

— Et le Code forestier, qu'est-ce qu'il en dit ?

— Les coupes d'urgence sont autorisées en cas de maladie émergente. Non, le problème ce n'est pas d'abattre six arbres, mais de les évacuer à des kilomètres de là, et pour les mettre où ?

— Donc il faut les brûler.

— Oui, mais avec ces troncs immenses, les branches en plus des houppiers, ça risque de faire un sacré feu.

— C'est bien le problème, il ne faudrait pas que les flammes nous échappent. Le mieux serait d'être nombreux.

— Combien ?

— Une dizaine au moins, avec de l'eau.

Les lilas décidaient de tout. Le père s'était toujours fié à eux. Quand ils commençaient à bourgeonner, il pouvait planter les pommes de terre, il n'y aurait plus de gelées, il en était sûr, sans quoi les lilas ne se risqueraient pas à sortir. Les floraisons et les phases de la lune étaient ses guides, selon lui la nature donnait le rythme, il suffisait de l'épouser. Pour le reste, la terre préparée par Fredo semblait accueillante. Malgré le manque de pluie, elle avait capté l'humidité des nuits froides retenue sous les paillages. Il commencerait par les variétés précoces de patates dont les plants germaient dans la grange.

En ce printemps tout se présentait bien, pourtant au moment de passer la herse le père avait de quoi être amer, manier ce vieux tracteur l'épuisait et, au bout de cinq minutes de conduite, il avait déjà les bras endoloris. Il n'arrivait plus à tourner le volant. Il fixa ses mains qui tremblaient, tétanisées par l'effort, et comprit qu'il n'arriverait pas à faire plus d'un rang. Depuis que Fredo travaillait avec eux, il n'avait plus touché à ces engins. Il savait qu'il serait inutile d'essayer de tracter le lendemain la planteuse, et encore plus de tenter de passer la buteuse pour rabattre la terre sur les plants. Sans Alexandre, il n'y arriverait pas, mais il n'osait pas exiger trop de lui, déjà que là-haut il endurait toute la famille et leurs états d'âme, il n'allait pas, en plus, lui demander de tout faire en bas.

Il ramena le tracteur sous le hangar et en descendit difficilement, mais il tenait, au moins, à détacher tout seul la herse. Là encore il eut du mal et dut taper de toutes ses forces sur le métal. Malgré le boucan, il entendit une voiture approcher sur le chemin, des pneus épais faisaient crisser la castine, il jeta un œil par-dessus la barrière et vit une camionnette blanche avancer jusqu'au pavillon. Ça le rendit fou, il avait pourtant mis ce qu'il fallait de palettes et d'écriteaux pour interdire l'accès.

La mère s'avança au-devant du véhicule et releva tout de suite qu'il était bizarrement immatriculé, en tout cas il n'y avait pas le 46 au bout à droite de la plaque, ni aucun autre département français, mais un écusson cerclé de chiffres. À l'intérieur ils étaient trois et portaient des masques de tissu noir sur le visage. Le conducteur, un blond avec des dreadlocks, resta au volant, mais l'autre gars et la fille descendirent.

— Bonjour, on voudrait vous acheter des fruits.
— Des fruits ?
— Oui, des fraises, ou des pêches, tout ça.
— C'est pas la saison.
— Et qu'est-ce qu'il y a alors ?
— Des fruits on n'en a pas, ici on fait des légumes.
— Des légumes, très bien.

La mère ne s'était pas approchée et les deux jeunes gens ne bougeaient plus, dans le respect des distances sanitaires sans doute. La fille se retourna pour admirer le paysage, la rivière qui coulait à gauche, toutes ces collines autour.

— Vous êtes bien ici, c'est tranquille.

— Et la camionnette, c'est parce que vous voulez acheter en gros ?

Le père n'aimait pas cette façon qu'avait la fille de regarder partout, alors, plutôt que de les rejoindre, il rentra chez lui et se dirigea directement vers le buffet pour empoigner une des carabines qu'Alexandre avait laissées, il hésita une seconde mais ne la chargea pas. Il n'était pas sûr de son pressentiment, mais il ne voulait pas qu'on débarque comme ça sans prévenir. Il resta dans la salle à manger, posa l'arme à son pied et ouvrit la fenêtre qui donnait sur la cour.

— Vous n'avez pas vu le panneau au bout du chemin ?

— Oh les panneaux, vous savez…

C'est toujours elle qui répondait, en pinçant son masque du bout des doigts pour le décoller de son visage. Là-dessus le gars se mit à siffler comme s'il appelait un chien.

— Vous appelez qui ?

— Je ne sais pas… Y a pas des animaux ici ?

— Si, y a des sangliers toutes les nuits, voyez, c'est pour ça qu'on est obligés de s'équiper.

Le père saisit des deux mains la carabine pour la brandir ostensiblement, au moment où un moteur de mobylette commença à gronder, ça venait de la colline à gauche.

— C'est Fredo ? demanda le gars.

La fille haussa les épaules en évaluant la silhouette du motocycliste, bien plus petit et trapu que Fredo.

Et même s'il était dingue, Fredo n'aurait jamais dévalé une colline à cette allure. Cette vitesse, elle la prit pour de la détermination, craignant que ce type fonce droit sur eux pour en découdre, alors que Kevin ne cherchait rien d'autre que des sensations fortes. Il était loin de la Pursang E-Track ou de l'Eva Ribelle qu'il rêvait de s'offrir, mais après ces journées de confinement il se payait enfin une bonne bouffée d'adrénaline. Il avait vu cette camionnette blanche, et son grand-père à la fenêtre avec un fusil, mais ça secouait tellement qu'il n'arrivait pas à comprendre ce qui se passait. Il espéra une belle embrouille, histoire de se défouler pour de bon, mais les deux visiteurs remontaient déjà dans la camionnette, alors il poussa plus encore la pétoire, faillit se ramasser, puis il se concentra sur sa trajectoire, jouissant d'improviser un cross dans cette descente, sans casque ni dorsale, comme ça à l'air libre. Le conducteur effectua un rapide demi-tour dans la cour et disparut sur le chemin.

Angèle et Jean virent arriver ce petit-fils problématique avec autant d'enthousiasme que d'appréhension, mais Kevin s'arrêta sans encombre juste devant eux.

— Bonjour, je vous embrasse pas, sinon Caroline va me tuer !

— Écoute, Kevin, tu roules trop vite, surtout sur ce chemin plein d'ornières, je t'assure que si ton oncle était là, il te passerait un sacré savon.

Jean s'était empressé de ranger la carabine au-dessus du buffet, réalisant à quel point il n'était pas serein quand Alexandre n'était pas dans les parages. Tout l'inquiétait dans ce monde déréglé.

Kevin s'avança sur la terrasse sans trop savoir quoi faire et Angèle revint avec une chaise en plastique.

— Je te fais une Ricoré ou quelque chose de frais ?
— N'importe... C'était qui, ces gens-là ?

La mère tourna les talons sans répondre et le père posa une main sur l'épaule de son petit-fils.

— Assieds-toi. Je ne t'embrasse pas non plus mais le cœur y est. Et ton frère, comment il va ?
— Il bosse.
— Comment ça, il bosse ?
— Ses devoirs, il ne sait faire que ça... Alors, c'était qui ?

Jean n'avait pas trop envie de s'appesantir, il lui parla juste de la bande qui squattait les bâtiments de l'ancienne carrière, ceux-là devaient en être, mais Kevin voulait en savoir plus, Jean évoqua seulement leur rôle dans les dépannages et les crevaisons sur l'autoroute.

— C'est quoi, les crevaisons sur l'autoroute ?
— Ils ont l'agrément pour faire les réparations, mais maintenant qu'il n'y a plus de voitures sur l'autoroute, je ne sais pas dans quel trafic ils donnent, c'est pas des gens intéressants.

Kevin, au contraire, trouvait cela passionnant. Ces marginaux devaient avoir du mal à trouver de quoi fumer en ce moment, ils seraient sans doute intéressés par un plan shit.

— Et pourquoi vous les avez virés ?
— On ne les a pas virés, c'est toi qui leur as fait peur, répondit malicieusement Jean.

Angèle revint avec une Ricoré chaude dans un verre.

— N'écoute pas ton grand-père, dès que des gens ne sont pas d'ici, pour lui ce sont des bandits... Ce qu'il y a de sûr, c'est qu'ils ont abandonné des chiots, ça c'est vrai, et maintenant ils veulent les récupérer. Point.

Kevin écoutait distraitement leur histoire de chiots, déjà il avait en tête de retrouver cette bande, certain qu'avec eux il pourrait écouler ses deux kilos de shit. Au départ, l'idée c'était de rester à Rodez et de profiter du confinement pour jouer les Deliveroo de la fumette, Marco et Zaz avaient remonté le matos de Montpellier, ils avaient senti le coup venir, les frontières qui se fermaient, les gens cloués chez eux, et dès l'annonce du confinement les prix avaient doublé. Seulement Marco, et Zaz surtout, s'étaient dégonflés face aux contrôles de police, ils avaient donc refilé le colis à Kevin, d'abord parce qu'il habitait dans le centre-ville et pas dans les quartiers, et surtout parce qu'il était preneur. La demande était tellement forte chez les piégés du confinement que tout le monde acceptait de payer vingt-cinq ou trente euros le gramme. Le problème, c'est qu'il s'était retrouvé coincé dans ce trou paumé. La seule façon de s'en sortir, c'était de brancher des semi-grossistes avec des relais dans le secteur.

— Dis, tu réponds à ta grand-mère !
— Quoi ?
— Tu les as vus ou pas, ces chiots ?
— Non, Caroline nous en a parlé, ma mère aussi, mais je les ai pas vus. Ils sont où ?
— Partis avec Alexandre.

Angèle était rentrée pour répondre au téléphone.

Elle apparut à la fenêtre en cherchant le regard de son mari, elle posa la main sur le combiné pour dire tout bas :
— Ça ne va pas du tout à Paris…
Jean haussa les épaules.
— De quoi tu me parles ?
— Vanessa.

La douceur, voilà ce qu'on avait toujours retenu d'elle, ajoutée au fait qu'elle ait vécu plusieurs années en Inde et qu'elle ne haussait jamais la voix, cela suffisait souvent pour la considérer comme une sage. Constanze était restée telle qu'on la décrivait dans ses années d'activisme : une non-violente. C'est pourquoi ce soir-là, il était un peu surpris de la voir aussi résolue à utiliser la manière forte. Le contexte l'amenait à cette radicalité. Se trouvant aux avant-postes de ceux qui observent la nature, elle vivait l'époque comme l'avènement d'une ère nouvelle. Cette fois, on ne pourrait plus se satisfaire de promesses et de projections, pas plus que de belles intentions, dès lors il fallait agir et sur tous les fronts.

Ils dînaient tous les deux à la grande table d'hôtes. Après s'être dépensés tout l'après-midi, les chiots multipliaient les poses lasses et tristes, l'air parfois désespéré et enchaînant des séries d'infimes gémissements. Alexandre avait compris de ces petits êtres qu'ils avaient sans cesse besoin de chaleur humaine. Les bichons sont des chiens inquiets, des clowns pensifs, ne se soustrayant que par instants à la profonde prémonition que tout finira mal. Ce soir-là, ils semblaient souffrir de ne pas voir Angèle et Jean, signe qu'ils étaient déjà attachés à eux.

— Tu penses que tes parents vont les garder ?

— Je crois surtout qu'ils ne pourraient plus s'en passer.

Avant de préparer des cafés, Alexandre se rendit au fond du bâtiment dans le bureau de Constance, le seul endroit où son téléphone captait. Il voulait savoir si tout allait bien chez lui. Il trouva une séquence d'appels manqués, trois de Caroline et même un d'Agathe, mais rien des parents. En bas, il entendait Constance qui faisait le tour du bâtiment pour fermer tous les volets. Il rappela Caroline sous le regard inquiet des chiens qui l'avaient suivi.

— Y a des types qui ont débarqué chez les parents.

— Qui ça ?

— Des types, dans une camionnette immatriculée en Allemagne apparemment.

— Et alors ?

— Et alors rien, enfin tu verras ça avec maman. Il y a autre chose. Vanessa veut venir, enfin elle demande si elle peut, elle n'ose pas t'appeler.

— Et quand ?

— Le plus tôt possible, enfin si t'es d'accord.

Caroline se fit l'avocate de sa sœur, expliquant que Vanessa finissait par craquer à Paris, elle connaissait des gens qui avaient attrapé ce virus. Et puis elle n'en pouvait plus de rester enfermée dans quarante mètres carrés. Ce qu'Alexandre comprenait surtout, c'est que Caroline retrouvait son rôle d'aînée.

— On pourrait lui laisser la pièce de l'oncle, celle qui sert de débarras, qu'est-ce que t'en dis ?

Alexandre ne répondit pas tout de suite, il regardait les chiots assis à ses pieds, leurs billes noires rivées sur lui comme s'il était Dieu le Père. Tout le monde attendait quelque chose de lui. Dans le fond chacun était plombé par ses peurs et traînait sa petite perdition, alors que sa seule force à lui, il la puisait à l'air libre, dans la solitude et le calme.

— Bon. Mais comment elle va venir ?

— Ne t'en fais pas, elle est auto-entrepreneuse, elle peut se faire elle-même une autorisation de déplacement. Il paraît que le peu de trains qui roulent sont vides, elle trouvera facilement un billet… Et maman ira la chercher à la gare.

— Non, maman n'ira pas la chercher. Elle arrive de Paris tout de même.

— Tu ne vas pas t'y mettre toi aussi ?

— Attends, tu me dis qu'elle connaît plein de gens malades, elle vient de Paris, elle prend le train, ça vaut le coup de rester prudent, ce serait mieux qu'elle prenne un taxi depuis la gare.

Samedi 21 mars 2020

En attendant que tous se mettent d'accord pour le repas de midi, Kevin s'était replié devant la télé : « Durcissement des contrôles. » Partout les condamnations pleuvaient. Christophe Castaner revendiquait plus de neuf cent mille contrôles en cinq jours, mais le plus incroyable c'était que plusieurs parquets allaient déjà beaucoup plus loin et poursuivaient les récidivistes pour « mise en danger de la vie d'autrui », un délit passible d'un an de prison et de quinze mille euros d'amende. Kevin comprenait mieux pourquoi Marco et Zaz tenaient à ce que ce soit lui qui se débrouille pour écouler le matos. Dans son dos, son père venait de le rejoindre, lui aussi cherchait à échapper à la grande question : où doit-on déjeuner ? La veille au soir, il s'était encore engueulé avec Caroline, elle n'avait pas supporté qu'il ouvre une deuxième bouteille de vin, le ton était monté, jusqu'à ce qu'elle le traite de « dealer d'alcool ». Greg avait tellement été saisi que, sur le coup, il n'avait pas réagi. Dealer d'alcool, c'est donc comme ça qu'elle le voyait ? Sans que personne s'en rende compte, Kevin aussi s'était senti visé, il n'avait surtout jamais envisagé son père ainsi, un dealer. C'était pourtant vrai que, derrière son bar, il revendait de quoi se défoncer, mais contrairement à lui, son père ne se cachait pas pour écouler sa came. En regardant les images à l'écran, Greg ne put s'empêcher de pester une fois de plus, il prit son fils à témoin et lui répéta plusieurs fois que la France virait à la dictature. Kevin ne répondit pas, ça faisait des années qu'il entendait ce discours, et même si cette fois les faits lui donnaient raison, il ne supporterait pas que son père ait raison.

Finalement Caroline se retrancha dans sa chambre-bureau avec une assiette, de toute façon elle ne voulait pas des steaks sous vide de son beau-frère. Agathe, Greg et les deux jeunes mangèrent à la table de la cuisine, ils avaient dressé un couvert pour Alexandre dans la salle à manger, mais à treize heures il n'était toujours pas là.

Sur Google Maps, Kevin avait repéré le garage Allôpneus dont le grand-père avait parlé, et d'après les images, il se trouvait bien dans ce qui ressemblait à une ancienne carrière. Tout correspondait. Il monta sur l'autre flanc de la colline, passa près des éoliennes et arrêta sa mobylette. Ces trois immenses machines, vu d'en dessous c'était impressionnant. Deux d'entre elles balayaient le ciel d'un mouvement généreux, l'air était doux. Sans l'avoir cherché, il se prenait là une grande bouffée de liberté. Il essaya d'actualiser Google Maps mais il ne captait plus, d'après le restant de carte affiché sur l'écran de son portable, il déduisit qu'il devait redescendre par la droite et prendre une portion de la départementale sur deux ou trois kilomètres avant d'arriver au niveau de cette grande tache blanche.

Dix minutes plus tard, il tomba en effet sur une immense carrière calcaire dont on n'extrayait plus rien. En retrait sur la droite, il découvrit une maison au crépi sale et aux volets fermés, et à gauche un hangar flanqué d'un écriteau «SOS Allôpneus». Il semblait n'y avoir personne, pas de voiture non plus. Il approcha de ce garage sommaire, la porte en fer était verrouillée. Soudain, il crut qu'un véhicule démarrait en trombe juste derrière lui, il se retourna pour voir un malinois marron et noir arriver sur lui, tendant au maximum la longue chaîne qui le retenait. Kevin recula mais le molosse se mit à aboyer, sa gueule résonnait de sons caverneux qui bousculaient les tympans. Personne ne se manifesta et le chien continua à grogner.

Le plus sage aurait été de faire demi-tour, mais Kevin préféra suivre un chemin de castine fraîche qui partait du garage pour aller vers les hauteurs. La pente était raide et la mobylette souffrait. Après avoir traversé un bois de chênes, le chemin s'aplanit enfin pour déboucher, deux kilomètres plus loin, au niveau de l'autoroute. La sente blanche longeait le fleuve de bitume sur plusieurs centaines de mètres avant d'aboutir à un accès sur l'A20, une double porte en fer verrouillée par une serrure et un cadenas. L'irruption d'une autoroute dans ce décor de collines perdues était stupéfiante. Des camions fusaient dans les deux sens. Aucune voiture. Son grand-père avait dit vrai. Cette deux-voies par-delà le grillage faisait l'effet d'une réalité parallèle, où seules les marchandises avaient la possibilité d'aller d'un point à un autre, d'une ville à une autre, le seul monde qui continuait de tourner, c'était celui des containers, des palettes et des colis.

Kevin resta un long moment à regarder ces semi-remorques qui filaient, avec la sensation de s'être immiscé dans les soutes de la planète. Ces routiers, il ne les voyait pas à cause de la luminosité qui opacifiait les pare-brise, mais il avait envie de les saluer comme on saluait les gladiateurs. Les gars du garage avaient donc les clés de cette grille, ils pouvaient entrer et sortir comme ils voulaient, et vu que l'A20 reliait le nord de l'Europe à l'Espagne et aux autres rives de la Méditerranée, il mesurait quelle aubaine inespérée c'était pour n'importe quel trafic.

Il avait du mal à décrocher de ce spectacle hypnotisant des camions qui fendaient l'air à quelques mètres de lui. Certains klaxonnaient et faisaient durer leur avertisseur. Ces chauffeurs libres mais isolés ne voyaient jamais personne, les aires d'autoroute étaient fermées et on les fuyait dès qu'ils s'arrimaient à un quai de livraison.

Kevin fit demi-tour pour replonger dans le monde d'en bas. En sortant du bois il aperçut une dépanneuse garée devant le garage dont le rideau de fer était relevé. Ne pouvant faire demi-tour, il continua, le chien tendit de nouveau sa chaîne mais ce coup-ci sans aboyer. À l'intérieur, un homme jeta un regard stupéfait à Kevin, il n'en revenait pas qu'un type à mobylette puisse descendre de l'autoroute. Dans le pavillon en face, un des volets s'ouvrit et la fille de la camionnette apparut. Visiblement elle se réveillait.

Kevin hésita à mettre la gomme et à se tirer, mais le blond aux dreadlocks surgit à la porte et le salua.
— La mobylette, c'est pas terrible.
— Comment ça ?
— À la campagne il y a deux choses à éviter : les voitures jaunes et les mobylettes qui font du bruit, à moins de vouloir se faire remarquer. Hier, c'est bien toi qui descendais de chez le cow-boy ?
— Oui, c'est mon oncle.
— Là où y a les chiots ?
— Non. Ils sont en bas.
Le blond regarda la fille à la fenêtre comme s'il la prenait à témoin. Puis il se retourna vers Kevin et lui demanda :
— Bon, et tu cherches quoi, à fumer ?
— Non. Au contraire.

La terre s'agglomérait en mottes larges comme des poings, autant de mains soudées qui imploraient le ciel. Mais cette année le ciel n'écoutait pas, les dictons prometteurs d'averses étaient démentis un à un, à croire que Dieu lui-même, ou ses saints, avaient perdu toute prise sur les choses. Depuis le début de l'année, moins de dix millimètres de pluie étaient tombés.

— Faut y aller à la herse rotative et passer en plus un coup de rouleau, je vais le faire, seulement je vous préviens, ça va consommer du fuel !

Trop absorbés par les chiots qui leur faisaient la fête, alors qu'ils ne s'étaient quittés qu'une journée, les parents ne réagirent pas à la remarque d'Alexandre.

— Et puis vous devriez planter moins grand, pourquoi faire autant de planches ?

— Pour rentabiliser le fuel !

La mère s'amusa de la réponse de son mari. Les trois chiots s'étaient mis à tournoyer en aboyant, faisant même des cabrioles, un véritable numéro de cirque pour exprimer leur joie.

— À force de rester chez eux, les gens auront de plus en plus envie de cuisiner, et avec ces épidémies, les hypermarchés, c'est fini, tu verras ce que je te dis, ils reviendront tous à la terre !

Alexandre écoutait son père sans le quitter des yeux, il retrouvait sa manière tranquille de prophétiser le pire, l'idée que le monde un jour ne se nourrisse plus que de patates n'était pas pour lui déplaire, d'ailleurs ils cultivaient de nouveau des topinambours et des crosnes, des panais et des bettes, des légumes oubliés qui renvoyaient à l'imaginaire de la Seconde Guerre mondiale et des restrictions.

— Bon, écoute, c'est ta façon de voir, mais vous oubliez juste un détail, c'est que Fredo n'est plus là. Alors on va être clair, je veux bien être le bon bougre, mais les autres là-haut, va falloir les mettre à contribution.

— T'en connais un qui sait mener un tracteur ?

— Non, mais pour ce qui est des patates, je veux les voir tous au boulot, deux sur la planteuse et trois autres aux cagettes.

— Pas besoin d'être trois aux cagettes !

— On leur fera croire que si, au moins ça les occupera un moment, et crois-moi, quand ils seront bien fatigués, ils auront moins envie de se prendre la tête.

— Comme tu veux.

Alexandre n'avait pas déjeuné. En guise de goûter, la mère lui servit un restant de purée au céleri-rave avec du rôti de porc froid. Il n'avait aucune envie de retrouver les autres. Angèle leur téléphona pour savoir comment ça se passait, elle tomba sur Caroline qui lui confirma que Vanessa arrivait bien au train de vingt-trois heures, elle avait plein de masques à ce qu'il paraît, en tout cas elle jurait qu'elle en porterait un dans le train et qu'à la ferme, elle le garderait.

Jean alluma la télé. Les chiots s'endormirent, la tête sur les genoux du père, bercés par le flot des morgues saturées, des incinérations immédiates des défunts et des interdictions d'enterrements afin de limiter les risques de contamination, pourtant les partisans du libéralisme au Royaume-Uni disaient de laisser filer le virus. Le père continuait à les caresser machinalement.

Alexandre accepta le café qu'Angèle lui proposait. Il la suivit dans la cuisine. Entre son père qui se ne lassait pas de voir le monde s'enfoncer, son beau-frère qui y voyait une manœuvre du capitalisme mondial pour enrichir Big Pharma, ses sœurs qui n'arrivaient pas à se réconcilier et en prime un neveu déconnant, il lui fallait plus que jamais garder la tête sur les épaules, «bien au milieu», aurait dit Crayssac. Sa mère lui tendit une petite tasse.

— Vous avez besoin de quelque chose à Inter ?
— Parce que tu vas à Intermarché ?
— J'ai promis à Greg, il n'arrête pas de me bassiner avec ça, je crois surtout qu'il a envie de faire un tour. De toute façon faut bien faire des courses, alors vous avez besoin de quoi ?
— De rien. Tu sais bien qu'on a tout ici.

Alexandre avala son café brûlant et s'apprêta à sortir, mais déjà sa mère le rappelait :
— Ah si, tu me ramèneras des sacs en plastique, des sacs de congélation. Et puis du bicarbonate pour ton père, c'est pour ses pieds.
— Ses pieds ?

— Oui, mes pieds ! tonna le père depuis l'autre pièce, mine de rien il entendait tout. Et tu prendras aussi deux-trois bouteilles de vinaigre blanc. Et un savon de Marseille.

Alexandre fit demi-tour et attrapa le petit bloc de Post-it qui servait pour les listes de courses.

— Allez, je vous écoute.

Alexandre n'en revenait pas de sentir Greg à ce point excité à l'idée de faire les courses. Assis à côté de lui, il n'arrêtait pas de parler et s'agitait comme un môme qu'on emmènerait à Disneyland.

— Greg, mets ta ceinture, je te dis.

— Mais non, en plus ça ne sonne pas, ton vieux 4×4. Elle est bien pour ça, ta voiture, elle nous emmerde pas à biper pour nous dire ce qu'on a à faire.

— Mets ta ceinture, bordel !

— Bon, OK. Je peux fumer ?

— J'aime pas l'odeur.

— Attends, tu veux qu'on mette la ceinture, tu supportes pas la fumée… Dis donc, pour un gars de la campagne, t'es un peu chochotte.

Alexandre le regarda du coin de l'œil, évaluant si ça valait la peine de répondre à cette provocation.

— Tu savais que les gros fumeurs n'attraperont jamais le virus ? Il paraît que le tabac tapisse la gorge d'un truc qui neutralise le corona.

— Oui, je savais, tu me l'as déjà dit. Et d'où tu sors ça ?

— De partout, tout le monde le dit sur YouTube, sur Twitter et Russia Today, mais ça, évidemment, tu ne l'entendras pas dans les médias officiels, tu parles, ça serait trop simple, il suffirait que tout le monde fume pour ne plus en parler, du Covid !

Alexandre le regarda de nouveau, presque attendri.

— Je sais bien que tu me prends pour un barge, mais qu'est-ce que tu veux, dans mon bistro je vois deux cents personnes par jour, du matin au soir ça n'arrête pas de défiler, j'ai besoin de ça, moi, de parler tout le temps, alors que toi évidemment, à part tes vaches personne vient te faire la conversation.

Posé en pleine zone pavillonnaire, le parking de l'Intermarché ne brillait pas par sa convivialité, cela dit, par beau temps, il y avait toujours des gens çà et là pour se parler, des chalands qui s'y croisaient et échangeaient quelques banalités. Mais ce jour-là, chacun filait au plus vite vers sa voiture, rapatriant dare-dare ses sacs ou son caddie vers son coffre. Pour une fois il y avait même la queue au drive, alors que jusqu'à présent ce truc n'était pas passé dans les mœurs.

À l'entrée, un vigile avec un compteur à la main régulait les entrées. Greg et Alexandre se postèrent dans la petite file d'attente. Greg fulminait de devoir se soumettre à l'autorité de ce grand type, pour se passer les nerfs il sortit une liste de sa poche et la révisa, elle semblait interminable.

— Tu comptes prendre tout ça ?
— Et alors ?
— Et alors, faut un caddie !

Greg retourna sur le parking pour débloquer un caddie sous le petit abri et revint vers la file dans un sale bruit de métal secoué.

— T'as passé un coup de gel avant de mettre les mains dessus ?

Pour toute réponse, Greg haussa les épaules.

Leur tour vint très vite et ils se retrouvèrent plongés dans l'intemporelle ambiance de tout hypermarché, c'était comme s'ils renouaient avec une sensation de toujours, qu'ils pénétraient enfin dans un univers préservé. Ici, les éclairages, les allées, les emballages disaient la paix d'un monde inaltérable, rien ne paraissait souffrir, sinon cette musique peut-être, des notes de piano nu qui s'égouttaient des haut-parleurs. La fréquentation ne semblait ni plus ni moins importante qu'un jour normal, mais on notait une sorte de recueillement inhabituel, tous avançaient avec une liste à la main, des automates suivant leur partition. Greg pilotait joyeusement son caddie, Alexandre le suivait trois mètres derrière, il le voyait toucher à tout, examiner tous les produits comme s'il s'était fait la promesse de tout soupeser, de lire toutes les étiquettes. De loin, Alexandre reconnut le grand Paul et l'ancien député avec sa femme, mais il ne voulait parler à personne, et eux ne paraissaient pas non plus chercher le contact. Il perdit Greg avant de le retrouver sous l'immense préau du rayon frais. Il était là à se pencher au-dessus des bacs, ouvrant les portes des meubles réfrigérés comme s'il allait y entrer. Alexandre en avait oublié que lui-même avait des courses à faire pour ses parents, alors il s'écarta et mit un temps fou à dénicher le bicarbonate, le vinaigre et le reste. Quand il trouva enfin les bouteilles de vinaigre blanc et les sacs de congélation, il était déjà chargé et chercha Greg pour tout déposer dans le caddie. Trop encombré, il ne pouvait pas attraper son portable pour l'appeler, mais il ne voulait pas poser ses commissions sur le sol ni ailleurs, après tout, c'était plein de saloperies ici.

En passant d'un rayon à l'autre, dans la trouée du rayon conserves, il l'aperçut enfin qui s'était déjà positionné dans une des files d'attente devant les caisses et discutait avec le couple face à lui. Alexandre le rejoignit, pressé de se délester de ce qu'il avait dans les bras.

— Bon sang, mais qu'est-ce que tu foutais ? lui demanda Greg.

— Non, c'est toi, tu ne pouvais pas m'attendre ?

— On ne parle pas dans la queue, leur lança le bonhomme derrière eux.

Greg se retourna et découvrit que ce type avait un bandana sur le visage qui lui couvrait la bouche et le nez.

— C'est quoi le problème ? aboya Greg.

— Le problème, c'est qu'on ne parle pas dans la queue, on se tait et on reste à distance, c'est comme ça.

Greg n'avait qu'une envie, se payer un de ces partisans du tout-sanitaire, enfin il le tenait, son mouton.

— Moi, je parle quand je veux, où je veux, d'accord ? Moi, tous les jours je parle à des centaines de personnes, moi j'vis pas dans un trou, OK ?

— On s'en fout de ta vie, le gros. Alors tu la fermes, point.

La saillie venait d'un grand gaillard encore plus en retrait.

— Tiens, encore un mouton, lança Greg en désignant le type d'un mouvement de menton.

— Ferme-la, je t'ai dit !

— Ça, c'est encore un réfugié qui vient se planquer à la campagne, ajouta le gars au bandana, aussitôt approuvé par l'assistance.

— Eh oui, c'est eux qui vont nous refiler le virus, renchérit un brun moustachu.

Alexandre dut s'interposer, car Greg cherchait maintenant à en empoigner un, n'importe lequel, il réussit même, en se glissant sous son bras, à lui échapper pour attraper le masqué par le col.

— Moi un réfugié ? Retire ce que t'as dit, Zorro !

— Arrête ! hurla Alexandre, puis il ceintura son beau-frère pour le faire reculer et trouva la bonne formule pour le neutraliser : Ne le touche pas, celui-là, tu vois bien qu'il est malade avec son foulard...

Pris d'un doute, Greg recula. Le vigile s'avançait vers eux, sans courir mais en pressant le pas.

— C'est bon, c'est bon, lui lança Alexandre, tout va bien.

Mais le vigile ne les quittait pas des yeux et leur fit signe, comme un gendarme sur le bord de la route vous indique de vous rabattre sur le bas-côté.

— Venez par ici.

Il les fit passer à la caisse réservée aux personnels de santé, aux handicapés et aux femmes enceintes, ce qui enragea plus encore les révoltés, qui se mirent à se contaminer entre eux à force de maudire ce foutu réfugié.

Une fois les courses rapatriées aux Bertranges, Alexandre partit à pied vers les collines de Crayssac pour jeter un œil aux vaches. Il les trouva tranquilles, bien espacées, broutant sans aucune crainte. Cette terre, c'était son monde, un monde imperturbable, un monde comme à l'abri du monde. Il arracha une poignée d'herbe et l'inspecta de près. Depuis que les hivers se faisaient courts, la repousse démarrait chaque année un peu plus tôt. Au début il avait pris ce changement comme une aubaine, mais petit à petit la peur de manquer d'eau s'était mise à monter en lui. Chaque année il fallait se préparer au « trou fourrager d'été », cet épisode de juillet ou d'août durant lequel les terres semblaient arasées comme après un incendie.

Ici ses prairies n'étaient pas semées, elles se recomposaient d'elles-mêmes, cela dit il ne faudrait pas que les pluies se mettent à manquer comme les deux années précédentes. Sa chance, c'était les arbres disséminés partout dans les champs, d'immenses noyers ou des chênes épandeurs d'ombre, et la vingtaine de kilomètres de haies, tout ce que les agriculteurs de plaine s'étaient évertués à arracher.

D'année en année, il mesurait que son choix avait été le bon, parce que les prairies anciennes acceptent mieux les aléas climatiques que les artificielles, ainsi que le manque d'eau parce qu'elles savent la retenir quand elle vient. De mémoire d'homme, toutes ces terres-là avaient toujours été en herbe, les rares prairies semées étaient l'œuvre de ses parents dans les années soixante-dix, et elles étaient largement autonomes maintenant.

Alexandre était certain d'être dans le vrai, mais jamais personne ne le lui disait, pas même ses vaches, qui trouvaient tout naturel d'avoir chaque jour une parcelle d'herbe neuve où plonger les dents. En voyant ça, il songea que cette Covid était providentielle, elle prouvait qu'il avait eu raison. Ayant repris la ferme en plein cœur de la vache folle, il avait tout de suite mesuré les dangers d'un élevage qui s'affranchissait des archaïsmes du vivant. Tant qu'il travaillerait dans ces collines, une parcelle du monde demeurerait intacte, sinon sauvage. D'ailleurs, depuis que ses sœurs étaient là, dix fois déjà elles lui avaient reproché d'être devenu sauvage. Tout ça parce qu'il était resté vivre là. Parce qu'il n'avait jamais cherché à voyager, à partir, à courir le monde…

— Mais pour fuir quoi ?

Elles ne lui répondaient pas.

Plus que jamais elle se sentit seule au monde. À cinq minutes du départ, la voiture 11 demeurait vide. Vanessa s'en voulait d'avoir pris le train de l'après-midi, car d'ici peu, à partir de Châteauroux, le train se remplirait. La veille, au moment de faire sa réservation, les places semblaient toutes disponibles sur ce train-là, alors que dans celui de midi les rares sièges isolés étaient déjà pris. Quant aux autres trains, ils étaient supprimés, et la semaine suivante il n'y en aurait plus aucun.

Elle eut l'impression coupable de fuir. Partout on disait aux Français de ne plus bouger, mais elle s'était établi elle-même son attestation et elle s'envoyait en mission aux Bertranges.

La gare d'Austerlitz était baignée d'une lumière sale, jaunâtre. Dans le temps, les trains partaient tous sous la grande verrière, pas depuis cette zone enfouie comme un tunnel, bétonnée et honteuse. Elle se sentit déboussolée, débordée par la sensation affolante de perdre la tête, de plus elle ne savait pas comment on l'accueillerait. Est-ce qu'elle gênerait ?

Elle n'avait plus aucun repère, partir, rester, tout lui semblait impossible. Depuis cinq jours elle n'avait plus de nouvelles de personne, sa vie d'avant, elle n'avait peut-être fait que la rêver.

Par crainte de faire tout le trajet sans connexion, elle avait acheté un maximum de magazines et de journaux qu'elle avait abandonnés sur la tablette comme autant de bombes bactériologiques. Elle les lirait plus tard sans ôter ses gants. Sur son dernier paquet de lingettes, Mr. Propre, ce bonhomme chauve, musclé et souriant avec son tee-shirt blanc, avait quelque chose de rassurant.

Une annonce salua les voyageurs, c'est donc qu'elle n'était pas seule. Puis les portes se fermèrent, le train démarra.

Après un passage sous le périphérique, le panorama se dégagea enfin, la lumière du jour revint et ce fut un soulagement. Le contrôleur la salua sans s'attarder, bien à distance, si ça se trouvait, il ne la contrôlerait même pas.

Elle passa un coup de lingette sur les magazines et les feuilleta sans parvenir à se changer les idées. Tout la renvoyait à son sort. *Le Parisien* prévenait que la Covid faisait plus de cent morts par jour en France et que dans quinze jours ce serait dix fois plus. Dans *L'Express*, l'Organisation internationale du travail tirait le signal d'alarme, des dizaines de millions d'emplois étaient menacés et l'Union européenne suspendait ses règles de discipline budgétaire. Une seule chose était sûre, il y aurait un avant et un après le coronavirus.

Elle n'avait pas vu le contrôleur passer dans l'autre sens. Le pauvre homme était sans doute descendu au premier arrêt. Elle était peut-être seule dans ce train maintenant. Cela se vérifia. À partir de Châteauroux, la nuit tomba, et la vitre ne renvoyait plus que son reflet.

Dimanche 22 mars 2020

Le plus confondant chez les chiots, c'était l'air satisfait avec lequel ils vous regardaient réparer les dégâts qu'ils avaient causés. La mère riait tellement qu'elle n'arrivait plus à se lever de sa chaise, ce qui l'amusait c'était de voir son mari à genoux, lui qui pouvait à peine se baisser. Il rassemblait la garniture de cette doudoune sans manches que les chiots lui avaient volée, des centaines de plumettes d'eider étaient éparpillées au sol ou voltigeaient dans la salle à manger. Cette doudoune chic, c'est Vanessa qui la lui avait offerte, chic ou pas, deux des chiots continuaient à s'acharner sur le tissu matelassé en grognant d'excitation, alors que le troisième avait reculé, aboyant tant et plus, comme s'il cherchait à encourager ses congénères.

Malgré ce raffut, Angèle et Jean entendirent la mobylette de Kevin. Angèle ne s'en soucia pas, tandis que Jean se redressa pour jeter un œil dehors. Son petit-fils franchissait le pont et repartait vers la colline des éoliennes.

— Qu'est-ce qui lui prend, il ne va tout de même pas vers l'autoroute ?

Angèle le rejoignit à la fenêtre pour voir la vieille 103 monter douloureusement la côte.

— Depuis qu'Alexandre les a prévenus qu'ils seraient tous de corvée de pommes de terre, il paraît que Kevin fait la tête. Ça ne lui plaît pas de planter des patates. Aux autres non plus, tu me diras…

Angèle et Jean savaient que l'ambiance là-haut était calamiteuse, mais après tout ils étaient assez grands pour se débrouiller entre eux.

Une fois sur la départementale, Kevin se dit que ce serait trop con de tomber sur des gendarmes avec tout ce shit sur lui, d'autant qu'il n'avait toujours pas d'attestation de sortie. Plus il s'approchait de la carrière, plus il redoutait de faire une telle transaction avec de parfaits inconnus. C'était tout de même risqué de tout leur refiler, mais il n'en pouvait plus d'avoir à planquer ce sac à la ferme avec les deux gros chiens qui ne cessaient de renifler, et toute la famille autour.

Une limousine aux vitres teintées et une ambulance sale étaient garées devant la maison, à côté de la camionnette blanche. Le garage était fermé et la dépanneuse avait disparu. Il faillit faire demi-tour mais il ne détestait pas l'idée de s'avancer vers une possible embrouille et de sentir monter l'adrénaline.

Drago, Adriana et le rasta blanc étaient attablés ou vautrés dans les vieux canapés, avec trois autres types. Il aurait préféré qu'il y ait moins de monde mais Drago lui dit que ces gars-là ne comprenaient pas le français, on pouvait donc parler tranquillement.

— N'empêche, je parle pas devant eux, moi.

— Vas-y, montre à quoi il ressemble, ton shit.

Après un moment d'hésitation, Kevin sortit une savonnette de son sac, il en avait huit comme ça, Drago renifla la sève et la caressa du bout des doigts.

— Je te le prends à trois mille.

— OK, douze mille le kilo, donc ça fait vingt-quatre mille les deux.

— Non, je te le prends à trois mille *le* kilo.

Là ça ne collait plus. Kevin avait en tête douze mille euros, sachant que ce serait déjà pas mal de s'en sortir à dix mille. Mais six mille euros le tout, ça n'allait plus du tout.

— Attends, Kevin, tu ne vois pas qu'on est dans une période spéciale, en ce moment y a plus personne sur les routes, quand on croise une bagnole y a une chance sur deux que ce soit des flics.

— Mais vous, vous pouvez aller partout, vous avez les clés de l'autoroute…

— On a les clés de l'autoroute, qui t'a dit ça ?

— Le chemin, là.

— OK, Kevin, on a les clés de l'autoroute, mais aujourd'hui c'est tout juste si on te fouille pas aux péages… Et puis on ne passe plus les frontières, personne ne passe les frontières, t'es au courant de ça ?

— Eh ben justement, puisqu'on ne peut plus…

— On va faire comme je décide, tu piges ? l'interrompit Drago. Ça devient trop gros pour toi, alors tu me donnes le sac et on gère, et quand on aura refourgué le tout, on te filera ton fric, c'est normal qu'on te file ton fric, mais six mille, pas douze.

— Non, douze, et surtout vous me passez le fric maintenant.

Drago empoigna le sac, Kevin le repoussa d'un

geste réflexe, les trois types se levèrent instantanément. Kevin tira sur la bandoulière, ce qui déséquilibra Drago et déclencha les autres comme des gâchettes. Il ne vit même pas venir le poing qui percuta son menton, dans son cerveau s'était produit un genre de coupure de courant, et il tomba comme une poupée de chiffon.

— Tu pourrais prendre exemple sur ton fils, lui au moins il bouge, il ne reste pas toute la journée dans le canapé.

— Brûler de l'essence pour faire des tours de mobylette, tu parles d'une gloire...

— C'est tout de même mieux que de zapper sur internet.

— On ne zappe pas sur internet, on surfe, on scrolle, on s'informe...

Agathe n'en pouvait plus de l'attitude de son mari, l'apathie de Greg lui devenait d'autant plus insupportable qu'elle apparaissait à tous. Vis-à-vis de ses sœurs, elle commençait même à avoir honte.

— Y a le ministre qui dit que l'agriculture manque de bras, regarde, tu devrais être contente... Demain on va tous chez ton père. Tu vois, on montre l'exemple !

Dès le matin, Vanessa gardait en permanence son masque sur le visage, ce qui avait fait dire à Greg que ce virus la rendait cinglée, d'ailleurs dans cette famille ils étaient tous cinglés.

— Que ton mec ne veuille pas comprendre, c'est

son problème à lui, maintenant qu'il ne vienne pas me faire de remarques. Ou alors qu'il aille voir les défilés d'ambulances et les camions du Samu sur le boulevard de l'Hôpital, et il verra si c'est une grippette, dit-elle à Agathe.

— Mais qu'est-ce que tu veux, il est comme ça, il se sent fort.

— Fort, tu parles... Avec ses cent dix kilos j'aimerais bien connaître sa tension et son IMC, qu'il le chope ce virus, et on verra s'il est si fort.

— Vanessa, tu vas quand même pas souhaiter à mon mari de tomber malade ?

Vanessa s'en voulut aussitôt, elle était au bord des larmes. Caroline se leva pour aller la prendre dans ses bras, mais sa sœur, in extremis, la repoussa.

— Non ! Faut pas... Faut pas se toucher.

Caroline et Agathe se regardèrent, cette fois Vanessa chialait pour de bon, sans parvenir à se reprendre.

— Vous ne savez pas ce que c'est de débarquer comme ça de Paris, de faire tout le trajet comme une pestiférée, et ce regard du contrôleur, et celui du chauffeur de taxi hier soir, tout juste s'il ne m'a pas accusée de commettre un crime, et là-dessus vous qui en remettez une couche aujourd'hui, mais merde, moi ce virus j'ai vraiment peur de l'avoir, et surtout j'ai vraiment peur de vous le refiler, vous pouvez le comprendre, ça ?

Dans les granges, Alexandre passa en revue les caissettes de pommes de terre germées. Puis il vérifia la planteuse avant de l'atteler au tracteur, ensuite il faudrait régler les chaînes afin de réguler la cadence des godets distributeurs. Tout cela demandait pas mal de préparation, alors qu'il ne touchait plus à ce matériel-là depuis des années. En contrôlant les intervalles entre les plants, il essayait de visualiser comment tout se passerait le lendemain, c'est alors qu'il eut l'idée de baisser les protections qui servaient à retenir les caissettes.

— Mais Alex, qu'est-ce que tu fous ?

Son père ne comprenait pas qu'il ôte les ridelles qui permettaient d'empiler un maximum de caissettes, et donc de diminuer les manipulations. Alexandre lui répondit que c'était justement ce qu'il voulait, leur compliquer la tâche, les obliger à faire le maximum d'allers-retours, ce qui les ferait courir et les forcerait à une cohésion d'équipe.

— Attends, c'est déjà bien assez emmerdant pour eux de nous filer un coup de main, je ne vois pas pourquoi tu en rajoutes.

— Papa, c'est moi qui me les farcis là-haut tous les jours, demain soir ils auront tellement de courbatures que ça va les calmer quelque temps.

Au loin ils entendirent le bourdonnement de la mobylette de Kevin. Par la porte ouverte ils le virent redescendre dans la vallée, puis réapparaître sur l'autre versant de la colline après avoir franchi le petit pont. Angèle vint les rejoindre, elle venait de raccrocher avec Fredo, il avait toujours de la fièvre et des douleurs un peu partout, mais surtout le moral à zéro.

— À l'hôpital ils parlent d'accueillir des contaminés d'Alsace et de Paris.

— T'en fais pas, ceux-là ils les installeront direct en réa, ils ne vont pas lui en coller un dans sa chambre.

— J'espère bien. Mais tu vois, lui qui n'avait pas peur, voilà qu'il s'y met, lui aussi.

— C'est sûr que ça doit secouer, surtout qu'il ne fout jamais les pieds chez le médecin, alors se retrouver coincé en chirurgie en pleine alerte rouge...

— Et puis à l'hôpital, quand t'as pas droit aux visites, c'est rude, compatit le père.

— Je vous ai fait de la soupe pour ce soir, dit la mère qui voulait changer de sujet, tu la monteras ?

Malgré le coup de fil d'Angèle qui leur avait ordonné de se réconcilier et de s'asseoir tous ensemble à la même table, Caroline voulut encore dîner seule dans la cuisine. Les autres s'installèrent dans la salle à manger, les deux rallonges étaient tirées et les couverts bien à distance. Quant à Vanessa, elle n'était toujours pas ressortie de sa chambre. Kevin se trouvait juste en face d'Alexandre, à l'autre bout de la table. Aux regards appuyés de son oncle, il sentait bien qu'il n'avait pas cru à son histoire de chute : même sans casque, on ne se fait pas un œdème sur la joue de cette façon-là. Agathe avait accusé la mobylette, un engin de mort que son frère n'aurait jamais dû prêter à Kevin. Alexandre avait pris sur lui pour ne pas répondre, mais il attendait le bon moment pour causer entre quatre-z-yeux à son neveu.

Comme le silence s'installait, Mathéo monopolisa tranquillement la parole, ce soir-là encore il parla en long et en large de ses devoirs, et bassina tout le monde avec son cours sur la volcanologie. Il voulait savoir si quelqu'un se souvenait de l'éruption de l'Eyjafjallajökull, ce qui, mine de rien, détendit l'atmosphère, ne serait-ce que parce qu'il était parvenu à prononcer le mot du premier coup.

— Alors, c'est vrai qu'en France on voyait des cendres dans le ciel ou pas ?

— Ici non, mais à Rodez peut-être… Tu devrais t'en souvenir, toi, lui répondit Alexandre.

— J'avais six ans !

— Qu'est-ce que tu racontes, dit son père, c'est pas si vieux que ça… Et puis d'abord on en a rien à faire de ton Eyatokofull.

— Ce qu'on en a à faire, lui rétorqua Mathéo en prenant des intonations de mage, c'est qu'à cause d'un volcan, ce jour-là déjà le monde s'était arrêté, exactement comme en ce moment, et il paraît que ça arrivera de plus en plus souvent, que le monde s'arrête. Un jour parce qu'il n'y aura plus d'eau pour refroidir les centrales, un autre parce qu'il y aura trop de vent pour les éoliennes, ou plus une goutte de pétrole, ou une guerre mondiale, faut savoir qu'à l'avenir le monde n'arrêtera pas de s'arrêter, enfin à ce qu'il paraît, et moi j'y crois, depuis le réchauffement climatique l'humanité est en CDD !

— Mais arrête, s'emporta Greg, et d'abord qui est-ce qui te met toutes ces conneries dans la tête, c'est l'école ou quoi ?

Alexandre regardait discrètement Agathe. Pour la première fois il comprit qu'elle prenait sur elle, peut-être qu'elle prenait sur elle depuis longtemps déjà, et qu'elle n'en pouvait plus de la rudesse de son mari. Puis il regarda de nouveau Kevin, qui avait l'air aussi absent que sa mère. Quant à Greg, il ne le voyait pas, mais il sentait sa présence massive, gênante, à côté de lui, ne serait-ce que pour ce bruit de succion à chaque cuillerée de soupe. Cette famille, c'était pourtant la sienne, ces êtres autour de sa table, c'était les siens, mais il se sentait parfaitement étranger. Avec ses sœurs ils avaient passé toute leur enfance ici, dans cette salle à manger, et voilà qu'ils dînaient dans trois pièces différentes, et pas seulement à cause d'un virus. Il en va des familles comme de l'amour, d'abord on s'aime, puis un jour on n'a plus rien à se dire, signe qu'on doit changer profondément. Il avait envie de leur dire quelque chose, de trouver les mots pour que tous parviennent enfin à partager un repas à la même table, ne serait-ce que ça. Il avait envie d'être léger, de déverrouiller cette mutuelle incompréhension, mais il savait que cela risquait de semer plus encore le trouble. Trouver la paix, ça marche déjà si mal pour soi, alors pour les autres...

À ce moment-là un bruit vint du dehors, ou de l'intérieur, un genre de crépitement, de tout minces applaudissements, Alexandre leva la tête et Greg prit l'air maussade, croyant que quelqu'un se foutait de sa gueule parce qu'il faisait trop de bruit en lapant sa soupe.

— C'est Vanessa, lança Mathéo en attrapant la télécommande, elle applaudit depuis sa chambre comme à la télé... Tenez, regardez.

Et c'est vrai qu'à la télé, une caméra pivotait au milieu des immeubles, des tas de gens à leur fenêtre applaudissaient, un bandeau de lettres blanches, en bas de l'écran, affichait solennellement : « 20 heures, l'hommage aux soignants. »

Sur le coup, la cuillère en l'air, ils ne surent pas quoi en faire, de cette information-là. Personne n'osa se moquer, personne n'osa ouvrir la fenêtre et rejoindre ce mouvement du monde, chacun hésitait dans son for intérieur, n'arrivant pas à savoir si se joindre à ces applaudissements serait dérisoire, stupide ou sacré.

Lundi 23 mars 2020

Greg était en retard. Il allait passer la journée à travailler la terre et pourtant il avait revêtu une longue chemise blanche sans col aux allures de toge, il la trouvait flatteuse parce qu'elle diluait sa corpulence dans des pans drapés. Quand ils le virent arriver dans cet accoutrement, les parents ne purent se retenir de rire.

— T'es sûr que c'est une tenue pour planter des patates ?

— Au moins je serai à l'aise !

Caroline, Agathe et Vanessa étaient descendues un peu en avance pour bien assimiler ce qu'elles auraient à faire. Sans rien en montrer, elles n'en revenaient pas de se retrouver là, en plein champ, alors que le moteur de leur vie avait été de tout faire pour en sortir. Gamines, elles avaient bien touché à la terre, mais par obligation. Un des grands souvenirs de leur enfance restait cette ultime récolte de safran aux Bertranges, ces derniers bulbes qu'ils avaient plantés tous ensemble, une image qu'elles gardaient en tête comme le parfait emblème de la fin d'une époque, jamais elles n'auraient cru y remettre les pieds.

Dans le hangar Alexandre s'activait autour du vieux 43 rouge de ses parents, ce tracteur avait vingt mille heures de travail et pour tourner le volant il fallait y aller fort. Il l'amena au bord du champ, là où Kevin et Mathéo entassaient les caissettes de patates germées, ils faisaient des allers-retours depuis la grange en se servant de la brouette, alors qu'à vrai dire ça aurait pu se faire en deux coups de Kangoo. Le problème, c'est qu'ils n'avançaient pas. Kevin ne cessait de s'éloigner pour passer des coups de fil, et dès qu'il commençait à parler, il marchait vers la rivière pour qu'on n'entende pas ses conversations, mais vers la rivière, ça ne captait plus, alors il allait et venait entre deux déplacements de caissettes, ce qui rendait fou son frère.

Quant aux chiots, ils restaient sagement près des parents, observant cette étrange agitation. Greg, pourtant pas du genre à s'émouvoir, jeta un regard amusé vers ces trois petites boules blanches parfaitement synchronisées, quand l'une s'asseyait, les deux autres faisaient de même, et si l'une d'elles se mettait en mouvement, les autres lui emboîtaient le pas.

Alexandre décréta que son beau-frère était trop lourd pour s'installer sur la planteuse, ce serait Agathe et Caroline qui s'y colleraient. Une fois le tracteur lancé, elles n'auraient qu'à saisir un à un les plants de pommes de terre dans les caissettes posées face à elles et à les glisser dans le godet de la roue distributrice. Greg et ses deux jeunes se tiendraient en permanence à côté du tracteur en mouvement et réalimenteraient la planteuse. Chaque fois qu'une caisse serait vide, il faudrait la remplacer, ce qui supposait de la récupérer, de courir la déposer au bord du champ pour en prendre une pleine et de l'apporter bien vite afin de réapprovisionner Agathe et Caroline.

Vanessa les regardait, son smartphone à la main, comme du temps où elle mitraillait sa famille avec ses Instamatic ou son Olympus, les appareils reflex de son enfance. Le plus attirant dans cette chorégraphie, celui que les chiots suivaient du regard en dressant les oreilles, c'était Greg, une belle masse compacte d'humain qui fendait l'air en agitant autour de lui un drapé blanc tentant comme un appât. Sur cette terre meuble, ses pas s'enfonçaient, il trébuchait tous les vingt mètres, il tomba même carrément en fracassant sa cagette, mais il repartit aussitôt en cavalant. Seulement il avait pris du retard, le tracteur était déjà à l'autre bout du champ, alors il força l'allure et s'écroula de plus belle, cette fois en faisant valdinguer les tubercules comme autant de baballes. Les trois chiots fusèrent d'un bond, ils se jetèrent dans le champ comme dans une piscine et coururent après ces projectiles pour les éparpiller plus encore, en fait ils attendaient qu'on les poursuive, ce que firent aussitôt Mathéo et Kevin à la demande de leur grand-père :

— Rattrapez-les, bon sang, vite, faut pas qu'ils gardent ça dans la gueule, les patates germées, c'est un vrai poison pour les chiens, s'ils les bouffent, ça les fera crever.

Les chiots n'avaient aucune intention de boulotter ces tubercules, tout ce qu'ils voulaient, c'était les chiper pour qu'on leur coure après. Mathéo commit l'erreur de poser à terre sa caissette pleine, les trois chiots se jetèrent dessus pour disséminer tout ce qu'il y avait dedans, ils se faisaient un jeu d'attraper un à un les plants et de les déposer à l'autre bout du champ. Grisés par leur effronterie, ils ne voulaient plus s'arrêter, c'était bien parti pour durer des heures. Les parents s'amusaient de voir tout ce monde cavaler, mais ils ne rigolèrent plus lorsqu'un des chiots se mit en tête de déterrer les tubercules fraîchement plantés. Rattrapés par leur instinct de terrier, les deux autres comprirent vite qu'il y avait là de quoi doublement se satisfaire, d'abord gratter la terre puis très vite détaler. Pour le coup, Alexandre descendit du tracteur, histoire de limiter les dégâts. Lui aussi se mit à leur courir après, seulement les petits fauves étaient alertes, ils voltigeaient à la surface de cette terre sur laquelle les pas humains s'enfonçaient, ils avaient toujours une longueur d'avance, d'autant que le passage du tracteur avait creusé des sillons et que les disques rabatteurs avaient modelé des buttes, courir là-dedans c'était l'assurance de se tordre la cheville. Angèle et Jean partirent d'un fou rire en voyant leur fils, pourtant rompu aux bêtes comme au travail de la terre, se faire déborder par trois chiots de quatre kilos chacun.

Les parents donnaient maintenant des instructions à Mathéo, à Kevin et à Greg pour qu'ils arrêtent les fuyards, ça ressemblait à une course de vachettes. Alexandre lui-même se mit à rire en voyant Greg courir dans un déséquilibre permanent, papillonnant comme un patineur se rattrapant à une rampe imaginaire, il semblait mettre un point d'honneur à coincer les trois petites bêtes, quelque chose de l'ordre de sa virilité était atteint, pourtant il avait beau faire trente fois leur poids, les trois bichons frisés lui échappaient sans cesse, comme trois moustiques se joueraient d'un hippopotame.

Vanessa restait en retrait, elle ne comprenait toujours pas ce qu'elle faisait là, ni comment l'irruption d'un virus sur les étals d'un marché chinois avait à ce point dérouté sa vie. Elle ne parvenait même pas à prendre des photos. Là-haut il y avait les éoliennes, c'était bien le seul élément de modernité, le paysage était semblable à celui d'il y a trente ans, cette terre avait la même couleur que dans le temps, cette ferme, ces granges et tous ces outils d'acier et de rouille, ces caissettes et ces plants lui semblaient les mêmes depuis toujours, elle se découvrait replongée dans le siècle précédent. Quant à Agathe et à Caroline, elles étaient restées sur leur siège. Déjà, elles avaient mal au dos et de la terre jusque sous les ongles. Mais au moins elles se sentaient loyales, rassérénées par le sentiment d'aider Alexandre et leurs parents. Elles non plus, jamais elles n'auraient cru qu'elles remonteraient un jour sur une planteuse pour se faire tracter par leur frère. Le spectacle des garçons qui couraient après les chiots les renvoyait du côté de l'enfance.

La mère songea que si Crayssac avait été encore de ce monde, l'ancien chevrier aurait pris tout cela avec philosophie, il y aurait vu le signe que les animaux étaient en leur domaine sur cette terre. Ces chiots refusaient qu'on plante des pommes de terre puisqu'elles étaient toxiques pour eux, les geais et les pies observaient la scène en guettant la moindre erreur humaine, depuis les collines les blaireaux espéraient quelque subsistance de tout ce remue-ménage, les renards savaient que cette terre fraîchement brassée attirerait dès le soir des rongeurs qui leur serviraient de repas.

Depuis le confinement on croyait le monde à l'arrêt, alors que toutes les vies non humaines retrouvaient dans cette pause une terre à nouveau libre, en cessant leurs activités les hommes libéraient toutes les autres formes de vie, les canards et les hérissons pouvaient de nouveau longer les chemins, les sangliers fourrageaient dans les fossés, les chevreuils ne s'exposaient plus à la mort en traversant les routes et les villes elles-mêmes se laissaient gagner par une faune qui se réappropriait l'espace. Partout dans le monde, des brebis s'abreuvaient aux fontaines et des ours visitaient les poubelles jusqu'au pied des immeubles, partout les animaux reprenaient le dessus, les milliards d'espèces eucaryotes asservies retrouvaient leur pleine et entière liberté, partout sur la planète *Homo erectus* était sorti du jeu, relégué dans les coulisses. Un simple micro-organisme avait suffi pour inverser l'ordre des choses, et il en était ainsi aux Bertranges, des chiots avaient repris le pouvoir sur tout le reste.

Alexandre était allé chercher la burette de graissage. Il s'arrêta sur le seuil de la grange pour regarder sa famille, une douce euphorie les avait tous gagnés en coursant les chiots, parce que Caroline et Agathe s'en étaient mêlées elles aussi, elles ne craignaient plus de se mettre de la terre partout, elles se démenaient et trébuchaient en riant. C'était le tableau d'une famille réconciliée, accomplie et heureuse. Toujours un peu en retrait, Vanessa souriait enfin, prenant tout ce qu'elle pouvait de photos.

Il y avait une cuisse d'agneau dans le four qui diffusait des arômes caramélisés jusque dans la cour. Agathe proposa de sortir la grande table de la salle à manger et d'essayer de la caler sur le gravier. Ici il n'y avait pas de terrasse cimentée ni de pelouse.

Les parents n'avaient jamais pris un seul repas dehors. Même du temps où les enfants étaient petits, il avaient toujours refusé les chaises en plastique, les tables d'extérieur et les barbecues.

On sentait qu'Angèle et Jean acceptaient de mauvaise grâce, mais ils jouaient le jeu pour ne pas gâcher la fête.

Le vieux thermomètre affichait 25 degrés à l'ombre. Il devait y avoir quelque part ces vieux parasols Castrol offerts dans le temps, mais on décida de pousser la table jusque sous le tilleul. Alors ils s'attablèrent sous le vieil arbre, trouvant plutôt plaisant d'ôter déjà leur pull en mars. Une chaleur dont seuls Alexandre et les parents n'arrivaient pas à se réjouir.

Pour débarrasser on organisa une chaîne, chacun entrait à tour de rôle dans la maison pour y déposer ses couverts et en ressortir avec le dessert et les cafés. Dans cette agitation, le père et Greg se retrouvèrent seuls à table. Greg faisait défiler son fil Twitter, qu'il avait délaissé depuis le matin.

— Merde alors, Édouard Philippe parle ce soir à la télé.

— Encore ?

— Oui, et appparement on aura plus le droit de s'éloigner de plus d'un kilomètre autour de chez soi, et pas plus d'une heure. Non mais je rêve, ils nous prennent vraiment pour des mômes !

Le père choqua son gendre en lui répondant que de toute façon ces mesures étaient prises trop tard, dans un Ehpad du côté de l'Est tout le personnel était contaminé, il y avait déjà des morts, des gars en combinaison intégrale avaient apporté des cercueils.

— Mouais, objecta Greg, je me méfie des grands médias, moi.

— Ah, et tu regardes quoi ?

— Twitter, Sputnik, Russia Today, les médias libres, c'est pas ce qui manque.

Angèle était rentrée dans la cuisine, les autres assuraient le relais, revenant avec les assiettes à dessert et la tarte.

— Bravo, leur lança Greg, mais faudra vous laver les mains… Je vous signale que tout le monde touche les assiettes de tout le monde !

Excédé, il glissa au père qu'il ne reconnaissait pas la France, les mêmes qui se disaient prêts à marcher sur l'Élysée se signaient maintenant des bons de sortie pour faire le tour de leur pâté de maisons. Jean ne répondit pas, il ne voulait pas entrer dans le jeu de la provocation, pourtant il ne put s'empêcher de lui demander calmement :

— Tu sais qu'Angèle et moi on a largement dépassé les quatre-vingts ans ?

— Bien sûr, j'étais là quand on les a fêtés !

— Voilà, et toi t'es gaillard, pas vrai ?... Tu fais quoi, un mètre quatre-vingts ?

— Un peu plus.

— Et pas loin de cent vingt kilos ?

— Un peu moins.

— Alors évidemment, un gaillard comme toi, ça n'a pas peur de la mort, pas vrai ?

— Ah ça, c'est clair que j'ai pas peur de la mort.

— D'accord, mais laquelle ?

— Comment ça laquelle ?

— La tienne ou celle des autres ?

Après le dessert, on se servit un deuxième café. Tous étirèrent la fin de repas, jusqu'à ce qu'Alexandre décide de reprendre la parole.

Greg n'avait toujours pas répondu, il s'attendait à ce qu'ils en restent à ce malaise silencieux, mais le père continua :

— Tu sais, depuis qu'on est à table, je t'ai entendu dix fois répéter « on n'oubliera pas »...

— C'est le hashtag qu'est en top tendance sur Twitter, et pas qu'aujourd'hui.

— J'y connais rien à tes machins, par contre il y a deux choses qu'il faudrait que tu te mettes dans le crâne, la première c'est qu'ici, faut pas tomber malade, depuis que Manouvrier a pris sa retraite, le premier toubib est à trois quarts d'heure de route, et c'est le seul, alors mieux vaut prévoir le rendez-vous deux mois avant d'en avoir besoin.

— D'accord, mais nous confiner, nous enfermer,

nous tester comme des bovins, enfin, les hommes c'est pas des animaux, bordel!

— Pourtant t'arrêtes pas de dire que les Français sont des moutons.

Le père le fixait droit dans les yeux, il attendait de lui une réponse, qui ne vint pas.

Une fois le dernier rang planté, tous étaient pressés d'aller prendre une douche. Cette journée d'efforts leur avait rincé le corps, ils n'avaient pas l'habitude de s'activer autant d'heures d'affilée. Alexandre, lui, n'avait pas fini et resta en bas pour ranger le matériel.

En remontant la colline, ils profitaient encore un peu du soleil qui sombrait derrière les éoliennes. Mathéo déclara doctement qu'en ce moment on gagnait cinq minutes de soleil par jour, et comme dimanche on passerait à l'heure d'été, la semaine prochaine, en plus de déjeuner dehors, on pourrait même y dîner.

Agathe et Greg n'écoutaient plus vraiment ce fils qui savait toujours tout sur tout, d'autant plus énervant que la plupart du temps il avait raison, alors que Caroline et Vanessa eurent sans se concerter la même pensée : combien de temps cette parenthèse durerait-elle ?

En arrivant à la hauteur de la ferme, ils s'arrêtèrent pour contempler le ciel qui s'incendiait à l'ouest. Le soleil rasant jetait ses derniers feux avant que l'horizon ne l'avale, il partirait ensuite réchauffer l'océan Atlantique, ne laissant plus ici qu'une prudente pénombre,

tous voulurent voir cela avant de rentrer. Seul Kevin n'avait pas envie de trouver ça beau, il était déjà dans sa chambre, mais cela ne perturba en rien l'émotion des autres. Le silence s'épanouissait comme un mouvement de l'âme jusqu'à ce que le lourd corps de Greg soit pris d'une salve d'éternuements, des spasmes qui lui faisaient partir la tête d'arrière en avant, comme si une main céleste l'empoignait pour lui fracasser le crâne contre le couchant. Vanessa recula, apeurée par ces micro-gouttelettes qu'on voyait dans le rai de lumière, Greg demanda un mouchoir que personne n'avait sur soi, alors il ravala ce mucus qui semblait surgir du fond de ses poumons. Agathe lui posa la main sur le front.
— Non mais t'aurais pas chopé…?
— Quoi?
— La crève!

Une fois à l'intérieur, Vanessa remit tout de suite son masque, provoquant chez Agathe et Greg toujours la même incompréhension, mais qui resta muette cette fois. Elle se sentit obligée de se justifier en rappelant que Paris était une des villes les plus densément peuplées au monde, à l'égal de New Delhi, Bombay ou Shanghai. Avant de prendre sa douche, Greg vérifia sur internet si elle disait vrai, il tomba sur des photos de Dacca, la rubrique Images de Google alignait des clichés de bidonvilles au pied des gratte-ciel et de marées humaines dans les rues. Se mêlaient dans le plus parfait désordre des photos de manifestations et d'inondations, qui ne révélaient au fond rien d'autre que la misère et la promiscuité, mais le plus fort, c'est que Paris se situait effectivement très haut dans le classement, quatrième dans la liste, bien au-dessus de Hong Kong, de Mexico et de Delhi.

En retournant dans le salon, il regarda différemment sa belle-sœur. Elle était peut-être contaminée après tout. Lui n'en finissait plus de se moucher. Au moment de passer à table, il jeta un œil sur le net pour voir ce qu'on disait des premiers signes de la Covid, il fut submergé par une marée d'occurrences, mais revenaient toujours les éternuements, auxquels s'attachait une succession de symptômes qu'il crut immédiatement ressentir. De la perte d'odorat aux maux de ventre, des sueurs profuses à la sensation de poumons collés. La seule façon d'en avoir le cœur net serait de mesurer sa saturation en oxygène avec un ustensile bleu qu'Amazon promettait de livrer en quarante-huit heures. Sauf qu'Amazon ne savait pas qu'il était là, aux Bertranges, et qu'il leur faudrait bien deux semaines pour trouver le chemin et une boîte aux lettres, pour peu qu'il y en ait une. Il était de nouveau en nage. Il retourna dans la salle de bains et ouvrit les placards discrètement en quête ne serait-ce que d'un thermomètre. Mais il n'y en avait pas, pas de Doliprane non plus, à croire qu'Alexandre n'était jamais malade, alors il fouilla jusqu'au fond des tiroirs, et même derrière le vieux meuble en bois, espérant y dénicher un antique thermomètre égaré venu du temps où des enfants vivaient encore ici, en tout cas jamais il ne s'abaisserait à en demander un à son beau-frère, de plus il ne voulait pas qu'on le suspecte d'avoir peur d'être malade. Alors il retourna dans la salle à manger, guettant dans leurs yeux s'ils décelaient quelque chose qui n'allait pas chez lui. Mais non, Agathe ne lui balança pas qu'il avait l'air pâle ou fiévreux, Caroline ne le regarda pas plus de travers que d'habitude, Vanessa, Mathéo et Kevin continuèrent de l'ignorer.

Alexandre arriva juste avant huit heures. Il ne fut pas étonné de constater que tous les tiroirs avaient été retournés, il les referma et prit une douche. Depuis qu'elles étaient là, ses sœurs retrouvaient chez lui cette bonne disposition permanente, il ne faisait pas d'histoires, ne se plaignait jamais. Il vivait seul dans cette ferme depuis des années, mais sa solitude n'avait en rien entamé sa fluidité sociale. Ce frère, elles avaient passé leur enfance à trouver sa souplesse de caractère normale, alors que non, leur frangin était bien un type à part.

En signe de bonne volonté, Vanessa accepta de dîner avec tout le monde dans la salle à manger, elle demanda juste qu'on tire la rallonge au maximum et elle installa sa chaise et son couvert tout au bout. Bien que ne croyant pas à ce virus, Greg tint à changer de place pour ne pas être assis à côté d'elle. Cette belle-sœur qui ne l'aimait pas était peut-être bien une réfugiée sanitaire, une hypercitadine tout juste exfiltrée d'un cluster géant. Il se cala sur l'extrémité gauche de la table, quitte à regarder la télé en biais, de toute façon le son était coupé.

Les trois sœurs revinrent sur cette journée qui avait fait remonter en elles des images de l'enfance, des souvenirs liés aux bêtes, au bruit des machines agricoles, à cette terre qu'on travaille à bras-le-corps, tout ce qui, pour Alexandre, relevait du quotidien. Vanessa se retenait de trop parler, elle remettait son masque après chaque bouchée. Quand elle lut en bas de l'écran : « Des millions de masques détournés par les États-Unis sur les tarmacs chinois », elle leur demanda de regarder. Que Trump lâche des valises de dollars pour accaparer des masques, c'était bien le signe que ça servait à quelque chose, ces masques. Kevin attrapa la télécommande pour monter le son, cette histoire de millions de dollars payés en cash au pied des avions le fascinait, mais déjà on enchaînait sur l'«appel à l'armée de l'ombre» du ministre de l'Agriculture : les hommes et les femmes que la crise privait d'activité étaient priés de rejoindre la grande armée de l'agriculture française. Greg demanda à Kevin de couper le son, il en avait marre de tous ces ministres. Agathe voulut carrément éteindre la télé pour ne plus voir le bandeau rouge annonçant que le nombre de morts avait doublé en une journée.

— Kevin, éteins ou mets autre chose, je t'ai dit !

Le plus sage, c'était de débarrasser la table, d'ailleurs tout le monde s'y mit, excepté Greg. Dans la cuisine ça s'activait pour faire la vaisselle, l'essuyer, lancer les cafés et les tisanes, sans oublier de tout ranger. Alexandre ouvrit la fenêtre en grand.

— En fait, je suis pas sûr que ce soit une bonne idée de s'entasser là.

Tous se figèrent, comme pris en faute, en train de commettre un écart sanitaire majeur.

— Mais moi j'ai mon masque ! eut beau jeu de répondre Vanessa.

— Arrête un peu avec ton masque, s'agaça Agathe.

— Pourtant elle a raison, appuya Caroline, on devrait tous en porter un, ce serait plus simple.

— Voilà, faut encore que tu prennes son parti, ma parole, en trente ans rien n'a changé !

Kevin profita que la fenêtre était ouverte pour s'allumer une cigarette tout en continuant d'essuyer les verres.

— Il ne s'agit pas de prendre son parti, rectifia Caroline, c'est juste l'évidence, quand un virus se refile par la respiration, on devrait tous porter un masque.

— Ou fermer sa bouche, rétorqua Agathe.

— De toute façon, toi et Greg, vous êtes toujours contre tout.

— Laisse Greg en dehors de ça.

— Tu parles, c'est lui qui te met toutes ces idées à la con dans la tête.

Alexandre s'en voulut d'avoir fait voler en éclats ce moment d'harmonie. Il proposa de prendre les tisanes et les cafés dehors, auxquels s'ajouterait le gâteau aux noix qu'Angèle leur avait préparé.

— Hein, qu'est-ce que vous en pensez ? Et puis ça au moins, c'est quelque chose qu'en ville vous ne pourriez pas faire !

Il ne recueillit pas le moindre assentiment. Au contraire, Agathe se montra exaspérée par le calme qu'il affichait en toutes circonstances.

— Arrête de nous parler comme à des réfugiés.

— Je vous parle juste comme quelqu'un qui sait que ça ne sert à rien de s'énerver.

— Évidemment, toi tu vis seul ici, t'as jamais eu de mômes, t'as les parents juste en dessous et une femme que tu vois tous les trente-six du mois, personne ne risque de t'énerver !

— Tu sais, Agathe, on est tous dans une situation compliquée, tous, alors je t'en prie, mets-y du tien, parce que ça risque de durer des semaines.

— Ben voyons ! Et pourquoi pas des mois.

— Peut-être.

Ses sœurs qui faisaient semblant de rien, et son frère qui jouait obstinément l'apaisement, cela acheva de la mettre hors d'elle.

— Écoutez, votre café, vous vous le prenez entre

vous. Moi je vais rejoindre *mon* mari, hein, puisque c'est un monstre, n'est-ce pas ? C'est pas la peine de vous fourvoyer avec un monstre.

En passant près d'Alexandre, elle sentit sa grande main se poser sur son épaule pour la retenir, mais elle se dégagea en lançant un « Foutez-moi la paix » qui s'adressait à la terre entière, même Kevin et Mathéo en restèrent sans voix, ne sachant plus trop s'il fallait la suivre ou demeurer dans l'autre camp. Elle était un peu vexée que Greg ne l'ait pas rejointe pour prendre sa défense. Il n'avait peut-être rien entendu, obnubilé par la télé, en tout cas il était bizarrement avachi, le torse échoué sur la table, comme aspiré par l'écran.

— Greg, ça va ?

Sur le plateau, plusieurs intervenants parlaient en même temps, le présentateur essayait de ramener le calme entre les tenants des restrictions sanitaires et deux penseurs anti-confinement.

— Dis, Greg, t'es sûr que ça va ?
— Ils veulent annuler les jeux Olympiques !
— Et alors ?
— Non mais tu te rends compte, c'est en août, les jeux Olympiques, ça veut dire que dans cinq mois on n'en sera toujours pas sortis, cet été on sera encore là !

Agathe s'approcha et posa une main qui se voulait rassurante sur le front de son mari.

— Mais attends, Greg, t'as vraiment de la fièvre, là !

Mardi 24 mars 2020

Jamais les parents n'appelaient si tôt le matin. À la voix de son père, Alexandre comprit que quelque chose n'allait pas. Les trois chiots avaient disparu.

— Attends, vous avez regardé partout ?
— Oui, même dehors.
— Et vous n'avez rien entendu ?
— Non, ce matin en allant aux toilettes, j'ai jeté un œil à la salle de bains, et là plus rien.
— Ils ne se seraient pas sauvés ?
— Comment veux-tu qu'ils ouvrent la fenêtre, et elle était grande ouverte, même pas cassée, je ne sais pas comment ils l'ont crochetée.

Ce n'était pas insurmontable, seulement ça laissait supposer que ceux qui avaient fait le coup savaient pertinemment que les chiots étaient là.

— Et maman, comment elle prend ça ?
— Je te dis pas.
— Bon, j'arrive.

Caroline, qui préparait son petit déjeuner, avait tout compris à demi-mot.

— Ils se sont sauvés, c'est ça ?

— Non, c'est les gars de la carrière qui ont dû venir les récupérer.

— Qu'est-ce que tu comptes faire ?

— Les ramener.

Alexandre avala le fond de son bol de café et négligea les toasts que Caroline venait de sortir du grille-pain. Il alla chercher son blouson dans sa chambre et, en repassant devant la cuisine, il vit que Vanessa était levée, Caroline lui expliquait la situation.

— Attends, tu ne vas tout de même pas y aller seul ?

— T'en fais pas.

— Papa nous a dit qu'ils étaient toute une bande, je vais demander à Agathe de réveiller Greg.

— Il a vraiment la crève, dit Caroline, je l'ai entendu tousser toute la nuit.

— Vous savez quoi, reprit Alexandre, faut pas traîner, si ça se trouve, ils ont déjà balancé les chiots dans je ne sais quel camion.

Il descendit chez les parents avec le Lada. Avant de rentrer, il fit le tour du pavillon et comprit que les gars étaient passés par là, ils s'étaient fait la courte échelle pour atteindre la petite fenêtre, signe qu'ils étaient, comme il l'avait craint, bien renseignés. À l'intérieur il trouva Angèle et Jean complètement abattus. Sans un mot il alla dans leur chambre et prit deux fusils au-dessus du buffet, il réfléchit une seconde, puis passa la main sur le haut de l'armoire pour attraper deux bonnes poignées de munitions. Il recouvrit les deux armes avec son blouson pour ne pas effrayer ses parents.

— Bon, j'y vais, je vous tiens au courant.

Il sortit sans repasser par le salon, mais Angèle et Jean se levèrent pour l'accompagner. Dehors un bruit enfla, c'était celui de la mobylette : Kevin et Greg pesaient de tout leur poids sur cette pauvre 103 lancée dans la descente. Alexandre demanda à ses parents s'ils les avaient appelés.

— Non, répondit le père en s'approchant lentement de lui.

Jean avait vu le bout des canons qui dépassaient.

— Dis-moi, tu ne vas tout de même pas y aller avec ça !

Alexandre hocha tranquillement la tête et posa les armes dans le coffre du Lada au moment où Kevin et Greg arrivaient dans la cour.

— Ta frangine nous a prévenus, on vient avec toi.

Alexandre referma vite le coffre avant qu'ils ne voient les fusils, puis il soupesa du regard son beau-frère et son neveu. Greg avait le teint pâle mais semblait ragaillardi à l'idée de pouvoir décharger les paquets de colère qu'il accumulait depuis dix jours, quant à Kevin, Alexandre savait qu'il avait déjà approché ces types, à l'évidence c'étaient eux les responsables de ce coquard qui virait maintenant au violet. Dans le regard du père, il lut cette même perplexité, cette incrédulité qui le hantait lui-même. Ici en temps normal, tout était si calme.

Greg s'assit à l'avant, côté passager, et Kevin se glissa derrière. Sans plus de questions Alexandre se mit au volant et s'engagea dans le petit chemin qui montait vers les éoliennes. Voulant faire le malin, Greg se frappa le front.

— Oh merde, j'ai oublié de remplir mon attestation de sortie !

Alexandre et Kevin ne sourirent même pas. Pour Greg tout était un jeu, même éternuer trois fois de suite le plus bruyamment possible le faisait marrer.

Alexandre ouvrit sa vitre et se passa la main sur la nuque pour évacuer le stress. Greg crut bon de le réconforter :

— T'en fais pas, Alex, on va leur apprendre deux ou trois mois de français.

— C'est pas un jeu, là, je te préviens qu'on fout les pieds chez des tordus… d'habitude ils ne sont que trois, mais y a toujours du mouvement chez eux.

— T'inquiète, ton père m'a expliqué ce qu'ils trafiquaient, les fils de cuivre, le gasoil, le bois, c'est de la racaille, quoi… Un jour dans les campagnes, y aura plus que ça.

Alexandre n'avait pas envie de parler. Tout ce qu'il voulait, c'était récupérer les chiots avant que ces enfoirés ne les remettent dans le circuit, maintenant qu'ils étaient guéris et requinqués.

Dans le rétroviseur, Alexandre vit que Kevin avait passé le bras au-dessus de la banquette pour se stabiliser et que, du bout des doigts, il venait de découvrir ce qu'il y avait dans le coffre.

Le vieux turbo diesel accéléra en passant au pied des éoliennes, puis s'enfonça dans le bois, c'est là que Kevin commença à se trouver mal, cette décharge d'adrénaline qui emballe le cœur et renforce le diaphragme, voilà qu'elle lui coupait les jambes. Sentir son père, son oncle, ces armes et ce 4 × 4 qui frôlait de trop près de hauts arbres, soudain c'était trop, le réel lui tombait dessus comme des paquets d'eau de mer en vagues successives, jusqu'à ne plus pouvoir respirer.

Alexandre emprunta la départementale sur deux kilomètres, ralentit en arrivant aux alentours de l'ancienne carrière, tourna à gauche et s'arrêta juste avant d'arriver pour évaluer la situation de loin. Le portail du garage Allôpneus était relevé, le Roumain qui travaillait là-dedans devait être à son établi, ce gars-là ne posait pas de problèmes. Mais au pied du vieux pavillon, il y avait trois voitures, plus un fourgon ambulance, un Mercedes Sprinter flanqué de croix de vie bleues, signe qu'ils s'apprêtaient à bouger des marchandises, et certainement pas des malades. Alexandre comprit immédiatement que les chiots étaient à l'intérieur. Le problème, c'est que sur trois cents mètres, il leur faudrait avancer à découvert. Il se résolut à demander à son neveu de lui passer les deux fusils qui étaient derrière lui. Il les chargea de chevrotine avant d'en confier un à Greg, l'autre à Kevin, leur ordonnant de rester près du Lada le temps qu'il récupère les chiots. S'ils n'étaient pas dans l'ambulance, il faudrait aller vers le pavillon et là ce serait une autre histoire, dans ce cas ils y monteraient tous les trois.

Alexandre roula doucement jusqu'au fourgon Mercedes. Effectivement, on entendait geindre et aboyer, et pas seulement trois chiens, au moins une dizaine. À gauche, le gars du garage les regardait faire sans broncher. Il restait sous le pont élévateur à bricoler une voiture. Il siffla simplement son chien pour qu'il se tienne près de lui. Du côté du pavillon, personne ne se manifestait. Alexandre gara le Lada au plus près de l'ambulance, il priait pour que la porte coulissante soit ouverte, mais ce n'était pas le cas. Il dut monter dans le Mercedes par l'arrière en ouvrant les deux battants, ce qui décupla la cacophonie des aboiements, qu'importe, les trois chiots étaient bien là, serrés au point de ne plus pouvoir bouger, quant aux autres ils n'étaient que deux par cage, mais ce n'était pas mieux. Il avait du mal à se résoudre à les abandonner à leur sort. Au soulagement d'avoir retrouvé les siens se mêla une profonde colère, mais il n'y pouvait rien, ou alors il faudrait appeler les gendarmes de Limogne, ce qui serait mettre le doigt dans tout un tas de complications sans fin, peut-être même risquer de devoir rendre les bichons pour l'enquête parce qu'ils avaient été volés. Ces assauts de décibels ne l'aidaient pas à réfléchir, s'activer au beau milieu de ces aboiements était affolant, mais au moins il savait que si des gars sortaient du pavillon, son neveu et le beau-frère les tiendraient en respect. Ces chiots étaient devenus les êtres les plus précieux du monde, il posa leur cage dans le Lada et retourna dans l'ambulance pour ouvrir les autres cages, il fit sauter tous les verrous, ce qui libéra une quinzaine de chiens bondissants et fous, tous lui montaient dessus comme s'il avait eu des os de poulet plein les poches. Cette joie faisait mal, alors il les repoussa tout en leur flattant le crâne, tant et si bien qu'il ne réalisa pas tout de suite que Greg et Kevin s'étaient avancés jusqu'à la porte du pavillon, jamais il n'aurait dû refiler des fusils à ces deux cons.

— Qu'est-ce que vous foutez, bordel !

Ils ne lui répondirent pas, ne se retournèrent même pas, la violence leur tendait sa pente, à partir de quoi tout alla très vite. Alexandre comprit qu'il ne les arrêterait pas, car déjà ils entraient dans le pavillon. Depuis l'intérieur deux mecs se mirent à gueuler en les voyant débarquer avec tous ces chiens qui hurlaient derrière eux. Alexandre saisit la corde ornée d'un anneau de métal qui servait à mener les vaches et pressa le pas vers le perron. Kevin avait sans doute avoué à son père que ces types-là lui avaient piqué quelque chose d'important, de toute façon Greg n'attendait que ça, se faire des Roms.

À l'intérieur ça semblait remuer fort, ils allaient faire une connerie. Ces voyous, c'était bien eux, le problème, mais sur le moment, c'est à son beau-frère et à son neveu qu'il en voulait le plus, à son connard de beau-frère et à son branleur de fils qui profitaient de sa colère, de son 4 × 4, de ses fusils, pour aller récupérer ce shit que le morveux trimbalait depuis Rodez. Ils lui détournaient son règlement de comptes alors, quand il entra dans le pavillon, ceux qu'il avait envie d'exploser, c'était sa propre famille, mais il comprit vite que ça tournait mal. Dans la vaste pièce presque vide et aux volets fermés, sur les quatre types encore en caleçon, deux avaient déjà une matraque télescopique en main et les autres avaient chopé chacun une bouteille dont ils éclatèrent le fût pour exhiber le goulot tranchant. Cela n'empêcha pas Kevin d'avancer vers le plus grand en lui hurlant de lui rendre son shit. Greg tenait les trois autres en respect avec son calibre 12. Soudain sûr de son coup, il se mit à cracher dans leur direction en hurlant :

— Covid, Covid... !

Les gars marquèrent un temps d'arrêt en se consultant du regard, mais ils continuèrent d'avancer vers lui.

— Mais je vous dis que j'ai le Covid, bande de connards, reculez !

Ça le rendait fou que ces types-là ne le croient pas, ça le révoltait qu'ils s'en foutent, à croire que ces tarés étaient de vrais covidosceptiques. Leur royale indifférence le mit hors de lui, il perdit son sang-froid, il tira un coup en l'air, les grains de chevrotine fusèrent à 450 mètres-seconde. En plus de détoner avec une résonance atroce, ils débarbouillèrent le plâtre et, par déviation, deux types furent touchés et se plièrent en deux en se tordant de douleur. Kevin se mit à fouiller dans le grand fatras qu'il y avait un peu partout, Alexandre avait beau gueuler que ça suffisait, que maintenant il fallait y aller, il continuait de tout retourner jusqu'à remettre la main sur son sac Adidas, derrière le canapé. À ce moment-là, le grand brun se jeta sur lui et Alexandre eut peur que Greg tire de nouveau, alors, pour l'en empêcher, il fouetta de sa corde les jambes du grand brun, qui se prit l'anneau en métal dans le bas-ventre, ce qui le coucha net. Kevin recula pendant que son père continuait à jouer à l'artilleur qui couvre le repli de sa section d'assaut. Ça le démangeait d'appuyer une seconde fois sur la détente, de mater ces cons qui ne voulaient pas croire à la Covid, alors il le fit, mais dans le mur cette fois, et son tir déclencha d'autres éclats plein la pièce. Les quatre types se jetèrent au sol ; Alexandre, Kevin et Greg se ruèrent dehors, puis coururent jusqu'au Lada et démarrèrent pour se tirer aussi sec.

Alexandre vit dans le rétroviseur que le Roumain dans son garage retenait toujours son chien, sans quoi, pas de doute que le molosse leur aurait sauté dessus dès leur arrivée. Alexandre ne quittait pas le garagiste des yeux, il ne voulait pas lâcher le volant pour lui faire un signe de reconnaissance, leurs regards se soutinrent trois secondes, puis le Lada fila vers la route.

Avec des armes, des chiots en cage et du shit, plus que jamais il était urgent de ne pas traîner sur la départementale, ils bifurquèrent donc vers les bois et, une fois à couvert, Alexandre arrêta le 4×4 et coupa le contact. Il avait l'intention de leur hurler dessus, mais ils se firent tout trois rattraper par un grand silence, sinon que les chiots pétrifiés dans leur camisole de peur couinaient douloureusement. Alexandre sortit, ouvrit la cage et se baissa vers les trois chiots qui cherchaient à s'agripper à lui. Il finit par s'agenouiller en s'accoudant dans le coffre pour leur tendre son visage, les bichons lui léchèrent les joues, le front, les cheveux, comme s'ils s'abreuvaient de tendresse ou de reconnaissance, Alexandre ferma les yeux et se laissa envahir par ces doux assauts. Kevin et Greg s'en foutaient un peu de ces chiens, mais tout de même ils leur passèrent la main sur le poil. Alexandre se redressa vers ses deux coéquipiers, à présent ça ne servait plus à rien de se prendre la tête avec eux, le mal était fait, tout de même il leur reprit les deux fusils qu'ils avaient toujours en main. Eux s'attendaient à ce qu'il leur passe un savon mémorable, d'autant que maintenant c'est lui qui tenait les deux fusils. Contrecoup de l'émotion sans doute, Greg se mit à tousser comme s'il venait d'avaler de travers un verre d'eau, ou de gin plutôt, car on aurait dit qu'il avait la gorge en feu, au point que son fils, habituellement étranger à toute compassion, vint lui donner des tapes dans le dos.

Mercredi 25 mars 2020

« Nous sommes en guerre et sur proposition du chef d'état-major des Armées, face à ce qui se profile, j'ai décidé de lancer l'opération Résilience. Cette opération, distincte de l'opération Sentinelle qui se concentre sur la lutte contre le terrorisme, sera entièrement consacrée à l'aide et au soutien aux populations… »

Depuis deux jours Greg se retrouvait seul dans ce grand pavillon sans âme, et voir Macron raide et frigorifié dans un épais manteau sombre, avec une écharpe, noire elle aussi, fit redoubler sa fièvre. Au milieu des tentes militaires d'un hôpital de campagne, le président de la République faisait son allocution. Son visage blême était sauvé de la nuit par la lumière jaunâtre d'un projecteur antiaérien. Par intermitence, le bruit d'un hélicoptère couvrait sa voix. Cette mise en scène, pensée pour rassurer les foules, foutait les jetons. Ce Macron, Greg ne le supportait pas, ça aurait dû lui faire plaisir de le voir à ce point transi, seul, dépassé par les événements, ça aurait dû le réjouir de le voir s'efforcer de ne pas grelotter en parlant de trains réquisitionnés, d'hôpitaux submergés et de soignants de plus en plus nombreux à tomber au front chaque jour, et pourtant ça le désolait. Le président reprit son souffle, et Greg crut entendre quelque chose dehors, mais déjà le président poursuivait :

« ... J'ai d'ores et déjà décidé de déployer immédiatement le porte-hélicoptères amphibie *Mistral* dans le sud de l'océan Indien... Des opérations de transport sanitaire aérien et maritime ont déjà été réalisées par des avions ravitailleurs, dont les opérations Morphée de l'armée de l'air, le porte-hélicoptères amphibie *Tonnerre*. Partout, je le sais, nos militaires sont prêts et déterminés... »

Cette fois il en était sûr, il y avait quelqu'un dehors.

Greg se précipita à la fenêtre du salon.

Il avait demandé à son beau-frère de lui laisser les fusils à canon lisse, Alexandre se réservant les carabines. Afin de les protéger de tout risque de représailles des types de la carrière, les parents étaient montés à la ferme avec les chiots, où ils avaient retrouvé la chambre qu'ils occupaient trente ans plus tôt. Tout le monde s'était mis d'accord pour que Greg reste seul au pavillon, le temps que sa fièvre retombe, que sa toux passe, et surtout que Debocker vienne ausculter ses poumons et jeter un œil à ce ganglion qu'il sentait grossir au niveau du pharynx.

Greg scrutait la nuit au travers des claires-voies. En vain. Dans la cour il n'y avait rien, alors il colla sa joue contre le ventail pour sonder l'obscurité, soudain trois grands coups heurtèrent le volet, qui le secouèrent comme autant de baffes.

— Qu'est-ce que tu fous dans le noir, allume le perron, bordel !

Il faillit pleurer de soulagement en reconnaissant la voix d'Alexandre.

— Mais ouvre ce volet !

Greg eut du mal à décoincer l'espagnolette prise par le bois qui avait travaillé. En ouvrant enfin, il trouva Alexandre, les mains pleines.

— Eh bien, t'es en bonne compagnie !

Greg se tourna vers la télé, Macron semblait toujours aussi perdu au milieu des tentes militaires, son allocution réfrigérante plongeait la pièce dans une pénombre bistre et humide.

— Alors, ça se passe bien avec ton pote ?

Vexé, Greg baissa les yeux avant de se justifier :

— Y a pas de réseau ici, alors je suis bien obligé de regarder la télé.

Il attrapa le Tupperware et la bouteille de vin qu'Alexandre lui tendait, ce soir il mangerait du confit de canard, là-haut ils allaient commencer à dîner.

— T'as pensé aux Doliprane ?

— Je t'ai laissé la boîte hier.

— Il n'en restait que trois, j'ai pris le dernier à midi.

— On rappellera demain la pharmacie, mais je t'assure que je bluffe pas, ils n'en ont plus.

— Et ton vétérinaire, il peut pas m'en avoir ?

— Il va venir, je t'ai dit, il fera ce qu'il peut.

— Mais à quelle heure ?

— Quand il aura fini, tard sans doute. Bon, et à part ça, tu tousses toujours ?…

Il suffisait qu'on lui pose cette question pour qu'une quinte nerveuse le reprenne.

— OK, je vois.

— Non, je ne tousse pas, je me mouche sans arrêt, j'ai mal à la gorge, mais je ne tousse pas.

— Eh bien moi je trouve que tu tousses encore plus gras qu'hier.

— C'est vos saloperies de pollens, je suis pas habitué à la campagne, le grand air, tout ça, je suis pas fait pour ça !

— T'as toujours de la fièvre ?

— Ton vieux thermomètre, je suis sûr que c'est celui que vous fourrez dans le cul des vaches…

— Évidemment, hier quand je te l'ai passé, il sortait de celui de Reinette, pour que tu t'imprègnes bien de la campagne.

— Pauvre con !

— Va plutôt réchauffer tout ça sur la gazinière, sinon tu vas tout foutre par terre.

Greg porta son ravitaillement jusqu'à la cuisine puis, comme vaincu par la solitude et la fièvre, il demanda à Alexandre de rester dîner avec lui.

— Je te rappelle que t'es en quarantaine, alors on ne va pas faire d'histoires.

— Mais vous me faites chier, je l'ai pas, ce virus, et d'abord, où veux-tu que je l'aie chopé ?

— À Intermarché y a pas un emballage que t'as pas tripoté, et tu t'es engueulé avec tout le monde.

— Arrête tes conneries. Et puis j'ai les jetons ici, si les autres Roumains débarquent, qu'est-ce qui se passe ?

— T'es barricadé comme dans un fort, t'as deux armes, et t'as pas voulu que je te laisse Lex et Max…

— Mais ils me font peur, tes chiens.

— Eh ben s'ils débarquent, tu m'appelles, je n'éteins pas mon téléphone... Salut !

Greg dîna seul devant la télé, le son au plus bas, à l'affût du moindre bruit. Cette nuit-là encore il resterait sur le canapé du salon, à attendre que le sommeil le dérobe au réel. À cause de la fièvre, tout résonnait bizarrement sur les chaînes d'info ce soir-là, une jeune femme brune plongée dans la nuit londonienne annonçait que le prince Charles était confiné dans le château de Balmoral, il venait d'être testé positif, preuve que lui, au moins, avait les moyens de se faire tester. Ses symptômes étaient légers, mais le prince était contraint de s'isoler avec la duchesse Camilla. Greg se sentit moins seul, d'autant que sur le plateau des commentateurs affirmaient que ce serait Albert II de Monaco qui lui aurait refilé le virus, lui aussi positif, la question était désormais de savoir quand le prince Charles avait vu la reine pour la dernière fois et s'ils s'étaient fait la bise, auquel cas elle risquait d'être contaminée elle aussi.

Greg était en nage, perclus de courbatures, mais satisfait de savoir que ceux-là devaient l'être aussi, sauf qu'eux ne devaient pas manquer de Doliprane.

Lui-même essayait de se souvenir à quel moment il aurait bien pu attraper ce virus. L'Intermarché, c'était moins chic que Monaco, ou alors c'était à cause de ces Roumains. Ce pouvait tout aussi bien être Caroline ou Vanessa, puisqu'on disait que quatre-vingts pour cent des contaminés étaient asymptomatiques. Plus il réfléchissait, plus il se persuadait que c'était sans doute sa belle-famille qui l'avait contaminé.

Le lendemain, il demanderait de la chloroquine au vétérinaire, et même s'il n'avait plus de nouvelles d'Alban, de Saïd et d'Éric, il voyait bien, en suivant leur compte Twitter, que ce truc-là marchait, et la chloro le soignerait d'autant mieux s'il n'avait pas le virus.

Il ramena la couverture sur lui. Sans s'en rendre compte il ferma les yeux et sentit les rayons du soleil. Il faisait grand beau sur la baie de Monaco, il n'avait jamais vu un bleu pareil, une mer qu'on aurait dite peinte. Des majordomes en livrée se glissaient entre les invités et leur tendaient des plateaux chargés de verres d'eau et de boîtes de médicaments. La reine d'Angleterre saluait les uns et les autres mais sans jamais se laisser approcher, alors que Donald Trump tapait dans le dos de tout le monde en racontant à qui voulait l'entendre que Central Park servirait bientôt de fosse commune, parce qu'il n'y avait plus de place sur cette île où jadis on enterrait les morts du sida. « Testez, testez, testez », répétait le patron moustachu de l'OMS en passant d'un groupe à l'autre, la terrasse était immense et surplombait l'été, quelqu'un sonna à la porte d'entrée mais personne n'y prêta attention, alors la sonnette retentit de plus belle, une sonnette criarde et mal en point qui s'obstina jusqu'à le réveiller... À la télé, les informations avaient fait place à un opéra en trois actes et il était allongé sur la télécommande, avec la flemme de se redresser. Il devait être très tard, pourtant c'était bien à sa porte qu'on sonnait. Greg repoussa la couverture, son téléphone sonnait aussi, c'était Alexandre qui l'engueulait : depuis cinq minutes, le vétérinaire attendait à la porte.

En ouvrant avec précipitation, il fut saisi par une vision qui lui coupa les jambes, devant lui le bonhomme portait un masque blanc, une surblouse bleu ciel et des lunettes de protection.

— Ah tout de même, je commençais à m'inquiéter !

Tel un cosmonaute pressé, il entra sans attendre que Greg l'y invite.

Debocker avait déjà filé dans la cuisine, là il ouvrit aussitôt la fenêtre et fit asseoir Greg sur une chaise, il lui rappela qu'il était vétérinaire et non médecin, qu'il ne lui donnerait donc qu'un avis. Déjà Greg ne l'écoutait plus, il se sentait totalement dépassé par la situation. L'homme enfila des gants en latex avant de commencer à l'examiner, il lui tâta le cou, regarda sa gorge, lui posa un oxymètre au bout de l'index qui se mit à clignoter, passa un stéthoscope et lui demanda de prendre une grande inspiration, puis de souffler bien fort en direction de la fenêtre, et de le faire une seconde fois, plus fort encore…

— Vous fumez ?

La question le faucha net.

— Oui, pourquoi, ça se voit ?

— Non, ça s'entend.

Il était une heure du matin, Debocker se laissa tomber sur la chaise de l'autre côté de la table, il semblait épuisé. Il sortit un bloc et un stylo de son sac, puis resta immobile à fixer Greg avant de murmurer :

— J'avais promis à Alexandre de passer plus tôt, mais on a eu un vêlage compliqué vers Villefranche, pardon de vous avoir brusqué en arrivant.

— Je comprends, et alors, vous en pensez quoi ?

— Ce que je vois évoque une angine, sans doute à streptocoque, mais pas nécessairement une infection Covid. Pour en être sûr, il faudrait faire un test chez le pharmacien.

— Un test Covid ?

— Ceux-là, ils les réservent pour les cas graves, non, je vous parle d'un test de diagnostic rapide mais d'angine, pour savoir s'il faut vous mettre sous antibiotiques ou pas.

Soudain bouleversé de reconnaissance, Greg voulut embrasser le véto, à tout le moins lui serrer la main.

— Oh là, doucement, une angine aussi ça se refile, alors dites-vous bien que vous êtes contagieux, et encore une fois je ne peux pas exclure à cent pour cent que ce n'est pas le Covid, ça siffle un peu derrière les côtes, dans le bas des poumons, alors restez prudent. Vraiment.

Mais de nouveau Greg n'avait plus peur, de nouveau il se disait qu'on faisait bien des histoires pour un malheureux virus, et alors que Debocker lui détaillait le long courrier qu'il était en train de rédiger, lui précisant d'aller chez tel pharmacien et pas un autre, il se dit qu'il avait enfin trouvé l'interlocuteur idéal à qui faire part de ses états d'âme, parce que en France on en faisait des tonnes, alors qu'en Suède on ne partait pas dans ces délires et là-bas, tout se passait bien.

— Franchement docteur, c'est pas humain de confiner les gens comme ça, y a de quoi devenir fou, rien que moi ici, avec mon bistro qu'a fermé, je deviens fou !

Debocker le regarda fixement, puis ses yeux firent le tour du salon.

— Y a combien de pièces ici ?

— Euh, je sais pas moi, il doit y en avoir cinq ou six.

— Sans compter les granges, les terrains, les bois, les causses, plus de cent hectares, je crois…

— Oui, c'est sûr qu'ici c'est pas la place qui manque.

— En Suède les seules victimes jusqu'à présent, ce sont ceux qui vivent à dix dans un deux-pièces, des familles qui s'entassent dans les quartiers pauvres. Les Syriens, les Irakiens, les immigrés qui sont arrivés ces dernières années. Alors le modèle suédois, c'est sûr que ça fait plaisir à la fachosphère.

Greg le prit pour lui mais n'osa pas répondre, surtout que le bonhomme semblait épuisé, il se passait la main sur le visage et transpirait à cause de son masque. Lorsque le vétérinaire se releva, l'horloge indiquait une heure et demie du matin. Greg réalisa qu'il avait complètement oublié de demander s'il lui devait quelque chose. L'autre refusa d'un geste las et se dirigea vers le couloir. Il ouvrit la porte mais, avant de sortir, il se retourna vers Greg.

— Ce qui est bizarre, c'est que dans les années quatre-vingt la Suède a été le premier pays à interdire les élevages en batterie. Mais pour les animaux seulement… C'est drôle, non ?

Une fois dehors, Debocker ôta son masque et ses gants qu'il fourra dans sa poche, et posa son sac sur le siège passager de sa voiture. Greg, dans le halo de lumière du seuil, l'entendit ajouter :

— Au fait, j'ai vu que vous aviez de la terre sous

les ongles, vous leur donnez un coup de main aux champs ?

— Oui, avant-hier on a planté des patates avec la vieille machine là-bas, celle qu'est toute rouillée.

— Alors faudra vous mettre à jour pour le tétanos. Quand on travaille la terre, ça ne rigole pas.

Dimanche 29 mars 2020

Le dimanche, le père ne réglait son réveil qu'à sept heures, mais ce matin-là, quand la sonnerie retentit, il faisait encore nuit, aucun rayon ne perçait au travers des volets. Il eut comme un assaut de panique en se réveillant dans le noir alors que les rideaux n'étaient même pas tirés. Tout en veillant à ne pas trop bouger, il saisit le radio-réveil qu'Alexandre leur avait passé, oubliant qu'il y avait un fil, ce qui manqua de faire tomber la lampe. Les chiffres lumineux affichaient pourtant bien sept heures. Le soleil ne s'était pas levé.

Il prit sa lampe de poche, les trois chiots dormaient toujours au pied du lit, le réveil ne les avait pas fait bouger, puis il sortit de la chambre sans bruit. La ferme tout entière était plongée dans le plus complet silence. Dans la cuisine, la vieille horloge de la gazinière affichait six heures dix. N'étant plus sûr de rien, il jeta un œil à la comtoise du salon, là aussi il était un peu plus de six heures. Pour la première fois de sa vie, il venait de se faire avoir par le changement d'heure. Tous les réveils électroniques s'étaient ajustés d'eux-mêmes dans la nuit, alors que les mécanismes à l'ancienne n'avaient pas bougé, il se retrouvait perdu avec une heure d'avance sur le monde, ne sachant pas s'il devait se recoucher ou prendre son petit déjeuner, au risque de réveiller la maisonnée.

Les autres se lèveraient donc encore plus tard que d'habitude pour récupérer cette heure de sommeil volée. Ça lui faisait drôle de savoir que dans les chambres autour, Alexandre, Caroline, Agathe et Vanessa dormaient tranquillement. Voilà qui le transportait au siècle précédent, quand tous n'étaient encore que des enfants. En allumant la lumière de la cuisine, il retrouva l'ampoule à filament avec son abat-jour d'opaline. Alors il décida de faire comme à l'époque où il se levait à cinq heures et se retrouvait seul à cette même table. Le frigo avait changé, il en sortit du fromage et du jambon, mais pas le beurrier, puisque le beurre, il avait dû arrêter. Le pain était toujours posé au même endroit, sur le buffet. Il ne retrouva pas la cafetière italienne en aluminium qui se dévissait, Alexandre avait acheté une machine à dosettes pleine de touches à laquelle il ne comprenait rien. En fouillant dans les placards, il trouva un pot de Nescafé. Les granulés de café soluble étaient agglomérés à cause de l'humidité, mais une fois qu'il eut versé de l'eau chaude, ça sentit gentiment l'arabica au-dessus du bol.

Quand Alexandre arriva, mal réveillé, Jean s'attendit presque à ce que son fils se baisse pour lui faire une bise, enfant il le faisait chaque matin.

— Tu ne savais pas qu'on changeait d'heure ?
— Si, mais je me suis fait avoir par ton réveil.

Alexandre posa une main sur l'épaule de son père, manière de le saluer.

— Cette heure d'été, ça n'a plus de sens, maintenant que le pétrole est à zéro dollar le baril, ça ne sert à rien de l'économiser.

— Quoi donc ?

— Le pétrole !

Le père regardait Alexandre mettre en marche sa cafetière électronique, sans même chercher à comprendre comment il s'y prenait.

— En tout cas je me souviens qu'à l'époque, ces changements d'heure, ça perturbait les vaches.

— Je te rassure, ça les perturbe toujours.

En mordant dans sa tartine, Jean regardait le jour se lever sur les collines depuis ce même bout de table et par cette même fenêtre aux rideaux rouge et blanc qu'autrefois. À l'époque, il sortait dans le petit matin frais pour s'occuper des bêtes.

— Ça me manque.

— Le pétrole ?

— Non, les vaches.

Alexandre n'aimait pas ces accès de nostalgie auxquels ses parents s'adonnaient peu d'habitude, mais depuis qu'ils étaient remontés à la ferme, le passé les envahissait. Il changea vite de sujet :

— Alors, p'pa, prêt pour le grand voyage ?

— Attends, on ne va pas à l'autre bout du monde !

— Dans son genre, la Reviva, c'est un peu le bout du monde quand même !

— En tout cas, ça leur fera du bien à tous de bouger.

Constanze avait d'abord songé à abattre ses pins malades puis à les brûler discrètement avec Alexandre, sans prévenir personne, mais le risque était grand que de lointains voisins aperçoivent des fumées et la dénoncent. En urgence, elle avait donc décroché une dérogation préfectorale, si bien qu'à titre d'intervention sanitaire, on l'autorisait au brûlage exceptionnel de ces arbres à condition qu'elle garantisse un nombre suffisant de personnes autour du foyer pour parer à tout débordement. Avec une dizaine de personnes munies de tuyaux et d'extincteurs, il n'y avait pas de risques que la nature s'embrase, seule une alerte au coup de vent de Météo France aurait pu contrarier le programme de la journée, mais de vent ce matin-là, il n'y en avait pas.

— Tu couperas seul ?
— Ben oui, puisque Greg est malade. Et j'ai pas envie de mettre une tronçonneuse dans les mains de Mathéo. Et encore moins de Kevin. J'ai déjà vu ce qui se passait quand on lui filait une mobylette et un fusil, ça va comme ça.
— Comment ça, un fusil ?
— Non, rien.

À partir de là s'amorça la partition intemporelle d'un dimanche aux Bertranges, sauf que désormais les chiots omniprésents se mêlaient à la famille reconstituée. La mère leur avait ouvert la porte en se levant et depuis ils s'agitaient aux pieds du père, en proie à une excitation incontrôlable. Sans aboyer ils s'activaient en tous sens, se dandinant pour exprimer leur joie totale et leur faim de tout.

Angèle avait passé un gilet sur sa chemise de nuit. L'odeur de café venait de cette machine dont Alexandre ne cessait de se servir, voilà au moins trois fois qu'il lançait un expresso, et un de plus pour le père, un nouveau pour sa mère, puis un autre qu'il but, ce bruit agaçant de compresseur semblait le ravir.

— Tu deviens gaga, dit Angèle en se préparant sa tartine.

Alexandre le prit pour lui, alors qu'elle s'adressait à son mari. Les trois chiots avaient d'office grimpé sur les genoux de Jean. Ici il y avait eu de tout, des chiens en plus des vaches, des poules et des lapins, un hamster quand les mômes étaient petits et même des buses estropiées et un renardeau, plusieurs chats bien sûr, mais dans tout ce bestiaire, jamais aucun animal ne s'était permis autant de familiarité avec le patriarche.

Le père retrouva le réflexe d'empoigner un des bâtons qu'il trouva le long de la grange avant d'aller voir les vaches. La mère resta dans la cuisine et c'est Caroline qui la rejoignit la première, déjà douchée et habillée comme du temps de l'enfance. Agathe arriva dans la foulée, mais toujours en tenue de nuit, alors que Vanessa restait au lit, comptant sur les autres pour lui dire qu'il était temps de se lever.

La veille, Agathe était allée voir l'ancien café-épicerie Le Paradou, tout aussi abandonné que la gare. En signe de bonne volonté, Caroline l'avait accompagnée et ce matin encore, Agathe revenait sur l'idée de le reprendre. Elle disait y avoir réfléchi toute la nuit à cause de l'affiche à la gare qui indiquait que le département allait transformer l'ancienne voie ferrée en une voie verte qui traverserait la France. Avec ce tourisme vert ajouté à cette folie autour du chemin de Compostelle qui attirait des pèlerins du monde entier sur le plus petit sentier, Le Paradou pourrait peut-être devenir une affaire mirobolante.

La mère haussa les épaules.

— Mais tu vois bien que les gens ne voyagent plus, le monde est bouclé à double tour.

— Justement, répondit Caroline, demain ils réapprendront à ne plus voyager loin, ils ne voudront plus prendre l'avion pour se retrouver dans la foule des plages gavées de soleil, non, ce qu'ils chercheront, c'est de petits chemins ombragés et des rivières tranquilles, tu verras.

Angèle ne voulait pas y croire, selon elle ce serait un drame si du monde se mettait en tête de débarquer chez eux, en tout cas ils comprendraient vite que par ici il n'y avait rien.

— Mais justement, si Agathe reprenait Le Paradou, ça recréerait de l'activité, une voie verte, ça amènerait des milliers de touristes à vélo.

— Si tu le dis. En tout cas, c'est pas ça qui nous fera revenir un médecin.

Agathe sentit son téléphone vibrer dans la poche de son peignoir et découvrit une série de textos que Greg lui avait envoyés. Depuis cinq jours il les fatiguait tous, et ce virus, s'il l'avait, ça voudrait dire qu'il l'avait déjà probablement refilé à toute la maisonnée, si bien que sans l'avouer, tous étaient suspendus à la température de Greg, aux maux de gorge de Greg, au taux de saturation de Greg, tous s'auscultaient à travers lui. Alors, cette virée à la Reviva, ce serait bien plus qu'une parenthèse : une libération.

— Comment il va ?

— Je ne sais pas, maman, il me dit juste qu'il a mal dormi.

— Il a toujours de la fièvre ?

— Ton vétérinaire a bien dit que c'était une angine, alors c'est normal qu'il ait encore de la fièvre.

— Oui, enfin Debocker, c'est pas non plus un médecin.

— Il dit qu'il veut venir avec nous.

— Greg ? Ah ça non !

Voulant se montrer arrangeante, Caroline souffla à sa sœur qu'Alexandre pourrait peut-être lui passer les clés de la bétaillère, comme ça il viendrait de son côté, en les suivant.

— Oui, mais de loin, plaisanta Vanessa qui venait d'entrer dans la cuisine. Qu'il nous suive, d'accord, mais de loin.

— Y a que par le feu !

Le père ne cessait de passer la main sur les écorces, il grattait les galeries et les sciures creusées par ces minuscules bestioles. Cette fois il la touchait du doigt, la fameuse épidémie tout juste débarquée de l'Est, il l'avait sous les yeux, la tempête silencieuse qui avait profité de deux hivers trop doux pour attaquer. Ce manque de froid qu'il regrettait sans cesse empêchait les larves de mourir. Elles donneraient donc jour à des milliards de nouveaux insectes qui eux-mêmes, à force de proliférer, auraient vite fait d'envahir tout le continent.

— Y a que par le feu qu'on se sortira de tout ça.

Greg avait doublé la dose de Doliprane pour venir avec les autres jusque dans cette forêt sauvage. Il s'efforçait de faire bonne figure mais il se sentait mal et n'arrivait plus à parler. Le moindre mot lui lacérait la gorge. Il était d'autant plus gêné qu'en plein jour ses cernes et son teint pâle étaient encore plus apparents. Il savait que sur son visage se lisait la trouille qui l'avait repris d'être contaminé, c'est pourquoi il préférait rester dehors avec Alexandre et le père au pied de ces épicéas immenses. Son beau-frère jaugeait les arbres, il semblait sûr de lui et répondait aux inquiétudes de son père, lui assurant qu'il n'en aurait pas pour longtemps, le tout était de les coucher tous les six dans le même sens et de les débarder sur quelques mètres avec le treuil du 4×4, peut-être même sans avoir à les débiter, après tout un pin pèse moins qu'un chêne.

— Non, je crois que tu ferais mieux de les abattre par démontage, lui assura le père, surtout ce grand-là, il penche à l'opposé de ta direction de chute.

— Mais non, on est au bord du chemin et le terrain est plat, ne va pas tout compliquer, de toute façon faut pas éparpiller les branches, parce que après faudra tout brûler en faisant un tas bien compact.

— Fais comme tu veux, abandonna le père. Par contre faudra vraiment faire gaffe, par là tout est sec comme en juillet.

— C'est bien pour ça que vous êtes là !

Greg observait Alexandre, il enviait l'agilité de son beau-frère, son aisance, au point qu'il se sentit coupable de le regarder faire sans l'aider en rien, alors il s'approcha pour lui proposer un coup de main.

— Attends, déjà que t'es malade, va pas choper le scolyte en plus !

— Ah bon, parce que ça s'attrape, ce truc ?

Alexandre n'osa pas rire de sa propre blague.

Greg alla s'asseoir sur une souche un peu en retrait, ça le désolait de ne pas participer à la manœuvre, tout comme le désolait le fait de paraître faible et vaincu. Ces deux-là au contraire, il les trouvait vaillants et maîtres de leur sort, ils se battaient contre le virus des arbres comme s'il allait de soi qu'ils vaincraient.

Constanze avait préparé un véritable festin composé de plusieurs tartes aux légumes et aux fruits. Elle voulait attirer tout le monde à l'intérieur, bien à distance du chantier de coupe, afin d'éviter un accident pendant qu'Alexandre faisait tomber les arbres. Ensuite, tous seraient mis à contribution pour monter le foyer et surveiller le feu.

Sans se l'avouer, les trois sœurs regardaient Constanze avec une lointaine fascination. Elles ne s'étaient pas vues depuis longtemps et se retrouver ainsi avec elle, c'était comme replonger au temps de l'adolescence. À leurs yeux, elle restait pour toujours l'Allemande, l'étrangère blonde qui avait réussi à enlever leur frère sans même le faire changer de place. Puis, telle une déesse, elle avait disparu à l'autre bout du monde, leur frère l'avait attendue jusqu'à ce qu'elle revienne près de lui. Mais les trois sœurs étaient surtout déstabilisées par cette complicité qu'elles découvraient entre Constanze et leur mère. Elles étaient proches parce qu'elles menaient la même vie, une existence centrée sur les préoccupations du dehors, de la nature, des insectes et du temps qu'il faisait, toutes ces considérations qui leur paraissaient accessoires. Chacun avance en âge en reniant des parties de soi-même, mais Constanze semblait toujours aussi entière, intacte. Autrefois elle parlait de sauver le monde, maintenant elle le faisait. Ces parcelles de planète qu'on préserve, c'est de l'avenir qu'on enfante, d'autant que d'enfant, elle n'en avait plus, et cela ne la rendait que plus lucide, car pour envisager sincèrement le devenir du monde, il faut se déprendre de ses repères humains, de ce petit horizon égoïste qu'on concentre autour de sa descendance. Bien souvent, les enfants bouchent la vue, à travers eux on ne voit pas au-delà de quelques décennies. On reste focalisé sur l'infime parenthèse d'une nature à l'équilibre, à l'échelle d'une vie ou deux, alors que la terre relève d'un tout autre rythme.

Kevin et Mathéo avaient demandé la permission de partir à la découverte de ce bâtiment étonnant et le parcouraient en tous sens, ils n'en revenaient pas de ce gigantesque vaisseau de bois perdu dans la forêt. Les trois chiots les suivaient à la trace comme pour surveiller leurs faits et gestes. À force d'entendre les plaintes féroces de la tronçonneuse et ce fatras énorme qui faisait trembler la forêt chaque fois qu'un arbre tombait, ils eurent envie de voir de plus près ce que fabriquait leur oncle. Constanze était bien trop pétrie de confiance en autrui pour leur refuser quoi que ce soit.

Les deux garçons virent le dernier arbre tomber, fascinés par ce spectacle. Une fois les géants de cinq ou six tonnes à terre, Alexandre plongea dedans sa tronçonneuse pour les débiter, ce qui déchaîna des rugissements déchirants.

Caroline, Agathe et Vanessa les rejoignirent et aidèrent Constanze à rassembler les branches que leur frère détaillait dans les ramures. Afin de préparer le feu, Alexandre demanda à ses neveux de ramasser un maximum de pommes de pin, autant de petites bombes combustibles qui allaient entretenir le foyer. Puis vint le moment où l'on s'assura d'être tous bien à distance du tas de bois, Alexandre vida alors son jerrican sur les arbres amoncelés, il disposa des allume-feu et de hautes flammes s'élevèrent d'un coup. L'idée, c'était de l'allumer sans attendre, en comptant que le brasier bien arrosé d'essence prenne vite et fort, puis baisse d'intensité à la tombée du jour. Ainsi ils profiteraient de la nuit pour repérer le moindre brandon, la moindre étincelle qui s'échapperait.

Kevin et Mathéo prenaient tout cela pour un jeu. Ils avaient l'impression de se trouver plongés dans une scène hyperréaliste d'un jeu de destruction, un Minecraft grandeur nature, mais depuis que le feu avait pris dans ces gisants, une excitation douteuse s'était levée en eux. Maintenant les flammes leur faisaient même un peu peur, parce qu'elles étaient d'une beauté et d'une violence surprenantes.

Greg se tenait toujours en retrait. Ça le blessait sacrément de devoir rester à distance de ses fils, de sa femme, de son beau-frère et des autres.

La nuit tomba sur un brasier encore géant, les flammes n'avaient que peu diminué et, dans l'obscurité, le feu envahissait l'espace. Contanze avait décidé qu'on dînerait près du foyer, elle apporta un jambon de Parme que des Italiens lui avaient offert ainsi qu'une demi-tomme, et on grilla des pommes de terre sur les abords incandescents du chantier de brûlage. On avait même déplacé une table et de larges chaises à accoudoirs. Tous mangèrent en gardant un œil sur le monstre peu à peu vaincu, la térébenthine des troncs avait pris le relais de l'essence pour consumer ces êtres malades. Les scolytes et leurs larves s'en tenant à l'écorce et aux couches tendres du bois, il était certain que le feu les avait déjà éradiqués. Les zones contaminées s'envolaient en fumée.

Ce fut pour eux comme une traversée. Ce repas au chevet d'un brasier tenait du dîner au bord d'un océan, un océan d'abord démonté, puis assagi. En diminuant enfin, les flammes leur restituèrent la nuit, le ciel autour d'eux retrouva ses contours. Le premier quartier de lune n'étant pas encore levé, dans ce noir complet le père releva encore une fois qu'il n'y avait pas le moindre clignotement là-haut, aucun avion. Depuis des décennies on n'avait pas vu cela, un ciel de nuit pur, inhabité. La veille, Jean avait entendu dire qu'à Venise l'eau avait, en quelques jours, retrouvé sa pureté originelle, les dauphins remontaient les canaux, la terre se libérait, comme au Moyen Âge lorsque la peste noire avait restitué des millions d'hectares de culture à la nature sauvage en tuant un tiers de l'humanité.

Si certains avaient parfois la sensation d'être seuls au monde, ce fut bien leur cas ce soir-là.

Constanze demanda à Agathe de lui parler de son projet de reprendre Le Paradou, Kevin avait envie que son grand-père lui raconte plus en détail cette histoire de safran à trente-deux euros le gramme, il voulait savoir s'il était vraiment possible d'en produire plusieurs kilos par hectare de fleurs. Malgré la chaleur du brasier, Greg avait froid, alors il regagna le bâtiment après avoir obtenu de Constanze qu'elle lui explique comment allumer le décodeur pour la télé.

Une fois là-haut, emmitouflé dans une couverture

de yak, il dut admettre que ce virus avait également soudé les peuples, dès lors l'humanité ne faisait plus qu'un tout, il en avait les preuves. Maintenant que la Chine était sortie d'affaire, elle allait envoyer vingt-six tonnes de matériel humanitaire à la Russie. Dans ces montagnes de cartons il y avait de tout, des thermomètres infrarouges, des masques, des respirateurs, des vêtements et beaucoup de médicaments, mais il eut beau tendre l'oreille, il n'entendit pas parler de chloroquine. De son côté, le ministère de la Défense russe annonçait l'envoi aux États-Unis d'un Antonov An-124, un avion porteur des forces aériennes russes, avec à son bord des masques et de l'équipement médical. Selon le porte-parole du Kremlin, Dmitri Peskov, cette aide d'urgence avait été décidée lors de l'entretien téléphonique de la veille entre le président russe Vladimir Poutine et son homologue Donald Trump. Les États-Unis étaient frappés de plein fouet par la pandémie. Plus tôt dans la journée, Dmitri Peskov avait fait aux agences de presse russes cette déclaration simple et complexe : « Aujourd'hui, cette situation touche tout le monde sans exception et devient globale, il n'y a pas d'alternative aux actions dans l'esprit du partenariat et de l'assistance mutuelle. » Il dit aussi espérer que les États-Unis feraient de même si la Russie était confrontée à une situation difficile, ce qu'approuva aussitôt le porte-parole du département d'État américain. Déjà, la semaine précédente, la Russie avait dépêché plusieurs avions avec des virologues, de l'équipement médical, des laboratoires et des systèmes de désinfection mobiles vers l'Italie où les hôpitaux débordaient et les morts se comptaient par milliers.

Greg était déboussolé par tout cela, tous ces avions militaires qui ne donnaient plus que dans l'humanitaire, il était écœuré en un sens, amer de réaliser que seule la peur conduisait à la raison et réveillait les consciences. Mais le résultat était là, il devait bien admettre que le monde, face au spectre d'un réel péril pour l'espèce, marchait maintenant vers la concorde, le monde se coalisait. La trouille initie la paix, se disait-il. Cette paix qui l'enveloppait en ce moment même, comme un besoin de se recroqueviller, une paix un peu honteuse, pas très noble, mais méritée. Au moins ce soir-là, dans les replis d'une forêt bien planquée, pour la première fois il éprouvait le mirage d'un monde fraternel.

Ils partirent tous marcher dans la nuit, afin de repérer la moindre étincelle évadée du foyer, qui aurait risqué, malgré la fraîcheur qui tombait, de déclencher un incendie dans cette forêt. Mais non, tout était calme. Sous leurs pas il n'y avait pas d'autres bruits que les rameaux qui crépitaient. Chacun goûtait l'onde pure du soir, un apaisement inédit les gagnait. Cette soirée au chevet du brasier avait peut-être dissipé cette angoisse qui depuis un mois hantait les corps. Cette universelle parenthèse, maintenant ils étaient en plein dedans. Cette portion de temps affranchi, ils la vivaient pleinement, avec l'illusion qu'à partir de là tout s'apaiserait, que la vie repartirait sur de nouvelles bases, et que tout un chacun ferait de même. Il y aurait bien un après, et déjà il était là, autour d'eux, dans cette forêt vierge de tout ressentiment. Kevin et Mathéo marchaient devant, les trois sœurs leur emboîtaient le pas, précédant les chiots qui levaient haut les pattes pour avancer au milieu des racines et des ronces. Angèle et Jean suivaient juste derrière, avec encore bien plus d'hésitation, ils s'arrêtaient souvent pour détailler les ombres, deviner tel ou tel bruit et éviter de buter sur quelque chose. Constanze et Alexandre fermaient la marche, se tenant la main sans y penser, sans que ça se sache. Maintenant que les pupilles s'étaient acclimatées, ils voyaient tous dans la nuit, l'inconnu était apprivoisé.

— Tu vois, papi, à force on n'a plus peur, lança Mathéo à son grand-père sans se retourner.

— Et t'avais peur de quoi, de la nuit ?

— Non, du virus, du confinement, tout ça…

— C'est bien. Alors dis-toi qu'un jour, de cette peur on en rira. Peut-être même qu'on la regrettera.

— Ah bon, pourquoi ?

Jean ne répondit pas tout de suite. Il avait cessé d'avancer, puis il continua tout bas, pour que personne ne l'entende, sinon Angèle dont il serra plus fort le bras :

— Parce qu'elle n'est rien au regard de toutes celles qui nous attendent.

Il mit le pied dans une ornière, Angèle dut le retenir sacrément, mais la cheville résista. Les autres avaient pris de l'avance, les chiots se mirent à trotter. Ayant acquis ce qu'il faut de confiance, ils galopaient à présent et dépassaient tout le monde. Pour ne pas les perdre de vue, Alexandre et Constanze doublèrent les parents, pour le coup, ce serait un drame si leurs trois peluches se dirigeaient plus avant et s'égaraient vers les gorges.

Toujours à l'arrêt, Jean leur cria qu'il valait mieux rebrousser chemin, que jamais une escarbille ne serait allée se perdre jusque-là, pas même portée par le vent ou par l'intention de faire le mal, aucun risque que le feu reprenne plus loin. Mais tous continuaient, parce que cette fois les chiots se débinaient vraiment et que les appeler les relançait.

Jean et Angèle en restèrent là, sachant depuis longtemps qu'il en était ainsi : la vie va d'une peur à l'autre, d'un péril à l'autre, en conséquence il convient de s'abreuver du moindre répit, de la moindre paix, parce que le monde promet de donner soif.

Du même auteur :

Vu, Le Dilettante, 1998 (prix Jean-Freustié) ; Folio, 2000.
Kenavo, Flammarion, 2000 ; J'ai lu, 2002.
Situations délicates, Flammarion, 2001 ; J'ai lu, 2003.
In vivo, Flammarion, 2002 ; J'ai lu, 2006.
U.V., Le Dilettante, 2003 (prix France Télévisions) ; Folio, 2005.
L'Idole, Flammarion, 2004 ; J'ai lu, 2009.
Que la paix soit avec vous, Flammarion, 2006 ; J'ai lu, 2008.
Combien de fois je t'aime, Flammarion, 2008 ; J'ai lu, 2009.
L'homme qui ne savait pas dire non, Flammarion, 2009 ; J'ai lu, 2012.
L'Amour sans le faire, Flammarion, 2012 ; J'ai lu, 2013.
L'Écrivain national, Flammarion, 2014 (prix des Deux Magots) ; J'ai lu, 2015.
Repose-toi sur moi, Flammarion, 2016 (prix Interallié) ; J'ai lu, 2017.
Chien-loup, Flammarion, 2018 (prix Landerneau, prix du Roman d'écologie) ; J'ai lu, 2019.
Nature humaine, Flammarion, 2020 (prix Femina, prix François-Sommer) ; J'ai lu, 2022.

Le Livre de Poche s'engage pour
l'environnement en réduisant
l'empreinte carbone de ses livres.
Celle de cet exemplaire est de :
150 g éq. CO$_2$
Rendez-vous sur
www.livredepoche-durable.fr

Composition réalisée par MAURY-IMPRIMEUR

Achevé d'imprimer en France par
CPI BRODARD & TAUPIN (72200 La Flèche)
en décembre 2024
N° d'impression : 3059439
Dépôt légal 1re publication : janvier 2025
LIBRAIRIE GÉNÉRALE FRANÇAISE
21, rue du Montparnasse – 75298 Paris Cedex 06
marketing@livredepoche.com

45/6328/2